Taschenbibliothek der Weltliteratur

Aufbau-Verlag 1987

Virginia Woolf

Die Fahrt zum Leuchtturm

Deutsch von Karl Lerbs

Titel der englischen Originalausgabe
To the Lighthouse

Mit einem Nachwort von Wolfgang Wicht

ISBN 3-351-00549-0

1. Auflage 1987
Aufbau-Verlag Berlin und Weimar
Ausgabe mit Genehmigung des Insel-Verlags Anton Kippenberg, Leipzig

Die Originalausgabe erschien bei The Hogarth Press, London 1927
Der Vertrieb ist nur in der Deutschen Demokratischen Republik gestattet
Einbandgestaltung Heinz Hellmis
Lichtsatz Karl-Marx-Werk, Graphischer Großbetrieb, Pößneck V 15/30
Druck und Binden
III/9/1 Grafischer Großbetrieb Völkerfreundschaft Dresden
Printed in the German Democratic Republic
Lizenznummer 301. 120/188/87
Bestellnummer 613 473 3
00320

I
Das Fenster

1

„Morgen, ja, natürlich nur, wenn schönes Wetter ist", sagte Mrs. Ramsay. „Aber dann mußt du schon mit der Lerche aus dem Nest", fügte sie hinzu.

Für ihren Sohn waren diese Worte eine außerordentliche Freude; als stünde damit unumstößlich fest, daß die Unternehmung stattfinden würde und das Wunder, nach dem er sich, seit Jahren und Jahren, so schien es ihm, gesehnt hatte, nach der Dunkelheit einer Nacht und der Segelfahrt eines Tages nahe wäre. Und da er schon jetzt, mit seinen sechs Jahren, zur großen Sippe derer gehörte, die ein Gefühl nicht vom anderen scheiden kann, sondern die nächsten Dinge des täglichen Lebens von den Freuden und Kümmernissen künftiger Aussichten überschatten lassen muß, da für solche Leute schon in frühsten Kinderjahren jede Drehung im Räderwerk der Wahrnehmung die Kraft besitzt, den Augenblick, den sie verdüsternd oder lichtstrahlend trifft, ganz und gar zu durchdringen und zur festen Form werden zu lassen, so füllte auch James Ramsay, der auf dem Fußboden saß und die Bilder aus der Preisliste der Army and Navy Stores ausschnitt, das Bild eines Kühlschrankes bei den Worten seiner Mutter mit himmlischer Seligkeit. Es war von einem Strahlenkranz aus Freude umgeben. Der Schubkarren, die Rasenmähmaschine, das Rauschen der Pappeln, gilbende Blätter vorm Regen, Krähengekrächz, das Kratzen von Besen, Kleidergeraschel – all das war so farbig und deutlich in seinen Gedanken, daß er schon sein eigenes Wörterbuch, seine Geheimsprache hatte, obwohl er äußerlich ein Bild starrer und unnachgiebiger Strenge war mit seiner hohen Stirn und seinen leidenschaftlichen blauen Augen, makellos ehrlich und rein, leicht die Stirn runzelnd beim Anblick menschlicher Unzulänglichkeit, so daß seine Mutter, als sie ihn säuberlich die Schere rings um den Kühlschrank führen sah, ihn sich vorstellte, wie er ganz in Rot und Hermelin zu Gericht saß oder in einem entscheidungsschweren Augenblick der vaterländischen Geschicke eine ernste und bedeutsame Unternehmung leitete.

„Es wird aber", sagte sein Vater und blieb am Wohnzimmerfenster stehen, „morgen kein schönes Wetter sein."

Wäre eine Axt zur Hand gewesen, ein Feuerhaken oder sonst irgendeine Waffe, die ein Loch in seines Vaters Brust hätte reißen und ihn töten können, jetzt auf der Stelle, James hätte danach gegriffen. So groß war das Übermaß der Erregung, die Mr. Ramsay durch seine bloße Gegenwart in seinen Kindern wachrief, wenn er so wie jetzt, schmal wie ein Messer und scharf wie eines Messers Klinge, dastand und spöttisch grinste, nicht nur weil es ihm Spaß machte, in seinem Sohn alle Träume zu zerstören und seine Frau lächerlich zu machen, die zehntausendmal besser war als er (dachte James), sondern auch aus geheimer Eitelkeit auf die Treffsicherheit seines Urteils. Was er sagte, war richtig. Es war immer richtig. Er war keiner Unwahrheit fähig, deutelte niemals an Tatsachen herum, änderte niemals ein unangenehmes Wort zur Freude oder Bequemlichkeit irgendeines sterblichen Wesens, am wenigsten seiner eigenen Kinder, die, da sie seinen Lenden entsprungen waren, von Kindheit auf begreifen sollten, daß das Leben schwierig ist, Tatsachen nicht mit sich handeln lassen und die Fahrt zu jenem sagenhaften Land, wo unsere hellsten Hoffnungen erlöschen und unsere gebrechlichen Schiffe im Finstern scheitern (hier reckte sich Mr. Ramsay wohl in den Schultern auf und sah aus seinen zusammengekniffenen kleinen blauen Augen auf den Horizont), so beschaffen ist, daß man vor allem anderen Mut, Wahrhaftigkeit und die Kraft zum Beharren braucht.

„Vielleicht wird es aber doch schön – ich möchte glauben, daß es schön wird", sagte Mrs. Ramsay und drehte ungeduldig den rötlichbraunen Strumpf, an dem sie strickte. Wenn sie ihn heute abend noch fertig bekam und sie morgen schließlich doch zum Leuchtturm fuhren, so sollte ihn der Leuchtturmwärter für seinen kleinen Jungen haben, der, wie zu befürchten war, an Hüfttuberkulose litt; dazu einen

Stoß alter Zeitschriften, etwas Tabak und was sie sonst noch finden konnte an Dingen, die niemand brauchte, sondern die bloß im Zimmer herumlagen, um sie den armen Kerlen zu schenken, die sich doch zu Tode langweilen müßten, wenn sie den ganzen Tag so dasitzen und nichts zu tun haben, als die Lampe blankzureiben, den Docht zu putzen und ihr winziges Gartenstückchen zu harken; etwas also, um sie aufzumuntern. Denn wie muß einem zumute sein, wenn man einen ganzen Monat hintereinander und vielleicht noch länger bei stürmischem Wetter auf einem Felsen eingesperrt sitzt, der nicht größer ist als ein Tennisplatz? so fragte Mrs. Ramsay wohl; wenn man weder Briefe noch Zeitungen hat und keine Menschenseele erblickt; sofern man verheiratet ist, seine Frau nicht zu sehen bekommt und nicht weiß, wie es den Kindern geht – ob sie womöglich krank sind, ob sie gefallen sind und sich Arme oder Beine gebrochen haben; immer nur zu sehen, wie sich die gleichen traurigen Wellen brechen, Woche auf Woche, und dann, wie ein furchtbarer Sturm aufkommt und die Fenster mit Gischtspritzern bedeckt sind und Vögel gegen die Lampe geschleudert werden und der ganze Turm schwankt, so daß man die Nase nicht vor die Tür stecken kann, aus Angst, ins Meer gefegt zu werden? Was würdet ihr sagen, wenn es euch so ginge? fragte sie und meinte damit besonders ihre Töchter. Und: Seht ihr, so fügte sie einigermaßen zusammenhanglos hinzu, man muß sich Trost suchen, wo man ihn eben findet.

„Westwind, haargenau", sagte der Atheist Tansley und hielt seine hageren Finger gespreizt hoch, so daß der Wind durch die Hand blies; denn er nahm an Mr. Ramsays Abendspaziergang teil, auf und ab, auf und ab über die Terrasse. Das hieß nun, daß der Wind aus einer Richtung kam, die für die Landung am Leuchtturm denkbar ungünstig war. Er sagte, das gab Mrs. Ramsay zu, unangenehme Dinge; es war gehässig von ihm, die Bemerkung einzustreuen und James dadurch noch tiefer zu enttäuschen; dennoch litt sie nicht, daß man über ihn lachte. Den „Atheisten" nannten sie ihn; den „kleinen Atheisten". Rose machte sich über ihn lustig; Prue machte sich über ihn lustig; Andrew, Jasper, Roger machten sich über ihn lustig; sogar der alte Badger, der vorn keinen Zahn mehr hatte, schnappte nach ihm, weil

er (wie Nancy es ausdrückte) der hundertundzehnte junge Mann war, der sie alle hinauf zu den Hebriden scheuchte; wo es doch soviel netter war, allein zu sein.
„Unsinn", sagte Mrs. Ramsay mit großer Strenge. Abgesehen von der Gewohnheit zu übertreiben, die die Kinder von ihr hatten, und dem stillschweigenden (berechtigten) Vorwurf, daß sie zu viele Leute einlud und etliche davon in der Stadt unterbringen mußte, konnte sie Unhöflichkeit gegen ihre Gäste nicht vertragen, besonders gegen junge Leute nicht, die arm wie die Kirchenmäuse waren, „ungemein fähig", wie ihr Gatte sagte, ihn von Herzen bewunderten und in den Ferien herkamen. Es war schon so, sie machte das gesamte andere Geschlecht zu ihren Schützlingen; aus Gründen, die sie selbst nicht erklären konnte, weil sie ritterlich waren und tapfer, weil sie Verträge aushandelten, Indien beherrschten, das Finanzwesen lenkten; schließlich auch, weil sie ihr gegenüber eine Haltung einnahmen, die jede Frau empfinden und angenehm empfinden mußte, irgendwie vertrauensvoll, kindlich, ehrerbietig, was eine alte Frau von einem jungen Manne hinnehmen darf, ohne ihrer Würde etwas zu vergeben, und der Himmel strafe das Mädchen – gebe Gott, daß es keine von ihren Töchtern war! –, das nicht den Wert dieser Dinge und alles, was dazu gehörte, bis ins innerste Mark spürte.
Sie wandte sich mit Strenge gegen Nancy. Er habe sie nicht gescheucht, sagte sie, er sei eingeladen worden.
Es mußte ein Ausweg aus alledem gefunden werden. Vielleicht, so sagte sie sich seufzend, gab es einen einfacheren Weg, einen weniger beschwerlichen Weg. Wenn sie in den Spiegel blickte und sah, wie grau ihr Haar, wie eingesunken ihre Wangen waren, mit fünfzig, so sagte sie sich: Vielleicht hätte sie mit den Dingen besser fertig werden müssen – mit ihrem Mann, mit dem Geld, mit seinen Büchern. Aber was sie selbst betraf, so würde sie nie auch nur für eine einzige Sekunde ihre Entscheidung bereuen, Schwierigkeiten ausweichen oder über Pflichten leichtfertig hinweggehen. Sie war nun furchtgebietend anzusehen, und als sie so streng über Charles Tansley gesprochen hatte, wagten ihre Töchter – Prue, Nancy, Rose – nur stumm von ihren Tellern aufzublicken und mit den ketzerischen Vorstellungen zu tändeln, die sie sich zum Spiel erdacht hatten: von

einem Leben, das anders war als ihr jetziges; in Paris etwa; ein wilderes Leben; ohne daß man immer Rücksicht zu nehmen brauchte, bald auf den, bald auf jenen; denn in ihrer aller Gedanken war ein stummer Zweifel an Ehrerbietung und Ritterlichkeit, an der Bank von England und dem indischen Kaiserreich, an beringten Fingern und Spitze; wenn auch alledem für sie etwas vom wesenhaften Duft der Schönheit anhaftete, wie er sich in ihren Mädchenherzen mit dem Eindruck von Männlichkeit verband; so daß sie, wenn sie unter den Augen ihrer Mutter bei Tische saßen, voll Ehrfurcht auf diese ungemeine Strenge, diese ganz besondere Höflichkeit blickten – so hebt eine Königin den schmutzigen Fuß eines Bettlers aus dem Kot, um ihn zu waschen –, indessen ihre Mutter sie nachdrücklich schalt wegen dieses verwünschten Atheisten, der sie hierher gejagt hatte – oder, um es genau auszudrücken: der zu einem gemeinsamen Aufenthalt mit ihnen auf der Insel Skye eingeladen worden war.

„Es ist morgen nicht möglich, am Leuchtturm anzulegen", sagte Charles Tansley, der mit Mr. Ramsay am Fenster stand, und schlug die Hände zusammen. Jetzt hatte er aber genug davon geredet. Sie wünschte, die beiden möchten sie und James in Frieden lassen und sich ihrem Gespräch widmen. Sie sah ihn an. Er war ein wahres Muster an Kläglichkeit, fanden die Kinder, nur Buckel und Löcher. Er konnte nicht Kricket spielen; er tapste; er watschelte. Er sei eine gallige Bestie, sagte Andrew. Sie wußten genau, was er am liebsten tat – immer nur auf und ab, auf und ab gehen mit Mr. Ramsay und sagen, wer diesen und wer jenen Preis gewonnen hätte, wer ein „erstrangiger Könner" in lateinischen Versen wäre, wen er für „einen Blender, aber kernfaul" hielte, wer „zweifellos der fähigste Kopf im Balliol College" wäre, wer sein Licht zeitweilig in Bristol oder Bedford unter den Scheffel stellen müßte – doch würde man bestimmt später von ihm hören, wenn seine Prolegomena zu irgendeinem Sondergebiet der Mathematik oder der Philosophie (Mr. Tansley hatte die ersten Seiten bei sich und konnte sie Mr. Ramsay zum Beweise vorlegen, wenn er sie sehen wollte) das Licht des Tages erblickten. Dies waren die Dinge, über die sie redeten.

Manchmal mußte auch sie wider Willen lachen. Neulich

hatte sie einmal von „bergehohen Wellen“ gesprochen. Ja, sagte Charles Tansley, die See sei ein bißchen grob. „Sind Sie nicht auch bis auf die Haut durchnäßt?“ hatte sie gefragt. „Feucht, aber nicht durch und durch naß“, sagte Mr. Tansley, indessen er seinen Ärmel prüfend zwischen zwei Finger nahm und seine Socken befühlte.

Aber nicht das sei es, worüber sie sich ärgerten, sagten die Kinder. Es sei nicht sein Gesicht; es sei nicht sein Betragen. Er selbst sei es – seine Anschauungsweise. Wenn sie über irgend etwas Interessantes redeten, über Leute, Musik, Geschichte, ganz gleich worüber, selbst wenn sie nur sagten, daß es ein schöner Abend sei und weshalb man eigentlich nicht im Freien sitzen wollte, so ergäbe sich alsbald Anlaß, über Charles Tansley zu klagen: Er sei nicht eher zufrieden, als bis er das ganze Ding um und um gedreht hätte, bis es ihn schmeichelhaft spiegelte und sie jämmerlich entstellte; er brächte sie alle miteinander auf durch die beißende Art, mit der er Fleisch und Blut von allem Lebendigen wegätzte. Er sei imstande, sagten sie, in eine Gemäldegalerie zu gehen und einen zu fragen, ob ihm seine Krawatte gefiele – was, wie Rose sagte, bei Gott nicht der Fall sei.

Sie verschwanden, heimlich wie die Hirsche, vom Eßtisch, sobald die Mahlzeit beendet war, die acht Söhne und Töchter von Mr. und Mrs. Ramsay, und suchten ihre Schlafkammern auf, ihre festen Stellungen in diesem Hause, wo es keinen Winkel gab, in dem man über irgend etwas reden konnte – über alles reden konnte: Tansleys Krawatte; die Durchsetzung der Reform Bill; Seevögel und Schmetterlinge; Leute; all das in diesen Dachstuben, die nur durch eine Bretterwand voneinander getrennt waren, so daß man jeden Schritt deutlich hörte und das Schluchzen des Schweizer Mädchens, dessen Vater in einem Graubündener Tal an Krebs im Sterben lag, während die Sonne hereinströmte und Schlaghölzer, flanellene Kleidungsstücke, Strohhüte, Tintenfässer, Farbtöpfe, Käfer und die Schädel kleiner Vögel beglänzte und den langen krausen Strähnen Seetang, die an der Wand befestigt waren, einen Geruch nach Salz und Pflanzen entlockte, den auch die Handtücher hatten, in denen noch der Sand vom Baden haftete.

Streit, Zwietracht, Meinungsverschiedenheit, Vorurteile, die in die innersten Fasern des Seins geflochten waren –

ach, Mrs. Ramsay beklagte es, daß sie so früh schon beginnen sollten. Sie waren so schwierig, ihre Kinder. Sie redeten solchen Unsinn. Mrs. Ramsay verließ das Eßzimmer und hatte James an der Hand, denn er wollte nicht mit den anderen gehen. Es erschien ihr so unsinnig – Meinungsverschiedenheiten auszuklügeln, wo die Menschen doch weiß Gott schon verschieden genug waren. Die wirklichen Unterschiede, dachte sie, als sie am Wohnzimmerfenster stand, reichen aus, reichen ganz und gar aus. Was ihr dabei im Augenblick einfiel, war: reich und arm, hoch und niedrig; wobei sie den Hochgeborenen halb widerwillig einige Achtung zollte, denn floß nicht in ihren eigenen Adern das Blut jenes sehr erlauchten, wenn auch ein wenig sagenhaften italienischen Hauses, dessen Töchter, im neunzehnten Jahrhundert über die englischen Wohnzimmer ausgesät, so entzückend gelispelt und so stürmisch gewütet hatten; stammten nicht all ihr Witz und ihre Haltung und ihre Sinnesart von ihnen und nicht von den trägen Engländern oder den kalten Schotten? Gründlicher aber schlug sie sich mit der anderen Frage herum, mit der Frage „reich und arm", und mit den Dingen, die sie mit eigenen Augen sah, allwöchentlich, täglich, hier oder in London, wenn sie zu Witwen oder sonstwie vom Schicksal geschlagenen Frauen ging, eine Tasche am Arm, Notizbuch und Bleistift in der Hand, um in sorgsam dafür eingerichtete Spalten Löhne und Ausgaben, Arbeit und Arbeitslosigkeit einzutragen, in der Hoffnung, daß es ihr so gelingen würde, eines Tages nicht mehr eine Privatperson namens Mrs. Ramsay zu sein, deren Wohltätigkeit halb eine Beschwichtigung für ihre eigene Empörung, halb eine Befriedigung ihrer eigenen Neugier war, sondern das, was sie in ihrer Unerfahrenheit so sehr bewunderte: eine Forscherin, die Klarheit in die soziale Frage brachte.

Unlösbare Fragen waren das, so schien es ihr, als sie da am Fenster stand, James an der Hand haltend. Auch er war ihr ins Wohnzimmer gefolgt, der junge Mann, über den sie lachten; er stand am Tisch, fingerte an irgendwas herum, zappelig, linkisch und fühlte sich von allem ausgeschlossen; ohne sich nach ihm umzuwenden, wußte sie das. Alle waren sie gegangen – die Kinder; Minta Doyle und Paul Rayley; Augustus Carmichael; ihr Mann – alle waren sie gegangen. So wandte sie sich denn mit einem Seufzer um und sagte: „Wollen Sie mit mir kommen, Mr. Tansley, oder ist Ihnen das zu langweilig?"

Sie hätte etwas in der Stadt zu besorgen, irgend etwas Gleichgültiges; sie hätte einen oder zwei Briefe zu schreiben; sie würde vielleicht zehn Minuten brauchen; dann wollte sie ihren Hut aufsetzen. Und da war sie auch schon wieder, nach zehn Minuten, mit ihrem Korb und ihrem Sonnenschirm, und sie machte den Eindruck, als sei sie bereit, zu einer Unternehmung gerüstet, die nun freilich für einen Augenblick unterbrochen werden mußte, als sie am Tennisplatz vorüberkamen, denn hier mußte Mr. Carmichael gefragt werden, ob er irgendwelche Wünsche hätte: Mr. Carmichael, der sich da sonnte, die gelben Katzenaugen halb zugekniffen, so daß sie wie Katzenaugen die schwankenden Zweige oder die ziehenden Wolken, niemals aber die geringste Spur innerer Gedanken oder Erregungen zu spiegeln schienen.

Denn sie wollten nun die große Unternehmung wagen, sagte sie lachend. Sie gingen zur Stadt. „Briefmarken, Briefpapier, Tabak?" fragte sie und blieb neben ihm stehen. Aber er hatte keinerlei Wünsche. Seine Hände falteten sich fest über seinem vorgewölbten Bauch, und seine Augen zwinkerten, als hätte er auf ihre Freundlichkeit (sie war verführerisch, aber ein wenig nervös) gern ebenso freundlich geantwortet, könnte es aber nicht, da er in einer graugrünen Dämmerseligkeit versunken war, in der er sie alle umfaßt hielt, ohne daß es ihn nach Worten gelüstete; einer unendlich freundlichen und unendlich trägen Wohlgesinntheit; die das ganze Haus einbegriff; die ganze Welt; alle Menschen darauf; denn er hatte beim Frühstück verstohlen ein paar Tropfen von irgendwas in sein Glas getan, und so erklärten sich, meinten die Kinder, die Streifen munteren Kanariengelbs in seinem Schnurr- und Kinnbart, die sonst milchweiß glänzten. Nein, brummte er, er brauche nichts.

Er hätte ein großer Philosoph werden können, sagte Mrs. Ramsay, als sie die Straße hinab zum Fischerdorf gingen, aber er hätte eine voreilige Ehe geschlossen. Und sie erzählte, indessen sie ihren schwarzen Sonnenschirm sehr gerade hielt und mit einem unbeschreibbaren Ausdruck der Erwartung dahinschritt, als sollte sie um die Ecke herum je-

manden treffen, die Geschichte: Eine Sache mit irgendeinem Mädchen in Oxford; frühe Heirat; Armut; Auswanderung nach Indien; übersetzte eine kleine Dichtung, „sehr schön, glaube ich“; wollte die Jungen im Persischen und Hindostanischen unterrichten – doch was hätte man davon? – ja, und nun lag er da, wie sie sähen, im Grase. Charles Tansley fühlte sich geschmeichelt; da er so geduckt worden war, tat es ihm wohl, daß Mrs. Ramsay ihm davon erzählte. Er lebte wieder auf. Auch brachte sie, unausgesprochen, die Achtung vor der Größe des männlichen Geistes zum Ausdruck, selbst im Verfall noch – nicht, daß sie dem Mädchen einen Vorwurf machen wollte, die Ehe wäre, glaubte sie, durchaus glücklich gewesen –, und die Unterwerfung aller Frauen vor der Arbeit ihrer Männer, so daß er sich selbst besser gefiel als zuvor, und hätten sie jetzt, zum Beispiel, eine Droschke genommen, so wäre er gern bereit gewesen, das Fahrgeld zu bezahlen. Ja, und ihre kleine Tasche – ob er die nicht tragen dürfte? – Nein, nein, sagte sie, die trage sie immer selbst. Und das tat sie auch. Jawohl, er empfand, daß das ihrem Wesen entsprach. Er empfand überhaupt mancherlei, darunter etwas, was ihn besonders erregte und verstörte, ohne daß er die Gründe dafür hätte angeben können. Er verspürte den Wunsch, daß sie ihn sehen möchte, wie er in Robe und Barett in einem feierlichen Zuge einherschritt. Eine Privatdozentur, eine Professur – zu allem fühlte er sich fähig und sah sich im Geiste schon –, aber was betrachtete sie denn da? Einen Mann, der ein Plakat anklebte. Das riesige flatternde Blatt glättete sich, und jeder Bürstenstrich enthüllte weitere Beine, Reifen, Pferde, strahlendes Rot und Blau, alles hübsch blank und glatt, bis der Zirkus die halbe Mauer mit seiner Anzeige bedeckte; hundert Kunstreiter, zwanzig dressierte Seehunde, Löwen, Tiger ... Sie streckte den Hals vor, denn sie war kurzsichtig und las ab, daß all dies „ein Gastspiel in unserer Stadt“ geben würde. Es sei doch eine schrecklich gefährliche Arbeit für einen einarmigen Mann, rief sie, da oben auf der Leiter zu stehen – der linke Arm sei ihm nämlich vor zwei Jahren von einer Mähmaschine abgetrennt worden.
„Da müssen wir alle hin!“ rief sie und schritt weiter, als wäre sie durch alle diese Reiter und Pferde in kindliche Begeisterung geraten und hätte ihr Mitleid darüber vergessen.

„Da müssen wir hin“, sagte er, ihre Worte wiederholend, aber er stieß sie mit einer Befangenheit hervor, daß sie zusammenzuckte. „Den Zirkus müssen wir uns ansehen.“ Nein, er konnte es nicht im richtigen Ton sagen. Er konnte es nicht auf die richtige Art fühlen. Aber warum nicht? grübelte sie. Was stimmte wohl mit ihm nicht? Sie spürte in diesem Augenblick warme Zuneigung für ihn. Ob er denn, so fragte sie, als Kind nie in einen Zirkus gekommen sei? Niemals, antwortete er in einem Tone, als hätte sie gerade die Frage gestellt, die er gern beantworten wollte; als hätte er sich all die Tage danach gesehnt, zu sagen, daß sie nie in einen Zirkus gegangen wären. Sie wären eine große Familie, neun Brüder und Schwestern, und sein Vater ein geplagter Mann. „Mein Vater ist Drogist, Mrs. Ramsay, er hat einen Laden.“ Er selbst hätte seit seinem dreizehnten Jahr sein Brot verdienen müssen. Oft wäre er im Winter ohne Überzieher gelaufen. Er hätte niemals im College „Gastlichkeit erwidern“ können (dies waren seine dürren, steifen Worte). Bei ihm hätte alles doppelt so lange reichen müssen wie bei anderen Leuten; er rauchte den billigsten Tabak, Shag; dieselbe Marke wie die alten Männer, die auf den Hafendämmen hockten. Er arbeitete angestrengt – sieben Stunden am Tag; sein Thema wäre jetzt der Einfluß von irgendwas auf irgendwen – er erzählte das im Weitergehen, und Mrs. Ramsay faßte den Sinn nicht ganz, nur einzelne Worte blieben zuweilen haften: Dissertation – Privatdozentur – Dozentur – Professur. Sie konnte dem greulichen akademischen Rotwelsch nicht folgen, das so geläufig neben ihr abschnurrte; aber sie sagte sich, daß sie nun verstand, warum er bei dem geplanten Zirkusbesuch dermaßen außer sich geriet, der arme kleine Mann, und warum er gleich die ganze Geschichte von seinem Vater, seiner Mutter, seinen Brüdern und Schwestern vorbrachte; und sie wollte aufpassen, daß nicht mehr über ihn gelacht wurde; sie wollte mit Prue darüber sprechen. Wenn er erzählen könnte, er hätte mit uns ein Stück von Ibsen gesehen – ja, das würde ihm gefallen, dachte sie. Er ist doch ein gräßlicher selbstgefälliger Pedant – o ja, eine unerträgliche Plage. Denn obschon sie jetzt im Städtchen waren und durch die Hauptstraße gingen, wo sich die schweren Wagen über das Kopfsteinpflaster quälten, redete er immer noch: über Bestallungen, Lehrämter, arbeitende Bevölkerung und daß man seiner eigenen Klasse helfen müsse und Vorlesungen; bis sie aus alledem entnahm, daß er sein Selbstvertrauen völlig zurückgewonnen und sich vom Zirkus erholt hatte und daß er ihr nun (und jetzt empfand sie wieder warme Zuneigung für ihn) erzählen würde – aber da wichen zur Rechten wie zur Linken die Häuser zurück, sie kamen auf die Uferstraße, und die ganze Bucht breitete sich vor ihnen aus, und Mrs. Ramsay konnte nicht den Ausruf zurückhalten: „Oh, wie schön!" Denn vor ihr war die große Schüssel voll blauen Wassers; der eisgraue Leuchtturm, fern, streng, in ihrer Mitte; und zur Rechten, soweit der Blick reichte, verdämmernd und abfallend in sanften, niedrigen Bodenfalten, die grünen Sanddünen mit dem blühenden Wildgras darauf, die immer davonzulaufen schienen, in irgendein Mondland, wo es keine Menschen gab.

Das sei die Aussicht, sagte sie, indessen sie stehenblieb und das Grau ihrer Augen sich vertiefte, die ihr Mann so liebe.

Sie hielt einen Augenblick inne. Aber jetzt seien, sagte sie, Künstler hier aufgetaucht. Und richtig, da stand schon einer, nur ein paar Schritte entfernt, mit Panamahut und gelben Schuhen, der ernsthaft, schwärmerisch, entrückt, obwohl zehn kleine Jungen ihm zusahen, mit einem Ausdruck tiefer Befriedigung auf dem runden roten Gesicht aufs Meer starrte und, wenn er gestarrt hatte, den Pinsel senkte und die Spitze in ein weiches Häufchen Grün oder Blaßrot stippte. Seit vor drei Jahren Mr. Paunceforte hier gewesen sei, sähe ein Bild genau wie das andere aus, sagte sie: grün und grau, mit zitronenfarbenen Segelbooten und blaßroten Frauen am Strande.

Am meisten Mühe aber hätten sich, sagte sie mit einem unauffälligen Seitenblick im Vorübergehen, die Freunde ihrer Großmutter gegeben; erst hätten sie ihre Farben selbst gemischt, dann grundiert und dann nasse Tücher darübergelegt, um alles feucht zu halten.

Hieraus entnahm Mr. Tansley, daß sie sagen wollte, das Bild des Mannes da wäre gepfuscht, sagte man so? Die Farben wären nicht dicht? Nannte man das so? Merkwürdig war das mit dieser außergewöhnlichen Erregung, die während des ganzen Weges immer größer geworden war; begonnen hatte sie im Garten, als er ihre Tasche tragen wollte; zugenommen hatte sie in der Stadt, als er den Wunsch verspürte, ihr alles über sich zu sagen; und nun stand es so, daß ihm alles, was er je gekannt hatte, er selbst nicht ausgenommen, ein wenig verzerrt vorkam. Es war schrecklich merkwürdig.

Da stand er nun im Wohnzimmer des muffigen kleinen Hauses, in das sie ihn mitgenommen hatte, und wartete auf sie, während sie auf einen Augenblick nach oben ging, um eine Frau zu besuchen. Er hörte droben ihren raschen Schritt, hörte ihre Stimme – erst fröhlich, dann gedämpft; sah sich die Matten an, die Teekisten, die Lampenschirme; wartete durchaus ungeduldig; dachte mit verlangender Freude an den Heimweg und war entschlossen, ihre Tasche zu tragen; hörte dann, wie sie droben das Zimmer verließ; eine Tür zumachte; sagte, sie müßten die Fenster offenhalten und die Türen geschlossen und sich immer bei ihr melden, wenn sie irgend etwas brauchten (offenbar sprach sie zu einem Kind), worauf sie plötzlich hereinkam, einen Augenblick stumm stehenblieb (als hätte sie da oben eine Rolle spielen müssen und könnte sich nun einen Augenblick gehenlassen), ganz reglos einen Augenblick vor einem Bild der Königin Viktoria stand, die das blaue Band des Hosenbandordens trug; und ganz plötzlich wußte er, dies war es: dies war es – sie war der schönste Mensch, den er je gesehen hatte.

Mit Sternen in den Augen und Schleiern im Haar, mit Zyklamen und wilden Veilchen – was für einen Unsinn dachte er da? Sie war mindestens fünfzig; sie hatte acht Kinder. Schreitend durch Blütenfelder und an ihrer Brust Knospen bergend, die geknickt, Lämmer, die gefallen waren; Sterne in ihren Augen und Wind in ihrem Haar ... Er nahm ihre Tasche.

„Auf Wiedersehen, Elsie“, sagte sie, und dann gingen sie die Straße hinauf, sie hielt ihren Sonnenschirm gerade hoch und schritt mit einem Ausdruck der Erwartung dahin, als sollte sie um die Ecke herum jemanden treffen, indessen Charles Tansley sich zum erstenmal in seinem Leben außerordentlich stolz fühlte; ein Mann, der in einem Abzugsgraben schaufelte, hörte auf mit Schaufeln und sah sie an; ließ die Arme sinken und sah sie an; Charles Tansley fühlte sich außerordentlich stolz; fühlte den Wind und die Zyklamen und die Veilchen, denn er ging zum erstenmal in seinem Leben mit einer schönen Frau. Und er hatte sich ihre Tasche erobert.

2

„Aus der Fahrt zum Leuchtturm wird nichts, James", sagte er, am Fenster stehend; er sprach unbeholfen, gab sich aber aus Rücksicht auf Mrs. Ramsay Mühe, seine Stimme wenigstens zu etwas Ähnlichem wie Freundlichkeit zu sänftigen.
Abscheulicher kleiner Mann, dachte Mrs. Ramsay, warum muß er das immer wieder sagen?

3

„Vielleicht scheint die Sonne, wenn du morgen früh aufwachst, und die Vögel singen", sagte sie mitleidig und strich ihrem kleinen Jungen glättend übers Haar, denn sie sah, daß ihres Mannes ätzende Äußerung, es würde schlechtes Wetter geben, ihm alle Freude genommen hatte. Diese Fahrt zum Leuchtturm war ihm zur Leidenschaft geworden, das sah sie, und nun – als ob es nicht genügte, daß ihr Mann mit seinen ätzenden Worten die Hoffnung auf gutes Wetter zerstört hatte – mußte auch noch dieser abscheuliche kleine Mann kommen und alles noch einmal recht schön breittreten.
„Vielleicht wird's morgen doch schön", sagte sie und strich ihm glättend übers Haar.
Sie konnte nun nichts weiter tun, als den Kühlschrank bewundern und die Seiten der Preisliste umwenden, in der Hoffnung, daß sie vielleicht so etwas wie einen Rechen oder eine Mähmaschine fand, die mit ihren Zähnen und Stielen die größte Sorgfalt und Geschicklichkeit beim Ausschneiden verlangten. All diese jungen Leute äfften doch, dachte sie, ihren Mann nach; er sagte, es würde regnen; sie sagten, es würde einen regelrechten Wirbelsturm geben.
Hier aber wurde, als sie die Seiten umdrehte, ihr Suchen nach dem Bild eines Rechens oder einer Mähmaschine

plötzlich unterbrochen. Da war dies brummende Gemurmel zu ihr gedrungen, in unregelmäßigen Zwischenräumen unterbrochen, wenn sie die Pfeife aus dem Mund nahmen oder in den Mund steckten, aus dem sie (indessen sie am Fenster saß) zu ihrer Beruhigung entnommen hatte, daß die Männer noch immer behaglich am Reden waren, wenn sie auch nicht verstehen konnte, was sie sagten; dieses Geräusch, das eine halbe Stunde gedauert und sich sänftigend in die Skala der andringenden Geräusche eingefügt hatte, wie etwa das Aufprallen der Bälle auf die Schläger und das jähe, scharfe, bellende „Ha, da! Ha, da!" der Kinder beim Kricketspiel, war verstummt; so daß der eintönige Wellenschlag am Strand, der sonst meist einen gemessenen, beschwichtigenden Takt zu ihren Gedanken schlug und, wenn sie bei den Kindern saß, ständig die Worte eines alten Wiegenliedes zu wiederholen schien, das die Natur tröstend murmelte: „Ich beschütze dich – ich bin deine Zuflucht", manchmal jedoch, plötzlich und unerwartet, besonders dann, wenn ihre Gedanken sich etwas von dem lösten, womit sie gerade beschäftigt war, nicht solch freundliche Bedeutung hatte, sondern gleichsam als gespenstisches Trommelrollen unbarmherzig den Takt des Lebens schlug, einen über die Zerstörung der Insel und ihr Versinken im Meer nachdenken ließ und sie, deren Tag in lauter hastigen Verrichtungen verging, daran gemahnte, daß alles vergänglich sei wie ein Regenbogen – so daß dieses Geräusch, das von anderen Geräuschen verdeckt und überlagert worden war, ihr plötzlich donnernd in den Ohren dröhnte und sie jäh auffahren ließ.

Sie hatten draußen aufgehört zu reden; das war die Erklärung. In einer Sekunde fiel sie aus der Spannung, die sie gepackt hatte, in die entgegengesetzte Stimmung, die, als sollte sie für ihren unnötigen Gefühlsaufwand entschädigt werden, kühl, belustigt, ja sogar ein wenig schadenfroh war: der arme Charles Tansley mußte abgestochen worden sein. Ihr galt das wenig. Wenn ihr Mann Opfer verlangte (und das tat er), so warf sie ihm mit Freuden Charles Tansley hin, der ihren kleinen Jungen so schlecht behandelt hatte.

Einen Augenblick noch lauschte sie mit erhobenem Kopf, als wartete sie auf ein vertrautes Geräusch, ein gewohntes und regelmäßiges Geräusch; als sie dann hörte, daß im Gar-

ten, wo ihr Mann auf der Terrasse auf und ab lief, so etwas wie rhythmischer Sprechgesang begann, etwas, was die Mitte hielt zwischen Krächzen und Singen, war sie wieder einmal beruhigt, denn nun wußte sie, daß alles in Ordnung war, blickte auf das Buch in ihrem Schoß und fand das Bild eines Taschenmessers mit sechs Klingen, das James nur ausschneiden konnte, wenn er sehr achtgab.
Plötzlich drang ein lauter Schrei, wie von einem halb erweckten Schlafwandler, etwas von

„bestürmt von der Kugeln und Bomben Wut . . .“

mit äußerster Lautstärke gesungen, ihr ins Ohr, so daß sie sich besorgt umsah, ob es jemand hörte. Nur Lily Briscoe, stellte sie zu ihrer Freude fest; und das machte nichts. Aber beim Anblick des Mädchens, das malend am Rande des Rasenplatzes stand, fiel ihr ein: sie sollte den Kopf möglichst in der gleichen Haltung lassen für Lilys Bild. Lilys Bild! Mrs. Ramsay lächelte. Lily Briscoe mit ihren kleinen Chinesenaugen und ihrem faltigen Gesicht würde niemals heiraten; man konnte ihre Malerei nicht sehr ernst nehmen; aber sie war ein selbständiges kleines Geschöpf, Mrs. Ramsay hatte sie deshalb gern, und so beugte sie, ihres Versprechens eingedenk, den Kopf.

4

Wirklich, er rannte ihr fast die Staffelei über den Haufen, als er auf sie zustürmte, mit rudernden Händen und donnernd: „Wir ritten kühnlich und ritten gut.“ Gott sei Dank machte er eine scharfe Kurve und sauste von dannen, wahrscheinlich, so vermutete sie, um auf den Höhen von Balaklawa einen ruhmreichen Tod zu sterben. Noch nie hatte sie einen Menschen gesehen, der gleichzeitig so lächerlich und so beängstigend war. Aber solange er es so trieb, die Arme schwang, Verse brüllte, war sie sicher; da stand er wenigstens nicht still und sah ihr Bild an. Und eben das war es, was Lily Briscoe nicht hätte ertragen können. Selbst während sie auf die Fläche, die Linie, die Farbe, auf Mrs. Ramsay achtgab, die mit James am Fenster saß, überwachte sie ihre Umgebung, damit sich nicht jemand heranschleichen konnte und sie plötzlich entdecken mußte, daß ihr Bild betrachtet wurde. Nun aber, da all ihre Sinne rascher arbeiteten als sonst, im angespannten Schauen, bis die Farbe der Mauer und der Jacmanna darüber ihr in den Augen brannten, wurde sie inne, daß jemand aus dem Haus kam, auf sie zu; doch sagte ihr irgend etwas im Klang der Schritte, daß es William Bankes war; so zitterte ihr zwar die Pinselhand, aber sie legte ihre Leinwand nicht mit dem Bild nach unten ins Gras, wie sie es getan hätte, wenn es Mr. Tansley, Paul Rayley, Minta Doyle oder jeder andere gewesen wäre, sondern ließ sie stehen. William Bankes stand neben ihr.

Sie wohnten beide im Dorf, und so hatten sie, beim Aus- und Eingehen und wenn sie sich spätabends vor ihren Türen gute Nacht wünschten, ein paar Worte miteinander gewechselt über die Suppe, über die Kinder, über dies und das, was sie zu Verbündeten machte; so daß sie, als er nun in seiner unparteiischen Art (er war alt genug, um ihr Vater zu sein, Botaniker, roch nach Seife, war äußerst reinlich und sauber) neben sie trat, einfach dastand. Auch er stand einfach da. Ihre Schuhe waren vorzüglich gearbeitet, stellte er fest. Sie ließen den Zehen ihren natürlichen Spielraum. Da er im gleichen Hause wohnte wie sie, so war ihm auch nicht entgangen, wie regelmäßig sie lebte: vor dem Frühstück auf und aus dem Hause zum Malen, und zwar, wie er glaubte, allein; vermutlich arm und zweifellos nicht so hübsch und verlockend wie Minta Doyle, aber mit gesundem Menschenverstand, der ihr in seinen Augen vor jener jungen Dame den Vorzug gab. So zum Beispiel jetzt: Als Ramsay brüllend und fuchtelnd herangebraust kam, hatte Miß Briscoe, das fühlte er, Verständnis. „Einer hatte einen Schnitzer gemacht."

Mr. Ramsay starrte sie an. Er starrte sie an, ohne sie zu sehen. Das war nun irgendwie unbehaglich. Gemeinsam hatten sie etwas gesehen, was sie nicht hatten sehen sollen. Sie waren in das verborgene Leben eines andern eingedrungen. So suchte Mr. Bankes wahrscheinlich, dachte Lily, nach einem Vorwand, um fort und außer Hörweite zu kommen, als er fast unmittelbar darauf sagte, es würde kühl und ob sie nicht einen kleinen Spaziergang machen wollten. Ja, sie

wollte mitkommen. Aber sie löste doch nur schwer die Augen von ihrem Bild.
Die Jacmanna war leuchtend veilchenfarben, die Mauer grellweiß. Es wäre ihr nicht ehrlich vorgekommen, der leuchtenden Veilchenfarbe und dem Grellweiß etwas abzuhandeln, denn sie sah sie nun einmal so, wenn es auch seit Mr. Pauncefortes Besuch Mode war, alles blaß, elegant und halb durchscheinend zu sehen. Und unter der Farbe war die Gestalt. Es war alles so klar, so zwingend, wenn sie es ansah: Aber in dem Augenblick, wo sie den Pinsel zur Hand nahm, wandelte sich alles. Im Vorüberfliegen dieses Augenblicks zwischen wirklichem Bild und Leinwand begab es sich, daß die Höllengeister sie anfielen, die sie oft fast bis zu Tränen der Verzweiflung peinigten und diesen Weg zwischen Empfängnis und Schaffen so furchtbar machten, wie es nur je ein Weg im Finstern für ein Kind war. Und so war ihr oftmals zumute – als müßte sie gegen Mächte von furchtbarer Überlegenheit kämpfen, um ihren Mut nicht zu verlieren; um zu sagen: „Aber so sehe ich es doch; so sehe ich es doch“; als könnte sie auf solche Art einen kläglichen Rest ihres Bildes an die Brust pressen, den tausend feindliche Kräfte ihr mit aller Macht entreißen wollten. Und so geschah es auch, auf eine ebenso kältende und nichtige Weise, daß sich ihr, wenn sie zu malen begann, andere Dinge aufdrängten: ihre eigene Unzulänglichkeit; ihre Belanglosigkeit; der Haushalt, den sie daheim, in einer Nebenstraße der Brompton Road, ihrem Vater führte, so daß sie sich kaum davon zurückhalten konnte (bisher hatte sie sich freilich, Gott sei Dank, noch zurückgehalten), sich Mrs. Ramsay zu Füßen zu stürzen und zu sagen – aber was konnte man zu Mrs. Ramsay sagen? „Ich bin in Sie verliebt“? Nein, das stimmte nicht. „Ich bin verliebt in alles hier“, mit einer Handbewegung, die das Haus, die Hecke, die Kinder umfaßte? Es war albern; es war unmöglich. Man konnte nicht sagen, was man meinte. Und so legte sie ihre Pinsel in den Kasten, säuberlich nebeneinander, und sagte zu William Bankes:
„Es wird mit einem Male kalt. Die Sonne gibt, scheint’s, nicht mehr soviel Wärme“, sagte sie und blickte um sich; denn es war noch hell genug, das Gras war noch von sanftem, tiefem Grün, das Haus in seinem Grün war mit pur-

purnen Passionsblumen besternt, und kalter Krähenschrei fiel aus dem hohen Blau. Aber etwas bewegte sich in der Luft, blitzte auf, tat einen silbernen Schwingenschlag. Schließlich war es September, Septembermitte, und sechs Uhr abends vorüber. So schlenderten sie denn in der gewohnten Richtung durch den Garten, am Tennisplatz vorbei, am Pampasgras vorbei, zu jener Lücke in der dichten Hecke, die von glühendroten Eisenpfählen wie von hellbrennenden Kohlenbecken bewacht war und die im Durchblick die blauen Wasser der Bucht blauer leuchten ließ denn je.

Sie kamen jeden Abend hierher, regelmäßig, von einem unbestimmbaren Verlangen getrieben. Es war, als ob das Wasser Gedanken, die auf trockenen Sand geraten und stickig geworden waren, flottmachte und ihnen Segel lieh, ja, als gewährte es sogar dem Körper eine irgendwie lindernde Entspannung. Zuerst geschah es, daß der Pulsschlag der Farbe die Bucht mit Blau überflutete, das Herz weitete sich, und der Körper schwamm im Blau; aber nur, um im nächsten Augenblick jäh gehemmt und durchkältet zu werden durch die schuppige Schwärze auf den erregten Wogen. Dann aber sprang hinter dem großen schwarzen Felsen fast allabendlich eine sprühende Säule weißen Wassers auf, nie um die gleiche Stunde, so daß man darauf warten mußte und Freude fühlte, wenn sie kam; und während man darauf wartete, sah man, wie Welle auf Welle wieder und wieder den blassen halbkreisförmigen Strand mit einer perlmutternen Glanzschicht überzog.

Sie lächelten beide, als sie so dastanden. Sie empfanden beide eine gemeinsame Fröhlichkeit, die aus der Bewegung der Wellen wuchs; auch aus der schnellen wellenzerschneidenden Rennfahrt eines Segelbootes, das in der Bucht einen Bogen beschrieben hatte und nun reglos, erzitternd stillag; seine Segel niedergleiten ließ; und dann blickten sie beide, in dem natürlichen Trieb, nach dieser raschen Bewegung das Bild abzurunden, in die Weite der Dünen hinaus, und sie fühlten, wie die Fröhlichkeit schwand und Trauer sie anwandelte; zum Teil eben, weil das Bild sich rundete – dann aber auch, weil (so dachte Lily) solche weiten Ausblicke den Betrachter um eine Jahrmillion zu überdauern scheinen und das Gefühl in ihm wecken, als wären sie

schon dem Himmel nahe, der in vollkommener Gelassenheit auf die Erde herabblickt.
William Bankes dachte, als er in die weiten Sandhügel hinaussah, an Ramsay: dachte an eine Landstraße in Westmorland, dachte an Ramsay, wie er für sich auf dieser Landstraße dahinschritt, in die Einsamkeit gehüllt, die sein natürliches Wesen schien. Aber dieser einsame Weg wurde, so sah es William Bankes in seiner Erinnerung (und das mußte wohl an eine tatsächliche Begebenheit anknüpfen), durch eine Henne unterbrochen, die ihre Flügel schützend über ihre Kükenschar breitete; Ramsay blieb stehen, deutete mit dem Stock darauf und sagte: „Hübsch – hübsch"; ein wunderlich erleuchtender Einblick in sein Herz, der, so dachte Bankes damals, seine Schlichtheit, sein Gefühl für die bescheidenen Dinge der Welt zeigte; aber es kam ihm vor, als hätte ihre Freundschaft gerade dort, auf jener Landstraße, geendet. Danach hatte Ramsay geheiratet. Danach war, durch mancherlei kleine Anlässe, ihrer Freundschaft das Lebensmark entzogen worden. Wer daran schuld war, wußte William Bankes nicht zu sagen; doch hatte es nach einer gewissen Zeit – nicht eine Erneuerung, aber eine Wiederholung gegeben. Wiederholung war der Grund, daß sie sich trafen. In seinem stummen Zwiegespräch mit den Sanddünen blieb er aber dabei, daß seine Zuneigung für Ramsay sich in keiner Weise vermindert hatte; und doch lag dort, wie der Körper eines jungen Mannes, der seit einem Jahrhundert im Moor ruht, indessen auf seinen Lippen noch das frische Rot blüht – lag seine Freundschaft in ihrer Zartheit und Wirklichkeit quer über der Bucht in den Sandhügeln.
Um seiner Freundschaft willen und vielleicht auch deshalb, weil er sich vor seinem eigenen Urteil von der Anklage reinigen wollte, vertrocknet und verdorrt zu sein – denn Ramsay lebte ja inmitten eines Gewimmels von Kindern, während Bankes kinderlos war und Witwer –, aus diesen beiden Gründen spürte er den heftigen Wunsch, Lily Briscoe möge über Ramsay (der doch auf seine Weise ein bedeutender Mensch war) nicht wegwerfend urteilen, sondern verstehen, wie die Dinge zwischen ihnen standen. Ihre Freundschaft, begonnen vor langen Jahren, war auf einer Landstraße in Westmorland erloschen, als eine Glucke die

Flügel über ihre Küken breitete; danach hatte Ramsay geheiratet, und ihre Wege führten sie auseinander, aber als sie sich dann wiedertrafen, zeigte sich, daß sie geneigt waren, alles zu wiederholen, ohne daß, soviel war gewiß, einer von ihnen Anlaß dazu gegeben hatte.
Ja. So war es. Er setzte den Strich darunter. Er wandte sich von der Aussicht ab. Und als er nun umkehrte, um auf dem anderen Weg, der Fahrstraße, zurückzukehren, war Mr. Bankes aufgeschlossen für Dinge, die nicht mit solcher Macht auf ihn eingedrungen wären, wenn nicht der Anblick der Sanddünen das Bild seiner Freundschaft in ihm wachgerufen hätte, die, das frische Rot auf den Lippen, im Moor ruhte – zum Beispiel Cam, die kleine Cam, Ramsays Jüngste. Sie pflückte am Ufer „Schöne Alice“. Sie war wild und leidenschaftlich. Es fiel ihr nicht ein, „dem Herrn eine Blume zu geben“, wie es das Kindermädchen von ihr verlangte. Nein! nein! nein! sie wollte nicht. Sie ballte die Faust. Sie stampfte mit dem Fuß. Und Mr. Bankes fühlte sich alt und traurig und irgendwie von ihr ins Unrecht gesetzt, was seine Freundschaft anging. Er mußte wohl vertrocknet und verdorrt sein.
Die Ramsays waren nicht reich, und es war ein Wunder, daß sie es fertigbrachten, durchzukommen. Acht Kinder! Acht Kinder mit der Philosophie ernähren. Da war wieder eins von ihnen, diesmal Jasper, der sich vorübertrollte, um, wie er beiläufig sagte, einen Vogel zu schießen; er schwenkte im Vorbeigehen Lilys Hand wie einen Pumpenschwengel, was Mr. Bankes zu der bitteren Bemerkung veranlaßte, daß *sie* bei den Kindern beliebt sei. Da war ferner die Frage der Erziehung zu bedenken (Mrs. Ramsay hatte da freilich vielleicht so ihre eigenen Ansichten) – ganz abgesehen von den Schuhen und Strümpfen, die solche „großen Jungen“, lauter kräftig gewachsene, tapsige, rücksichtslose Burschen, täglich verschlissen und zerrissen. Im übrigen ging es über sein Begriffsvermögen, zu unterscheiden, wer welcher war und in welcher Reihenfolge sie kamen. Er benannte sie für sich nach den Königen und Königinnen von England: Cam die Böse, James den Grausamen, Andrew den Gerechten, Prue die Schöne – denn Prue mußte schön sein, dachte er, ob sie wollte oder nicht, und Andrew klug. Während er die Fahrstraße hinanwanderte und Lily

Briscoe ja sagte und nein sagte und alle seine Bemerkungen noch übertrumpfte (denn sie war verliebt in die ganze Familie, verliebt in diese ganze Welt), erwog er Ramsays Lage, bemitleidete ihn, beneidete ihn, als hätte er mit angesehen, wie der Freund sich aller Glorie der Einsamkeit und strengen Härte entkleidete, die ihn in der Jugend gekrönt hatte, um sich endgültig mit flatternden Gluckenflügeln und dem häuslichen Hühnerhof zu belasten. Sie gaben ihm etwas dafür – William Bankes leugnete das nicht; auch ihm hätte es gefallen, wenn Cam ihm eine Blume ins Knopfloch gesteckt hätte oder ihm, wie sie es bei ihrem Vater machte, auf die Schulter geklettert wäre, um ein Bild vom Ausbruch des Vesuvs zu sehen; und doch hatte all das auch etwas zerstört, seine alten Freunde konnten sich dieser Erkenntnis nicht verschließen. Wie wohl ein Fremder jetzt über ihn dächte? Was mochte zum Beispiel diese Lily Briscoe denken? Konnte es einem Beobachter entgehen, daß sich gewisse Gewohnheiten an ihm festsetzten – Verschrobenheiten, vielleicht Schwächen? Es wäre doch erstaunlich, daß ein Mensch von seinem geistigen Format sich so erniedrigte – aber der Ausdruck war doch wohl zu hart –, sich so vom Lob der Leute abhängig machte wie er.

„Oh“, sagte Lily, „aber vergessen Sie doch nicht sein Schaffen!“

Wenn sie „an sein Schaffen“ dachte, so sah sie immer deutlich einen großen Küchentisch vor sich. Das war Andrews Schuld. Sie hatte ihn gefragt, wovon die Bücher seines Vaters handelten. „Vom Subjekt und vom Objekt und vom Wesen der Wirklichkeit“, hatte Andrew geantwortet. Und als sie sagte, Gott im Himmel, sie hätte keine Ahnung, was das bedeutete – belehrte er sie: „Dann stellen Sie sich einen Küchentisch vor, wenn Sie nicht in der Küche sind.“

So sah sie denn immer, wenn sie an Mr. Ramsays Schaffen dachte, einen schäbigen Küchentisch vor sich. Diesmal war er in der Astgabel eines Birnbaums untergebracht – denn sie waren jetzt im Obstgarten angelangt. Mit einer schmerzhaften Anstrengung riß sie ihre Aufmerksamkeit zusammen und richtete sie – nicht auf die silbergebosselte Borke des Baumes, nicht auf seine fischförmigen Blätter, sondern auf die Vorstellung eines Küchentisches, eines jener hart mitgenommenen Brettertische, faserig und voller

Astknoten, die aussehen, als hätten Jahre starken und biederen Dienstes die Vortrefflichkeit ihres Inneren bloßgelegt; so stak er da im Baum, die vier Beine in der Luft. Wenn jemand seine Tage damit verbrachte, daß er nur diese kantigen Wesentlichkeiten sah, daß er solche schönen Abende mit all ihren flamingofarbenen Wolken und all ihrem Blau und Silber enthülste, bis nur ein weißer vierbeiniger Brettertisch übrigblieb (und dies war ja das Merkmal der erlauchtesten Geister), so konnte er natürlich nicht mit demselben Maß gemessen werden wie ein Durchschnittsmensch.

Es gefiel Mr. Bankes, wie sie sagte: „Vergessen Sie doch nicht sein Schaffen!" Oh, er hatte daran gedacht, oft und oft. Zahllose Male hatte er gesagt: „Ramsay ist einer von denen, die ihre beste Arbeit leisten, ehe sie vierzig sind." Ramsay hatte, als er erst fünfundzwanzig war, mit einem Büchlein einen bestimmten Beitrag zur Philosophie geliefert; was später kam, war mehr oder weniger breitere Ausführung, Wiederholung. Aber die Zahl derer, die überhaupt einen bestimmten Beitrag zu irgend etwas liefern, ist sehr klein, sagte er und blieb beim Birnbaum stehen: makellos sauber, peinlich sorgfältig, ungemein gerecht. Mit einemmal, als hätte die Bewegung seiner Hand das bewirkt, schwankte die Masse der Eindrücke, die sie von ihm gesammelt hatte, und in einer mächtigen Lawine stürzte alles zusammen, was sie ihm gegenüber fühlte. Das war die eine Empfindung. Dann stieg wie im Dunst das Bild seines innersten Wesens vor ihr auf. Das war die andere. Sie fühlte sich von der Stärke ihrer Wahrnehmung durchdrungen; sein strenger Ernst war es, seine Güte. Ich achte dich (so redete sie ihn wortlos an), in jedem winzigen Teilchen deines Wesens; du bist nicht eitel; du bist ganz und gar nicht aufdringlich; du bist feiner als Mr. Ramsay; du bist das feinste menschliche Wesen, das ich kenne; du hast weder Weib noch Kind (sie sehnte sich danach, ohne geschlechtliches Verlangen, diese Einsamkeit zu umhegen), du lebst für die Wissenschaft (unwillkürlich sah sie zerlegte Kartoffeln vor sich); Lob wäre eine Beleidigung für dich; du großmütiger, reinherziger, heldischer Mann! Im gleichen Augenblick aber fiel ihr ein, daß er einen Kammerdiener hierher mitgebracht hatte; daß er es nicht leiden konnte, wenn Hunde auf Stühlen saßen; daß er sich stundenlang über Salz im Gemüse und die Bosheit englischer Köchinnen auslassen konnte, bis Mr. Ramsay die Tür hinter sich zuknallte.

Was war nun die Folgerung aus alledem? Wie sollte man Leute beurteilen, was von ihnen denken? Wie gewann man die Summe aus diesem und jenem und schloß daraus, ob man Zuneigung oder Abneigung empfand? Und was für ein Sinn haftete im Grunde an diesen Worten? Wie sie so, gleichsam gebannt, am Birnbaum stand, drangen ihre Eindrücke von den beiden Männern auf sie ein; ihre Gedanken waren wie eine Stimme, die so rasch spricht, daß der aufzeichnende Bleistift nicht folgen kann: und diese Stimme, ihre eigene Stimme, sagte, ohne daß jemand es ihr soufflierte, unbestreitbare, ewige, widerspruchsvolle Dinge, so daß selbst die Risse und Höcker in der Rinde des Birnbaums für alle Ewigkeit unwiderruflich festgebannt schienen. Du bist großherzig, dachte sie weiter, aber Mr. Ramsay ist nichts dergleichen. Er ist kleinlich, selbstsüchtig, eitel, in sich selbst vernarrt; er ist verzogen; er ist ein Tyrann; er quält Mrs. Ramsay zu Tode; aber er besitzt, was du (sie sprach zu Mr. Bankes) nicht besitzt: ein Feuer, das nicht von dieser Welt ist; er weiß nichts von den Nichtigkeiten des Lebens; er liebt Hunde und seine Kinder. Er hat acht. Du hast keins. Kam er nicht neulich abends in zwei Röcken herunter und ließ sich von Mrs. Ramsay die Haare in eine Puddingschüssel stutzen? All dies tanzte auf und nieder, wie ein Mückenschwarm, jede Gedankenmücke für sich, aber alle auf wunderbare Art im Zaum gehalten durch ein unsichtbares geschmeidiges Netz – tanzte auf und nieder in Lilys Phantasie, um die Zweige des Birnbaums herum, wo immer noch bildlich der abgenutzte Küchentisch hing, das Sinnbild ihrer tiefen Achtung vor Mr. Ramsays Geist; bis ihr Gedankengewebe, das sie schneller und immer schneller gesponnen hatte, durch eigene Spannung platzte; sie fühlte sich erleichtert; dicht neben ihnen ging ein Schuß los, und die Schrotkörner jagten einen Spatzenschwarm auf, angstvoll, lärmend und hastig.

„Jasper!“ sagte Mr. Bankes. Sie schlugen den Weg ein, den die Sperlinge flogen, über die Terrasse. Sie folgten dem raschen Flug der Vögel, die sich am Himmel zerstreuten, traten durch die Lücke in der hohen Hecke und stießen un-

mittelbar auf Mr. Ramsay, der ihnen tragisch entgegendröhnte: „Einer hatte einen Schnitzer gemacht!"
Seine Augen, die vor Erregung und im Trotz tragischen Nachdrucks glänzten, trafen für eine Sekunde die ihren und flackerten auf der Grenze zum Erkennen; dann aber hob er die Hand halb zum Gesicht, als wollte er in einem schmerzlichen Anfall linkischer Scham ihren gewöhnlichen Blick abwehren und wegwischen, als bäte er die beiden, noch einen Augenblick zu verzögern, was, wie er wußte, unabwendbar war, als wollte er ihnen seinen kindlichen Unwillen über die Störung deutlich machen, als wäre er selbst jetzt im Augenblick der Entdeckung nicht völlig herausgerissen, sondern entschlossen, einen Rest dieser köstlichen Erregung festzuhalten, dieses unlauteren Überschwangs, dessen er sich schämte, indessen er darin schwelgte; dann aber wandte er sich jäh und schlug ihnen gleichsam seine Tür vor der Nase zu; und Lily Briscoe und Mr. Bankes, die unbehaglich zum Himmel aufblickten, stellten fest, daß der Spatzenschwarm, den Jasper mit seinem Gewehr aufgescheucht hatte, sich in den Wipfeln der Ulmen niedergelassen hatte.

5

„Und wenn es morgen nicht schön sein sollte", sagte Mrs. Ramsay und hob die Augen, um zu sehen, wie William Bankes und Lily Briscoe vorübergingen, „dann ist es eben an einem andern Tag schön. Und jetzt", sagte sie und dachte dabei, daß Lilys Reiz ihre Chinesenaugen wären, die schräg in ihrem weißen, ältlichen schmalen Gesicht standen, aber nur ein kluger Mann würde das bemerken, „und jetzt steh auf, damit ich dein Bein messen kann", denn vielleicht fuhren sie doch zum Leuchtturm, und sie mußte sehen, ob der Strumpf nicht noch einen oder zwei Zoll Länge im Bein brauchte.
Lächelnd, denn in ebendieser Sekunde war ein herrlicher Einfall in ihr aufgeblitzt – William und Lily sollten ein Paar werden –, nahm sie den gesprenkelten Wollstrumpf mit dem Kreuz und Quer von Stahlnadeln in der Öffnung und maß ihn an James' Bein.

„Steh still, mein Schatz", sagte sie, denn James, der eifersüchtig war und keine Lust hatte, für den Jungen des Leuchtturmwärters als Maßmodell zu dienen, zappelte absichtlich; und wenn er zappele, wie könne sie da sehen, ob der Strumpf zu lang oder zu kurz sei? fragte sie.
Sie blickte auf – was für ein Teufel war in ihren Jüngsten, ihren Liebling, gefahren? – und sah das Zimmer, sah die Stühle und fand sie entsetzlich schäbig. Ihre Eingeweide lagen, so hatte Andrew sich neulich ausgedrückt, überall am Boden verstreut; aber was hatte es für einen Sinn, gute Stühle zu kaufen und sie den Winter über hier verderben zu lassen, wo es im Hause buchstäblich von Nässe troff und nur eine alte Frau nach dem Rechten sah? Aber was wollte das besagen: die Miete war nicht der Rede wert; die Kinder liebten das Haus; es tat ihrem Mann gut, einmal dreitausend – oder, wenn sie genau sein sollte, dreihundert Meilen von seinen Büchern, seinen Vorlesungen und seinen Schülern weg zu sein, und es war Raum da für Gäste. Matten, Feldbetten, klägliche Stuhl- und Tischüberbleibsel, die in London ihre Lebensdauer hinter sich gebracht hatten – hier waren sie noch brauchbar; dazu ein paar Fotos und Bücher. Bücher, dachte sie, vermehrten sich von selbst. Sie hatte niemals Zeit, welche zu lesen. Ach ja – nicht einmal die Bücher, die ihr von den Dichtern selbst geschenkt worden waren, mit eigenhändigen Widmungen: „Ihr, deren Wünschen man gehorchen muß . . ." – „Der glücklicheren Helena unserer Tage . . .", es war eine Schande, es einzugestehen, aber sie hatte sie nie gelesen. Und ob es nun Crooms Buch „über den Geist" war oder das von Bates über die „Sitten der Eingeborenen in Polynesien" – man konnte keins davon zum Leuchtturm schicken. Eines schönen Tages würde vermutlich das Haus so schäbig aussehen, daß etwas geschehen mußte. Wenn man der Familie nur beibringen könnte, sich die Füße abzutreten und nicht den ganzen Strand mit hereinzubringen – das wäre schon etwas. Gegen Krabben freilich konnte sie nichts einwenden, wenn Andrew sie tatsächlich zu sezieren wünschte; oder auch wenn Jasper glaubte, aus Seetang ließe sich eine Suppe bereiten, konnte man nichts dagegen tun; oder Roses Kram – Muscheln, Schilf, Steine; denn sie waren begabt, ihre Kinder, aber jedes auf verschiedene Art. Und die Folge war, sagte

sie sich seufzend und betrachtete den ganzen Raum vom Fußboden bis zur Decke, während sie den Strumpf gegen das Bein ihres Jüngsten hielt, daß alles mit jedem Sommer schäbiger und schäbiger wurde. Die Matte verblich; die Tapete löste sich. Man erkannte nicht mehr, daß sie eigentlich ein Rosenmuster zeigte. Aber wenn im ganzen Hause fortwährend alle Türen offengelassen werden und es in ganz Schottland keinen Schlosser gibt, der imstande ist, ein Türschloß zu reparieren, dann muß ja alles verrotten. Was half's, wenn man einen grünen Kaschmirschal über die Ecke eines Bilderrahmens warf? Nach zwei Wochen hatte er eine Farbe wie Erbsensuppe. Was sie aber ärgerte, waren die Türen; sämtliche Türen wurden offengelassen. Sie horchte. Die Tür zum Wohnzimmer war offen; die Hallentür war offen; es klang, als waren auch die Schlafzimmertüren offen; und zweifellos war auch das Fenster auf dem Treppenabsatz offen, denn das hatte sie selbst aufgemacht. Es war doch eigentlich ganz einfach: Fenster sollten offen sein, Türen geschlossen; warum sich das nur keiner merken konnte? Wenn sie nachts in die Schlafzimmer der Mädchen ging, da waren sie verriegelt wie die Backöfen – nur bei Marie, der Schweizerin, nicht, denn die konnte es eher ohne Bad als ohne frische Luft aushalten, aber bei ihr daheim, sagte sie, waren „die Berge so schön". Ja, das hatte sie gestern abend gesagt und dabei mit Tränen in den Augen aus dem Fenster gesehen. „Die Berge sind so schön." Ihr Vater lag, wie Mrs. Ramsay erfahren hatte, da im Sterben. Er ließ seine Kinder vaterlos zurück. Mrs. Ramsays Schelten und eifriges Erklären (wie man ein Bett macht, wie man ein Fenster schließt, wobei sie die Finger spreizte und schloß wie eine Französin), all das faltete sich gleichsam zusammen und wurde still, als das Mädchen sprach: wie wenn sich nach einem Flug durch den Sonnenschein die Flügel eines Vogels still zusammenfalten und das Blau seines Gefieders sich von stahlfarbenem Glanz zu sanftem Purpur wandelt. Schweigend hatte sie dagestanden, denn es gab nichts zu sagen. Er hatte Kehlkopfkrebs. Und bei der Erinnerung – wie sie dagestanden, wie das Mädchen gesagt hatte: „Die Berge in meiner Heimat sind so schön", und daß keine Hoffnung wäre, gar keine, überkam sie jähe Erbitterung, und sie sagte in scharfem Ton zu James: „Steh still. Das ist

ja nicht zum Aushalten!" Er begriff sofort, daß es mit ihrer Strenge ernst war, und streckte sein Bein, so daß sie messen konnte.
Der Strumpf war mindestens einen halben Zoll zu kurz, selbst wenn man in Betracht zog, daß Sorleys kleiner Junge wohl körperlich nicht so entwickelt war wie James.
„Zu kurz", sagte sie. „Immer noch zu kurz."
Nie trug ein Antlitz solche Trauer. Bitter und schwarz, im Dunkeln, in halber Höhe des Schachtes, der aus dem Sonnenlicht zur Tiefe führt, formte sich vielleicht eine Träne; fiel eine Träne hinab; die Wasser schwangen ihre Kreise, hierhin und dorthin, und waren wieder still. Nie trug ein Antlitz solche Trauer.
Aber war es wirklich nur ihr Äußeres? fragten sich die Leute. Was war hinter alledem – hinter ihrer Schönheit, ihrer hellen Herrlichkeit? Hatte er sich eine Kugel ins Hirn gejagt, so fragte man sich, war er wirklich eine Woche vor der Hochzeit gestorben – ein anderer, früherer Liebhaber, von dem in Gerüchten die Rede war? Oder war da gar nichts? nichts als eine unvergleichbare Schönheit, hinter der sie lebte und die durch nichts zu zerstören war? Denn in vertraulichen Augenblicken, wenn ihr Geschichten von großen Leidenschaften, von verratener Liebe, von enttäuschtem Ehrgeiz zu Ohren kamen, hätte vielleicht auch sie erzählen können, daß sie dergleichen kennengelernt, gefühlt oder durchlebt habe, doch sie sprach nie ein Wort. Sie blieb immer stumm. Sie wußte davon – sie wußte, ohne es erfahren zu haben. Ihre Unbefangenheit ergründete, was kluge Leute lügnerisch verfälschten. Ihr unverbildeter Verstand verlieh ihr die Gabe, lotrecht niederzufallen wie ein Stein, sich genau am Ziel niederzulassen wie ein Vogel, gab ihrem Geiste die natürliche Kraft zum raubvogelhaften Herabstoßen auf die Wahrheit, was Lust bedeutete, Freude, Trost – wenn auch fälschlicherweise.
[„Die Natur", hatte Mr. Bankes einmal gesagt, als er ihre Stimme am Telefon hörte und von ihrem Klang bewegt war, obwohl sie ihm nur eine Zugverbindung mitteilte, „die Natur hat nur wenig Lehm wie den, aus dem sie Sie geformt hat." Er sah sie vor sich, wie sie am anderen Ende des Drahtes stand, hellenisch, blauäugig, mit gerader Nase. Wie ungereimt kam es einem vor, mit einer solchen Frau zu telefo-

nieren! Die Göttinnen der Anmut schienen sich allesamt auf Asphodeloswiesen zusammengefunden zu haben, um dieses Antlitz zu formen. Ja, er würde den Zug um zehn Uhr dreißig von Euston nehmen.

„Aber sie weiß von ihrer Schönheit ebensowenig wie ein Kind“, sagte Mr. Bankes, indessen er den Hörer auflegte und zum Fenster ging, um zu sehen, wie die Arbeiter mit dem Bau eines Hotels vorankamen, das hinter seinem Haus errichtet wurde. Und er dachte an Mrs. Ramsay, während er auf das geschäftige Treiben zwischen den unfertigen Mauern blickte. Denn immer, so dachte er, war irgend etwas Unpassendes mit dem Ebenmaß ihres Gesichts verknüpft. Sie stülpte sich einen breitkrempigen Hut auf den Kopf; sie rannte in Überschuhen durchs Gras, um ein Kind vor Unheil zu bewahren. So daß man, wenn man nur an ihre Schönheit dachte, nicht das unrastig Bebende, das zitternd Lebendige vergessen durfte (sie schafften drüben Ziegelsteine über einen kleinen Brettersteg zum Bau, während er sie beobachtete), das in das Bild eingefügt werden mußte; oder wenn man sie sich ganz einfach nur als Frau vorstellte, so mußte man ihr Bild schon mit irgendeinem ungewöhnlichen Zug ausstatten; oder vermuten, daß sie ein geheimes Verlangen spürte, ihre erhabene Schönheit abzustreifen, weil sie diese Schönheit und alles, was Männer über Schönheit sagten, langweilig fand und weil sie sein wollte wie andere Leute: alltäglich. Er wußte es nicht. Er wußte es nicht. Und er mußte an seine Arbeit.]

Während Mrs. Ramsay an dem rötlichbraunen Wollstrumpf strickte und der goldene Bilderrahmen, der über eine Ecke geworfene grüne Schal und das als echt beglaubigte Meisterwerk von Michelangelo für ihren Kopf einen wunderlichen Hintergrund abgaben, sänftigte sie alles, was an ihrer Art eben noch herb gewesen war, hob den Kopf ihres Jüngsten zu sich auf und küßte ihn auf die Stirn. „Nun wollen wir noch ein Bild zum Ausschneiden suchen“, sagte sie.

6

Aber was war geschehen?

Einer hatte einen Schnitzer gemacht.

Sie fuhr aus ihrem Sinnen auf und gab Worten, die ihr schon eine lange Weile ohne Sinn im Ohr gelegen hatten, einen Sinn. „Einer hatte einen Schnitzer gemacht . . ." Sie heftete ihre kurzsichtigen Augen auf ihren Mann, der auf sie zuhielt, und blickte ihm unverwandt entgegen, bis sie ihn nah genug hatte, um zu erkennen (das Wortgeklingel verband sich in ihrem Kopf), daß etwas geschehen war, einer hatte einen Schnitzer gemacht. Aber sie konnte sich um die Welt nicht vorstellen, was geschehen war.

Er zitterte; er flog. All seine Eitelkeit, all seine Freude an der eigenen Pracht, der Ritt so trotzig wie Blitzesstrahl, kühn wie ein Aar an der Spitze der Schar durch das Todestal – alles war zerscherbt und vernichtet. Bestürmt von der Kugeln und Bomben Wut – wir ritten kühnlich und ritten gut; flammend wie Blitzesstrahl sind wir durchs Todestal wie krachender Donner geritten – geradeswegs in Lily Briscoe und William Bankes hinein. Er flog; er zitterte.

Um keinen Preis hätte sie ihn jetzt angeredet, da sie an den vertrauten Merkmalen erkannte, daß er verstört und außer sich war; er sah sie nicht an, und es war ein seltsames und unbenennbares Etwas um ihn, als hüllte er sich ein, als brauchte er dies Abgetrenntsein, um sein Gleichgewicht wiederzugewinnen. Sie strich James übers Haar; sie übertrug auf ihn, was sie für ihren Mann empfand, und als sie sah, daß er das weiße Frackhemd eines Herrn in der Preisliste der Army and Navy Stores mit dem Gelbstift bearbeitete, dachte sie, wie herrlich es doch für sie wäre, wenn aus ihm einmal ein großer Künstler würde, und warum auch nicht? Er hatte eine prachtvolle Stirn. Dann, als ihr Mann abermals an ihr vorüberging, blickte sie auf und stellte mit Erleichterung fest, über die Trümmer war schon ein Schleier gefallen; der häusliche Alltag siegte; Gewohnheit sang leise ihr sänftigendes Lied. Als er bei seinem Rundgang wieder einmal beim Fenster angelangt war, blieb er mit Bedacht stehen und beugte sich zu James herab, um ihn in neckender Laune mit irgendeinem kleinen Zweig an der nackten Wade zu kitzeln. Nun hielt sie den Augenblick für gekommen, ihm Vorwürfe zu machen, weil er Charles Tansley, „den armen jungen Mann“, abgefertigt hatte. Tansley hätte hineingehen und sich an seine Doktorarbeit setzen müssen, antwortete er.

„James wird dieser Tage *seine* Doktorarbeit schreiben müssen“, fügte er spöttisch hinzu und schlug neckend mit seinem Zweig.

James, voll Haß gegen seinen Vater, wehrte heftig den Zweig ab, mit dem Ramsay, in seiner aus Strenge und Humor wunderlich gemischten Art, das nackte Bein seines Jüngsten kitzelte.

Sie wolle jetzt mit diesen langweiligen Strümpfen fertig werden, damit sie morgen Sorleys kleiner Junge bekommen könne, sagte Mrs. Ramsay.

Es bestehe auch nicht die geringste Aussicht, daß sie morgen zum Leuchtturm fahren könnten, platzte Mr. Ramsay in jähem Ärger heraus.

Wie er das wissen könne? fragte sie. Der Wind springe doch oft um.

Die außerordentliche Unvernunft dieser Antwort, die Torheit weiblichen Denkens brachte ihn auf. Er war durch das Tal des Todes geritten, hatte Vernichtung und Schauder erfahren; und nun sprach sie allen Tatsachen hohn, erweckte in den Kindern Hoffnungen, die nicht zu erfüllen waren, ja, sie log geradezu. Er stampfte mit dem Fuß auf die steinerne Stufe. „Hol dich der Teufel!“ sagte er. Aber was sie denn gesagt hätte? Nur, daß es morgen vielleicht schön sein würde. Das wäre doch möglich.

Nicht bei fallendem Barometer und steifem Westwind.

Mit solch erstaunlichem Mangel an Rücksicht auf die Gefühle anderer auf Wahrheit versessen zu sein, die dünne Hülle der Zivilisation derart hemmungslos und roh zu zerreißen, das kam ihr wie eine so schreckliche Verletzung menschlichen Anstands vor, daß sie, ohne zu antworten, betäubt und geblendet, den Kopf senkte, als wollte sie den scharfzackigen Hagelschauer, die Flut von Schmutzwasser ohne ein Wort der Zurückweisung über sich ergehen lassen. Da gab es nichts zu sagen.

Er stand schweigend neben ihr. Schließlich sagte er, sehr kleinlaut, er wolle hingehen und die Leute von der Küstenwacht fragen, wenn sie wolle.

Niemanden gab es, den sie so verehrte, wie sie ihn verehrte.

Wenn er es sage, so genüge ihr das, antwortete sie. Nur brauchten sie dann keine Sandwiches zurechtzumachen – darum gehe es. Seit sie Frau war, kamen sie natürlich den ganzen Tag zu ihr mit allen möglichen Wünschen; der eine wollte dies, der andere das; die Kinder wuchsen heran; sie kam sich oft vor, als wäre sie nur ein mit den Gefühlen und Erregungen anderer vollgesogener Schwamm. Nun sagte er: Hol dich der Teufel! Er sagte, es würde regnen. Er sagte, es würde nicht regnen – und alsbald tat sich ein Himmel des Geborgenseins vor ihr auf. Niemanden gab es, den sie mehr verehrte als ihn. Sie fühlte sich nicht würdig, ihm die Schuhriemen zu lösen.

Schon aber schämte sich Mr. Ramsay seiner Verdrießlichkeit, schämte sich der heftigen Handbewegungen, mit denen er an der Spitze seiner Truppen zum Angriff vorgestürmt war, und er stach noch einmal, ziemlich albern, seinen Sohn ins nackte Bein, worauf er, als hätte sie ihn nun davongelassen, mit einer Bewegung, die seine Frau wunderlich an den großen Seelöwen im Zoo erinnerte, wenn er nach dem Verschlingen seiner Fische sich zurückwirft und von dannen wälzt, so daß das Wasser in seinem Becken hin und her schwappt, in die Abendluft eintauchte, die, dünner schon, den Blättern und Hecken das Körperhafte nahm, dafür aber, wie als Entschädigung, den Rosen und Nelken einen Glanz lieh, den sie am Tage nicht hatten.

„Einer hatte einen Schnitzer gemacht“, sagte er abermals und zog mit langen Schritten davon, hin und her über die Terrasse. Aber wie erstaunlich hatte sein Ton sich gewandelt! Es war wie beim Kuckuck – „im Juni wechselt er die Stimme“; als suchte er, tastend und probend, eine Redewendung für eine neue Stimmung und nähme nun diese, da er sie einmal zur Hand hatte, wenn sie auch ziemlich verrückt war. Es klang doch lächerlich – „Einer hatte einen Schnitzer gemacht“ –, wenn es in diesem Ton gesagt wurde, fast als Frage, ohne Überzeugung, melodisch. Mrs. Ramsay konnte ein Lächeln nicht unterdrücken, und wahrhaftig, da summte er es auch schon, auf und ab gehend, ließ es fallen, verstummte.

Er war in Sicherheit, er war wohlbehalten wieder in seinem

Gehäuse. Er blieb stehen, um seine Pfeife anzuzünden, warf einen Blick zu Frau und Sohn am Fenster, und wie wenn man im Schnellzug die Augen von einem Buch hebt und den Anblick eines Bauernhofes, eines Baumes, einer Häusergruppe als Illustration, als Bestätigung für den Inhalt der gedruckten Seite nimmt, zu der man, bestärkt und befriedigt, zurückkehrt, so stärkte und befriedigte ihn der Anblick seines Sohnes und seiner Frau, wenn er sie auch nicht bewußt wahrnahm, und weihte gleichsam sein Bemühen um vollkommen klare Erfassung der Frage, die eben jetzt die Kräfte seines glanzvollen Geistes beschäftigte.

Es war ein glanzvoller Geist. Denn wenn das Denkvermögen der Tastatur eines Klaviers gleicht, die in so viele Töne zerfällt, oder wie das Alphabet in sechsundzwanzig wohlgeordnete Buchstaben gegliedert ist, so brachte es dieser glanzvolle Geist ohne jede Schwierigkeit fertig, diese Buchstaben herunterzulesen, einen nach dem andern, fest und genau, bis er, sagen wir, zum Buchstaben Q kam. Er kam bis zum Q. Nur sehr wenige Leute in ganz England kommen jemals bis zum Q. Hier blieb er einen Augenblick bei der Steinvase stehen, in der die Geranien blühten, und sah, aber nun weit, weit weg, wie Kinder, die Muscheln suchen, in göttlicher Unschuld, ganz mit den kleinen Dingen zu ihren Füßen beschäftigt und irgendwie völlig wehrlos gegen ein Verhängnis, das er erkannte, sah seine Frau und seinen Sohn beisammen am Fenster. Sie brauchten seinen Schutz; er beschützte sie. Aber nach Q? Was kommt dann? Nach Q kommt eine Reihe von Buchstaben, deren letzter, für sterbliche Augen kaum noch sichtbar, rötlich in der Ferne glimmert. Das Z wird in jedem Menschenalter nur von einem einzigen Menschen erreicht. Aber wenn er das R erreichen könnte, das wäre doch schon etwas. Hier war er nun erst einmal beim Q. Er stemmte beim Q die Hacken in den Boden. Das Q war sicher. Über das Q konnte er sich ausweisen. Wenn Q nun also Q ist, dann ist R ... Hier klopfte er seine Pfeife aus, mit zwei oder drei hallenden Schlägen an das Widderhorn, das den Griff der Vase bildete, und dachte weiter. Dann ist R ... Er raffte sich zusammen. Er straffte sich.

Eigenschaften, die eine Schiffsbesatzung gerettet hätten, wenn sie mit sechs Schiffszwiebäcken und einer einzigen

Flasche Wasser der tobenden See preisgegeben war – Beharrlichkeit und Gewissenhaftigkeit, Voraussicht, Hingabe und Geschicklichkeit waren seine Helfer. R ist also . . . was ist R?

Ein Vorhang, wie das lederartige Augenlid einer Eidechse, senkte sich zuckend über die gespannte Schärfe seines Blikkes und überdunkelte den Buchstaben R. Und in dieser jähen Verdunkelung hörte er die Leute sagen, er sei ein Versager, das R gehe über seine Kraft. Nie würde er das R erreichen. Noch einmal denn: auf zum R. R . . .

Eigenschaften, die ihn bei einer verzweifelten Expedition durch die eisigen Einöden der Polarregion zum Leiter, zum Führer, zum Planer gemacht hätten, der weder in der Hoffnung überschwenglich ist noch in der Enttäuschung verzweifelt, der mit Gelassenheit überblickt, was zu tun ist, und dem ins Auge sieht – solche Eigenschaften waren wiederum seine Helfer. R . . .

Noch einmal zuckte das Eidechsenlid nieder. Die Adern auf seiner Stirn schwollen. Das Geranium in der Vase wurde unheimlich deutlich, und inmitten seiner Blätter sah er, unerwünschte Schau, den alten, deutlichen Unterschied zwischen den beiden Arten von Menschen: einerseits die stetig Voranschreitenden von übermenschlicher Kraft, die mit harter und zäher Arbeit das ganze Alphabet vortragen, alle sechsundzwanzig Buchstaben der Reihe nach, vom ersten bis zum letzten; andererseits die Begnadeten, die von Genie Erleuchteten, die sämtliche Buchstaben auf einmal mit einem einzigen blitzhaften Ruck erfassen. Er war kein Genie; so hoch verstieg er sich nicht: er besaß die Kraft – oder hätte sie vielleicht besessen –, jeden Buchstaben des Alphabets von A bis Z gewissenhaft durchzunehmen. Gegenwärtig saß er nun also beim Q fest. Vorwärts denn, zum R!

Empfindungen, die einem Anführer keine Schande gemacht hätten, der, wenn der Schnee fällt und Nebel den Berggipfel verhüllt, weiß, daß er sich niederlegen und sterben muß, bevor der Morgen kommt, erfaßten ihn, ließen die Farbe seiner Augen erlöschen und verliehen ihm in diesen zwei Minuten, da er einmal hin, einmal her über die Terrasse ging, das welke Aussehen verdorrten Alters. Aber er wollte nicht im Liegen sterben; er wollte eine Felsspitze finden und, an sie geklammert, den Blick ins Unwetter gerichtet, bis zuletzt das Dunkel zu durchdringen suchen, er wollte im Stehen sterben. Er würde nie bis zum R kommen.

Er stand unbeweglich neben der Vase, in der das Geranium üppig blühte. Wie viele kommen denn nun wohl, so fragte er sich, auf eine Milliarde, die das Z erreichen? Sicherlich darf der Anführer einer in ihrer Hoffnung getäuschten Schar sich diese Frage stellen und sie beantworten, ohne damit an den Seinen Verrat zu begehen: „Vielleicht einer." In einem Menschenalter einer. Kann man dann aber ihm einen Vorwurf machen, daß er dieser eine nicht ist – wenn er sich nur redlich geplagt und das Beste seiner Kraft hergegeben hat, bis ihm nichts mehr zu geben übrigbleibt? Und sein Ruhm – wie lange währt der? Auch ein sterbender Held darf wohl, bevor er stirbt, darüber nachdenken, was die Menschen nach seinem Tode von ihm sagen werden. Sein Ruhm währt vielleicht zweitausend Jahre. Und was sind zweitausend Jahre? (so fragte Mr. Ramsay spöttisch, den Blick starr auf die Hecke gerichtet). Ja, wahrhaftig, was sind sie, wenn man vom Gipfel eines Berges die riesigen Wüsteneien der Zeiten überblickt? Der Stein, an den unsere Stiefelspitze stößt, wird Shakespeare überdauern. Sein eigenes Lichtlein würde, nicht allzuhell, ein oder zwei Jahre leuchten und dann in einem größeren Licht untergehen, und dieses wiederum in einem noch größeren. (Er blickte ins Dunkel, in das Gewirr der Zweige.) Wer also kann den Führer jenes todgeweihten Unternehmens tadeln, der ja schließlich hoch genug geklommen ist, um die Wüstenei der Jahre und den Untergang der Sterne zu sehen, wenn er, ehe die Starre des Todes seinen Gliedern alle Kraft zur Bewegung raubt, seine erstarrenden Finger nicht ganz ohne bewußte Absicht zur Braue hebt und sich in den Schultern strafft, so daß die Hilfsexpedition ihn später tot auf seinem Posten findet, eine edle soldatische Gestalt? Mr. Ramsay straffte sich in den Schultern und stand sehr aufrecht bei der Steinvase.

Wer will ihn tadeln, wenn seine Gedanken, indessen er einen Augenblick so dasteht, beim Ruhm verweilen, bei Suchexpeditionen, bei steinernen Grabhügeln, die eine dankbare Nachwelt über seinen Gebeinen errichten wird? Schließlich: Wer will den Führer des verlorenen Unternehmens tadeln, der das Äußerste gewagt und seine Kraft bis zum allerletzten Rest verbraucht und sich, als ihn der Schlaf übermannte, nicht mehr viel darum gesorgt hat, ob er wieder erwachen wird, wenn er nun bei einem gewissen Prickeln in seinen Zehen merkt, daß er noch lebt und es durchaus nicht ablehnt zu leben, sondern nach Mitgefühl und Whisky und einem Zuhörer für die sofortige Erzählung seiner Leiden verlangt? Wer will ihn tadeln? Wer wird sich nicht heimlich freuen, wenn der Held seine Rüstung ablegt und am Fenster stehenbleibt und auf seine Frau und seinen Sohn blickt, die zuerst sehr fern sind, aber allmählich näher und näher kommen, bis Lippen und Buch und Kopf klar vor seinen Augen sind, wenn auch noch hold und unvertraut nach der tiefen Furchtbarkeit seiner Vereinsamung und der Wüstenei der Jahre und dem Sturz der Sterne; wenn er schließlich seine Pfeife in die Tasche steckt und seinen herrlichen Kopf vor ihr beugt – ja, wer will ihn tadeln, wenn er sich ehrfürchtig neigt vor der Schönheit der Welt?

7

Aber sein Sohn haßte ihn. Er haßte ihn, weil er zu ihnen kam, weil er stehenblieb und auf sie herabblickte; er haßte ihn, weil er störte; er haßte ihn wegen der Leidenschaftlichkeit und Hoheit seiner Bewegungen; wegen seines edel geschnittenen Kopfes; wegen seiner anspruchsvollen Selbstsucht (denn da stand er nun und verlangte Beachtung); am stärksten aber haßte er ihn wegen der schwirrenden, zitternden Erregung, die von ihm ausging und ihm, James, die vollkommene Einfachheit und Vernünftigkeit des Verhältnisses zur Mutter zerstörte. Er blickte starr in sein Buch und hoffte, daß er so den Vater zum Weggehen veranlassen könnte; er deutete mit dem Finger auf ein Wort und hoffte, damit die Aufmerksamkeit seiner Mutter wiederzuerobern, die, er wußte es voll Zorn, ihm entglitt, sobald der Vater stehenblieb. Aber nein. Nichts in der Welt konnte Mr. Ramsay zum Weitergehen veranlassen. Da stand er und forderte Mitgefühl.

Mrs. Ramsay, die lässig dagesessen hatte, den Arm um ihren Sohn gelegt, straffte sich und wandte sich halb zur Seite; es war, als risse sie sich mit Anstrengung hoch, als entsende sie sogleich einen Strom von Kraft in die Luft, eine sprühende Säule; sie sah zugleich belebt und lebenweckend aus, als wären alle ihre Kräfte zu einem einzigen Strom verschmolzen, der brannte und leuchtete (obwohl sie ganz ruhig dasaß und ihren Strumpf wieder zur Hand nahm); und in diese köstliche Fruchtbarkeit, in diese sprühende Springsäule aus Leben warf sich die tragische Unfruchtbarkeit des Mannes, ein erzener Schnabel, kahl und nackt. Er verlangte Mitgefühl. Er sei ein Versager, sagte er. Mrs. Ramsay ließ ihre Nadeln blitzen. Mr. Ramsay wiederholte, indessen er keinen Blick von ihrem Gesicht ließ, er sei ein Versager. Sie tat die Worte verächtlich ab. „Charles Tansley ...“, sagte sie. Aber das genügte ihm nicht. Mitgefühl wollte er, seines Genies wollte er vor allem versichert werden, und dann wollte er aufgenommen werden in den Blutkreis des Lebens, wollte sich wärmen und hegen lassen; seine Sinne sollte sie wieder ins Gleichgewicht bringen, aus seiner Unfruchtbarkeit sollte sie Fruchtbarkeit machen, alle Räume des Hauses sollte sie mit Leben füllen – das Wohnzimmer, hinter dem Wohnzimmer die Küche, über der Küche die Schlafzimmer, jenseits der Schlafzimmer die Kinderzimmer; sie mußten ausgestattet, sie mußten mit Leben gefüllt werden.

Charles Tansley halte ihn für den größten Metaphysiker der Zeit, sagte sie. Aber er brauchte mehr als das. Er brauchte Mitgefühl. Er brauchte die Versicherung, daß auch er im Herzen des Lebens lebte; daß man seiner bedurfte; nicht nur hier, sondern in der ganzen Welt. Während sie ihre Nadeln blitzen ließ, zuversichtlich, aufrecht, erschuf sie Wohnzimmer und Küche, ließ sie hell aufleuchten; lud ihn ein, es sich darin behaglich zu machen, ein und aus zu gehen, sich daran zu freuen. Sie lachte, sie strickte. James, der sehr steif zwischen ihren Knien stand, fühlte, wie all ihre Kraft aufflammte, um getrunken und ausgelöscht zu werden von dem erzenen Schnabel, dem unfruchtbaren Säbel des Mannes, der erbarmungslos zuschlug, wieder und immer wieder, weil er Mitgefühl verlangte.

Er sei ein Versager, wiederholte er. Nun, er möge doch sehen, möge fühlen. Während sie ihre Nadeln blitzen ließ und um sich blickte, aus dem Fenster, ins Zimmer, auf James herab, gab sie ihm durch ihr Lachen, ihre Unbeirrbarkeit, ihr Sachverständnis (wie eine Kinderfrau, die ein Licht durch ein dunkles Zimmer trägt und dadurch ein empfindsames Kind beruhigt) die Sicherheit, daß alles wirklich war: das Haus war voll; der Garten blühte; kein Schatten eines Zweifels blieb zurück. Wenn er ihr blind vertraute, so konnte nichts Schlimmes ihn treffen; wie tief er sich auch vergrub, wie hoch er auch klomm, nicht eine einzige Sekunde würde sie von seiner Seite weichen. Als sie sich so ihrer Kraft zum Umhegen und Schützen rühmte, blieb kaum noch die äußere Hülse ihres Ichs übrig, an der sie sich hätte wiedererkennen können; alles wurde verwendet und verschwendet; und James, der steif zwischen ihren Knien stand, fühlte, wie sie zu einem rosig überblühten Fruchtbaum voller Blätter und tanzender Äste aufwuchs, in den der erzene Schnabel, der unfruchtbare Säbel des Vaters, des selbstsüchtigen Mannes, schlug und stieß, weil er Mitgefühl verlangte. Angefüllt mit ihren Worten, wie ein Kind, das gesättigt aufhört, aufgerichtet, erneuert, sah er sie schließlich voll demütiger Dankbarkeit an und sagte, er wolle nun einen kleinen Rundgang machen; er wolle den Kindern beim Kricketspiel zusehen. Er ging.

Sogleich war es, als faltete Mrs. Ramsay sich zusammen, ein Blumenblatt schloß sich ins andere, und das ganze Gebilde sank erschöpft in sich zusammen, so daß sie nur noch die Kraft besaß, in köstlicher Hingabe an ihre Erschöpfung den Finger über die aufgeschlagene Seite des Grimmschen Märchenbuches gleiten zu lassen, indessen das Entzücken gelungener Schöpfertat in ihr zitterte, wie die Spannung in einer Feder, die sich zu voller Länge gedehnt hat und nun langsam schwingend zur Ruhe kommt. Jedes Zittern dieser Spannung schloß, so schien es ihr, sie und ihren Mann ein, wie er nun fortging, gab ihnen beiden die tröstliche Lust, die zwei Töne, einer hoch, der andere tief, einander zu spenden scheinen, wenn sie zusammen angeschlagen werden. Doch als der Nachhall erstarb und sie sich wieder dem Märchen zuwandte, fühlte Mrs. Ramsay sich nicht nur körperlich erschöpft (das geschah ihr nach solchen Augenblikken immer), sondern in ihre körperliche Ermüdung mischte sich irgendein leises Unbehagen anderen Ursprungs. Nicht daß sie, während sie James das Märchen vom „Fischer un syner Fru“ vorlas, genau gewußt hätte, woher dieses Unbehagen rührte; sie wollte für ihre Unzufriedenheit auch keine Worte finden, als sie beim Umwenden einer Seite innehielt und dumpf, mit unheilvollem Klang eine Welle sich brechen hörte und den Grund für das Gefühl erkannte: Es war ihr nicht recht, wenn sie sich auch nur eine Sekunde lang ihrem Mann überlegen fühlte; auch konnte sie es nicht ertragen, wenn sie der Wahrheit dessen, was sie zu ihm sagte, nicht vollkommen sicher war. Daß die Universitäten und die Leute ihn brauchten, daß Vorlesungen und Bücher Dinge von allerhöchster Bedeutung waren – all das zog sie auch nicht einen Augenblick in Zweifel; aber es war ihr Verhältnis zu ihm, das ihr zu schaffen machte, war die Tatsache, daß er zu ihr kam wie eben jetzt, ganz offenkundig, so daß jeder es sehen konnte; denn nun würde es heißen, er wäre von ihr abhängig, wo sie doch wissen mußten, wie unendlich viel größer seine Bedeutung war als ihre und wie belanglos das, was sie der Welt gab, wenn man es an seinen Gaben maß. Aber das allein war es auch nicht – es war die Tatsache, daß sie ihm nicht die Wahrheit zu sagen wagte, über das Gewächshausdach zum Beispiel und die Kosten, die durch die Reparatur entstehen würden, fünfzig Pfund etwa; und dann über seine Bücher: denn sie fürchtete, er könnte ihren leisen Verdacht erraten, daß sein letztes Buch nicht sein bestes war (sie schloß das aus William Bankes' Worten); schließlich die Notwendigkeit, allerlei kleine alltägliche Dinge vor ihm zu verbergen, und die Kinder merkten es, und es bedrückte sie – all das minderte ihre volle Freude, die reine Freude am Zusammenklang der beiden Töne und war schuld daran, daß der Klang ihr nun trübe und matt im Ohr erstarb.

Ein Schatten fiel auf das Buch; sie blickte auf. Es war Augustus Carmichael, der vorüberschlurfte, ausgerechnet jetzt, in diesem Augenblick, wo es schmerzlich war, an die Unzulänglichkeit menschlicher Beziehungen erinnert zu werden: daß auch die vollkommenste nicht fehlerlos ist und der Prüfung nicht standhält, die sie, die ihren Mann doch liebte, mit ihrem Instinkt für Wahrheit vornahm; wo es für sie schmerzlich war, sich des Unwerts überführt, durch diese Lügen und Übertreibungen an der Erfüllung ihrer Aufgabe gehindert zu fühlen – gerade in diesem Augenblick, da sie sich jämmerlich im Kielwasser ihrer schöpferischen Entzückung abquälte, schlurfte Mr. Carmichael in seinen gelben Pantoffeln vorüber, und irgendein böser Geist in ihr trieb sie dazu, ihn anzurufen: „Wollen Sie ins Haus, Mr. Carmichael?“

8

Er antwortete nicht. Er nahm Opium. Die Kinder sagten, damit habe er auch die gelben Flecke in den Bart gemacht. Möglich. Klar war ihr jedenfalls, daß der arme Mann unglücklich war, daß es ein Entrinnen für ihn bedeutete, wenn er alljährlich zu ihnen kam; und doch hatte sie Jahr für Jahr das gleiche Empfinden: er traute ihr nicht. Sie sagte: „Ich gehe zur Stadt. Soll ich Ihnen Briefmarken, Papier, Tabak besorgen?“ – und fühlte, wie er zurückzuckte. Er traute ihr nicht. Daran war seine Frau schuld. Mrs. Ramsay entsann sich, wie sie sich in dem widerwärtigen kleinen Zimmer in St. John's Wood zu Stahl und Diamant verhärtet hatte, als sie die Gehässigkeit mit ansehen mußte, mit der das abscheuliche Weib ihn aus dem Hause trieb. Er war ungekämmt; er beschmierte sich den Rock mit allem möglichen; er war so lästig, wie es nur ein alter Mann sein kann, für den es auf der Welt nichts mehr zu tun gibt; und sie setzte ihn vor die Tür. Sie sagte in ihrer abscheulichen Art: „So, und jetzt wollen Mrs. Ramsay und ich uns ein Weilchen unterhalten“, und Mrs. Ramsay sah so deutlich, als stünden sie vor ihr, die zahllosen Nöte seines Lebens vor sich. Hatte er wohl Geld genug, Tabak zu kaufen? Oder mußte er seine Frau darum bitten? um eine halbe Krone? um achtzehn Pence? Oh, es war unerträglich, über die kleinen Kränkungen nachzudenken, mit denen sie ihn quälte. Und nun stand es so, daß er sich immer (sie konnte sich nicht denken, warum, wenn eben nicht dieses Weib daran schuld war) vor ihr zurückzog. Er sprach nie ein offenes Wort zu ihr. Konnte sie aber mehr tun, als sie tat? Er bekam ein sonniges Zimmer. Die Kinder waren freundlich gegen ihn. Nie ließ sie ihn fühlen, daß er unerwünscht war. Sie war ganz besonders freundlich zu ihm. Brauchen Sie Briefmarken, brauchen Sie Tabak? Hier ist ein Buch, das Ihnen vielleicht gefällt, und so weiter. Und schließlich – schließlich (hier sammelte sie sich unmerklich physisch, als sie sich, wie es selten geschah, der eigenen Schönheit bewußt wurde) – schließlich fiel es ihr doch sonst nicht schwer, sich die Zuneigung der andern zu erwerben; George Manning zum Beispiel und Mr. Wallace; die kamen zuweilen, berühmt wie sie waren, abends zu ihr, um ruhig mit ihr am Kamin zu plaudern. Sie trug nun einmal die Fackel ihrer Schönheit, und es war nicht ihre Schuld, daß sie es wußte; sie trug sie hocherhoben in jeden Raum, den sie betrat; mochte sie Schleier darüber breiten, mochte es ihr grauen vor der Eintönigkeit der Haltung, die sie ihr aufzwang – ihre Schönheit blieb offenbar. Man hatte sie bewundert. Man hatte sie geliebt. Sie hatte Zimmer betreten, in denen Trauernde saßen. Tränen waren in ihrer Gegenwart geflossen. Männer, auch Frauen, waren zu ihr gekommen, um der Vielfalt der Dinge zu entrinnen und sich die Entspannung zu gönnen, die ihnen die Einfachheit schenkte. Es kränkte sie, daß Mr. Carmichael vor ihr zurückwich. Es schmerzte sie. Doch es war kein klarer reiner Schmerz. Daß er ihr nicht traute; daß all ihr Verlangen, zu geben, zu helfen, Eitelkeit war, das bekümmerte sie, gerade jetzt, als es ihr ihres Mannes wegen so unbehaglich zumute war: in diesem Augenblick mußte Mr. Carmichael vorbeischlurfen, in seinen gelben Pantoffeln, ein Buch unterm Arm, und ihre Frage nur mit einem Nicken beantworten. Geschah es nur zu ihrer eigenen Befriedigung, daß sie den triebhaften Wunsch spürte, zu helfen und zu geben, damit die Leute von ihr sagen sollten: „O Mrs. Ramsay! liebe Mrs. Ramsay . . . ja, natürlich, Mrs. Ramsay!", sie brauchten und holen ließen und bewunderten? War es nicht insgeheim das, wonach es sie verlangte, und fühlte sie sich deshalb in diesem Augenblick, als Mr. Carmichael ihr auswich und sich in eine Ecke zurückzog, wo er endlose Stunden über Akrostichen saß, nicht nur in ihrem angeborenen Trieb schmerzlich verletzt, sondern auch auf einen kleinlichen Zug in ihrem Wesen, in allen menschlichen Beziehungen hingewiesen, wie brüchig, wie jämmerlich, wie eigennützig sie im Grunde genommen sind? Armselig und erschöpft und wohl keine Augenweide mehr (ihre Wangen waren hohl, ihr Haar war weiß), tat sie besser daran, ihre Gedanken auf die Geschichte vom Fischer un syner Fru zu richten und so das

Nervenbündel, ihren Sohn James, zu beruhigen (kein anderes ihrer Kinder war so reizbar wie er).
„Dem Mann wöör syn Hart so swoor“, las sie laut, „un wull nich; he säd by sik sülwen: ‚Dat ist nich recht‘, he güng awerst doch hen. As he an de See köhm, wöör dat Water ganß vigelett un dunkelblau un grau un dick un goor nich meer so gröön un geel, doch wöört noch still. Do güng he staan un säd . . .“
Es wäre Mrs. Ramsay lieber gewesen, wenn ihr Mann sich nicht gerade diesen Augenblick ausgesucht hätte, um bei ihnen stehenzubleiben.
Warum war er nicht, wie angekündigt, gegangen, um den Kindern beim Kricketspiel zuzusehen? Aber er sagte nichts; er sah sie nur an; er nickte; er war einverstanden; er ging weiter. Als er wieder die Hecke vor sich sah, die so oft schon ein wägendes Innehalten zum Erfolg gerundet, einen Schluß mit Sinn erfüllt hatte, als er seine Frau und sein Kind sah, als er die Steinvasen mit den hängenden roten Geranien erblickte, die sich so oft schmückend um Gedankengänge gerankt hatten und sie nun inmitten ihrer Blätter aufgezeichnet trugen, als wären es Papierschnitzel, auf die man in der Hast des Lesens Notizen kritzelt – als er all dies vor sich sah, glitt er sacht in eine Betrachtung hinüber, zu der ihn ein Aufsatz in der „Times“ über die Zahl der Amerikaner, die alljährlich Shakespeares Haus besuchen, angeregt hatte. Wenn, so fragte er sich, Shakespeare niemals gelebt hätte, würde die Welt dann heute viel anders aussehen? Hängt der Fortschritt der Zivilisation von den großen Männern ab? Ist das Los des Menschen, allgemein gesehen, heutzutage besser als zur Zeit der Pharaonen? Und übrigens: Ist das Los des Durchschnittsmenschen, so fragte er sich, überhaupt der Maßstab, an dem wir den Stand der Zivilisation messen? Möglicherweise nein. Möglicherweise fordert die höchste Entwicklung das Vorhandensein einer Sklavenklasse. Der Fahrstuhlführer in der Untergrundbahn ist eine ewige Notwendigkeit. Der Gedanke war ihm widerwärtig. Er warf den Kopf zurück. Um ihm zu entrinnen, wollte er einen Weg finden, das Übergewicht der Künste zu mindern. Er wollte beweisen, daß die Welt für den Durchschnittsmenschen da ist; daß die Künste nur ein äußerer Zierart des menschlichen Lebens sind; daß sie aber kein

Ausdruck dieses Lebens sind. Und daß Shakespeare nicht notwendig ist. Weshalb er eigentlich darauf aus war, Shakespeare herabzusetzen und sich auf den Helfer des Mannes hinauszuspielen, der ewig in der Tür des Fahrstuhls steht, wußte er selbst nicht genau, und er riß mit scharfem Ruck ein Blatt von der Hecke. All dies würde er im nächsten Monat den jungen Herren in Cardiff auftischen müssen, dachte er; hier, auf seiner Terrasse, unternahm er nur Streifzüge und verlustierte sich (er warf das Blatt weg, das er so verdrießlich abgerissen hatte) wie einer, der beim Reiten vom Gaul herunter nach einem Rosenbusch langt oder sich die Taschen mit Nüssen vollstopft, indessen er nach Herzenslust durch die Heckenwege und über die Felder einer Gegend streift, die ihm seit der Knabenzeit vertraut ist. Alles war ihm vertraut; hier die Wendung der Straße, da der Zauntritt, dort der Richtweg quer über die Felder. Stunden konnte er an manchen Spätnachmittagen damit verbringen, daß er, seine Pfeife rauchend, hin und her und ein und aus in den alten Heckenwegen und auf den Gemeindewiesen schweifte, die hier mit der Geschichte dieser Schlacht, dort mit dem Leben jenes Staatsmannes behaftet waren, mit Gedichten und Anekdoten und Gestalten: hier ein Denker, dort ein Kriegsmann; all das sehr lebendig und klar; schließlich aber führte ihn der Weg durch Heckenwege, über Felder und Gemeindewiesen, vorüber am früchteschweren Nußbaum und der blühenden Hecke zu jener ferneren Wendung der Straße, wo er jedesmal abstieg, sein Pferd an einen Baum band und zu Fuß weiterging, allein. Er kam zum Rand des Rasens und blickte auf die Bucht hinab.
Es war nun einmal, er mochte wollen oder nicht, sein Schicksal, seine Besonderheit, immer wieder auf ein solches Stückchen Land zu gelangen, das die See langsam wegfrißt, und dazustehen wie ein einsamer Meervogel, ganz verlassen. Er besaß die Kraft, die Gabe, plötzlich alles Überflüssige von sich abzutun, gleichsam zu schrumpfen und sich zu mindern, so daß er kahler aussah und sich magerer vorkam, sogar körperlich, dabei aber nichts von der Spannkraft seines Geistes verlor und nun so auf seinem Streifchen Landes stand, vor sich die Finsternis menschlicher Unwissenheit, denn wir wissen nichts, und das Meer frißt den Grund weg, auf dem wir stehen, das war sein Schicksal und

seine Gabe. Da er aber, wenn er so vom Pferd stieg, alle eitlen Gebärden und alle Nichtigkeiten von sich getan, die ganze Beute an Rosen und Nüssen fortgeworfen hatte, da er eingeschrumpft war, so daß er nicht nur allen Ruhm, sondern sogar seinen eigenen Namen vergaß, so bewahrte er sich selbst in dieser Verlassenheit eine wache Schärfe, die kein Trugbild schonte und in keinem Traum schwelgte; und mit dieser Verwandlung flößte er William Bankes (nicht immer) und Charles Tansley (der ihm blindlings ergeben war) und seiner Frau in diesem Augenblick, als sie ihn am Rande des Rasenplatzes stehen sah, tiefe Verehrung und Mitleid ein, auch Dankbarkeit, wie ein ins Kanalbett gerammter Pfahl, auf dem die Möwen rasten und gegen den die Wellen schlagen, in den fröhlichen Fahrgästen der Schiffe ein Gefühl der Dankbarkeit erweckt, weil er, einsam in den Fluten, die Pflicht auf sich genommen hat, das Fahrwasser zu bezeichnen.

„Aber dem Vater von acht Kindern bleibt keine Wahl..."

Er murmelte es halblaut, brach ab, wandte sich, seufzte, hob die Augen, suchte mit dem Blick die Gestalt seiner Frau, die dem kleinen James vorlas, stopfte sich die Pfeife. Er wandte sich ab vom Anblick menschlicher Unwissenheit und menschlichen Schicksals und der See, die den Grund unter unseren Füßen wegfrißt – einem Anblick, der ihn vielleicht zu etwas geführt hätte, wenn er ihn unverwandt hätte betrachten können; und fand Trost in kleinen Dingen, die im Vergleich zum Ernst des eben noch durchdachten Gegenstandes so geringfügig waren, daß er sich versucht fühlte, verächtlich über diesen Trost hinwegzugehen, als wäre es für einen ehrlichen Mann das schändlichste aller Verbrechen, sich in dieser Welt des Elends bei einem Glücksgefühl ertappen zu lassen. Es ließ sich nicht leugnen: er war zumeist glücklich; er hatte seine Frau; er hatte seine Kinder; er hatte sich verpflichtet, in sechs Wochen den jungen Herren in Cardiff „irgendwelchen Unsinn" über Locke, Hume, Berkeley und die Ursachen der Französischen Revolution zu erzählen. Dies aber und die Lust, die er daran empfand, an den Sätzen, die er baute, an der feurigen Glut der Jugend, an der Schönheit seiner Frau, an den Huldigungen, die ihm aus Swansea, Cardiff, Exeter, Southampton, Kidderminster, Oxford, Cambridge gezollt wurden –

all das mußte unter der verächtlichen Redensart vom „Unsinn erzählen“ verhehlt werden, weil er im Grunde nicht vollbracht hatte, was er hätte vollbringen können. Es war ein Vorwand; es war die Zuflucht eines Mannes, der den Besitz eigener Gefühle scheute, der nicht zu sagen wagte: Das da schätze ich – das da bin ich; und es kam William Bankes und Lily Briscoe wohl einigermaßen erbärmlich und widerwärtig vor, weil sie sich nicht vorstellen konnten, weshalb solch Versteckspielen notwendig sein sollte; weshalb er ohne Huldigungen nicht auskam; weshalb ein Mann von solcher Kühnheit im Gedanklichen so furchtsam im Leben war; und auf wie seltsame Art er zu gleicher Zeit verehrungswürdig und lächerlich war.

Lehren und Predigen geht über Menschenkraft, dachte Lily zweiflerisch. (Sie packte ihre Sachen zusammen.) Wer sich auf Höhen hebt, muß irgendwann einen schweren Sturz tun. Mrs. Ramsay gäbe ihm, was er verlangte, allzu bereitwillig. Da müßte der Gegensatz ihn doch ganz aus dem Gleichgewicht bringen, sagte Lily. Er kommt zu uns herein aus der Welt seiner Bücher und findet uns beim Spielen und Unsinnschwatzen. Man muß sich den Gegensatz zu den Dingen vorstellen, über die er nachdenkt, sagte sie.

Er segelte auf sie zu. Nun blieb er still stehen und blickte schweigend aufs Meer hinaus. Und nun hatte er sich abermals abgewandt.

9

Ja, sagte Mr. Bankes und sah ihm hinterdrein. Es sei jammerschade. (Lily hatte etwas davon gesagt, daß er ihr Angst mache – er verfalle so plötzlich aus einer Stimmung in die andere.) Ja, sagte Mr. Bankes, es sei jammerschade, daß Ramsay sich nicht ein bißchen mehr so benehmen könne wie andere Leute. (Denn er mochte Lily Briscoe gern; er konnte mit ihr ganz offen über Ramsay sprechen.) Das sei ja der Grund, sagte er, weshalb die jungen Leute Carlyle nicht läsen. Ein mürrischer alter Brummbär, der aus dem Häuschen geriet, wenn die Hafergrütze kalt war – was kann uns der schon zu predigen haben? sagten die jungen Leute heutzutage, meinte Mr. Bankes. Und das sei jammer-

schade, wenn man, wie er, Carlyle für einen der großen Menschheitslehrer halte. Lily schämte sich, zu gestehen, daß sie Carlyle seit ihrer Schulzeit nicht mehr gelesen hatte. Gewiß, Mr. Ramsay war der Meinung, wenn ihm der kleine Finger weh tat, müßte gleich die ganze Welt untergehen; aber dadurch war er einem nur um so lieber, fand sie. *Das* war es nicht, was ihr mißfiel. Denn wen konnte er damit täuschen? Er forderte einen ganz offenkundig dazu auf, ihm zu schmeicheln, ihn zu bewundern; seine kleinen Kniffe täuschten niemanden. Was ihr nicht gefalle, sei seine Engherzigkeit, seine Blindheit, sagte sie und sah ihm nach.
„Ein bißchen Heuchelei?" meinte Mr. Bankes und blickte ebenfalls hinter Mr. Ramsay drein; denn dachte er nicht an seine Freundschaft und an Cams Weigerung, ihm eine Blume zu geben, und an all die Jungen und Mädchen hier und an sein eigenes Haus, das so bequem und behaglich war, aber seit dem Tode seiner Frau ein bißchen allzu ruhig? Ja, gewiß, er hatte seine Arbeit ... Trotzdem wäre es ihm nicht unlieb gewesen, wenn Lily ihm bestätigt hätte, daß bei Ramsay „ein bißchen Heuchelei" im Spiel war.
Lily Briscoe war immer noch mit dem Wegpacken ihrer Pinsel beschäftigt; sie sah auf, sie sah zu Boden. Wenn sie aufsah, so sah sie ihn – Mr. Ramsay: er kam auf sie zu, mit schwingenden Schritten, achtlos, alles um sich her vergessend, sehr fern. Ein bißchen Heuchelei? wiederholte sie. O nein – der aufrichtigste aller Menschen war er, der ehrlichste (da war er nun), der beste; aber wenn sie zu Boden sah, dachte sie: er beschäftigt sich nur mit sich, er ist tyrannisch, er ist ungerecht; und nun hielt sie absichtlich den Blick gesenkt, denn nur so konnte sie, wenn sie bei den Ramsays war, gelassen bleiben. Sobald sie aufblickte und die Ramsays sah, mußte sie sie mit der Welle ihrer „Verliebtheit", wie sie es nannte, überfluten. Dann wurden sie ein Teil jenes unwirklichen, aber alles erfassenden und tief erregenden Alls, zu dem die Welt wird, wenn man sie mit den Augen der Liebe betrachtet. Der Himmel war unlöslich mit ihnen verbunden; die Vögel sangen, weil sie da waren. Aber es gab ein Gefühl, das noch stärker erregte: Als sie sah, wie Mr. Ramsay auf sie lossegelte und wieder kehrtmachte, wie Mrs. Ramsay mit James am Fenster saß, wie die Wolke zog und der Baum sich beugte, da war das Leben

plötzlich nicht mehr eine Kette kleiner Begebenheiten, die man der Reihe nach erlebte, jede für sich; es hob sich und fügte sich zur Welle, die einen mit sich emporhob und mit sich niederwarf, unverhofft, auf den Strand.

Mr. Bankes erwartete eine Antwort von ihr. Und sie wollte gerade etwas Kritisches über Mrs. Ramsay sagen, daß auch sie auf ihre Art beunruhigend wäre, durch ihre willkürliche Art oder etwas dergleichen; aber Mr. Bankes machte die Antwort ganz überflüssig, und zwar durch seine Verzükkung. Denn anders konnte man es wohl nicht nennen bei einem Manne seines Alters, über die Sechzig hinaus, seiner Makellosigkeit und seiner Unaufdringlichkeit, den man in Gedanken immer in den weißen Gelehrtenmantel gehüllt sah. Wenn er jemanden so ansah, wie er in diesem Augenblick Mrs. Ramsay ansah, so war das, dachte Lily, eine Verzückung, welche die Liebe von Dutzenden junger Männer aufwog (und vielleicht hatte Mrs. Ramsay niemals die Liebe von Dutzenden junger Männer ihr eigen genannt). Es war Liebe, dachte sie, indessen sie so tat, als wäre sie mit ihrer Leinwand beschäftigt, eine geklärte und geläuterte Liebe; eine Liebe, die niemals nach Eroberung und Besitz trachtete; die vielmehr von der Art war, wie Mathematiker sie für ihre Sinnbilder und Dichter für ihre Wendungen hegen, und gleich diesen dazu bestimmt, sich über die Welt auszubreiten und ein Teil menschlichen Besitzes zu werden. Ja, so war es. Die Welt hätte ganz gewiß zu ihrem Vorteil daran teilgenommen, wenn Mr. Bankes mit Worten hätte ausdrücken können, weshalb diese Frau solches Wohlgefallen in ihm weckte; weshalb ihr Anblick, wie sie ihrem Jungen ein Märchen vorlas, genau die gleiche Wirkung auf ihn hatte wie die Lösung einer wissenschaftlichen Frage; so daß er in Betrachtung davor verweilte und dasselbe empfand, wie wenn er eine Entdeckung über das Verdauungssystem der Pflanzen unanfechtbar bewiesen hatte: nämlich daß die Barbarei unters Joch gezwungen und die Herrschaft des Chaos niedergerungen war.

Angesichts solcher Verzückung – denn wie sonst hätte man es nennen sollen? – vergaß Lily Briscoe gänzlich, was sie eben hatte sagen wollen. Es war nichts von Belang; irgend etwas über Mrs. Ramsay. Es verblaßte neben dieser „Verzückung", diesem stummen, unverwandten Blick, für den sie ihm unendlich dankbar war; denn nichts war für sie so tröstlich, machte ihr die Wirrnis des Lebens so licht und seine Lasten so leicht wie diese erhabene Kraft, diese himmlische Gabe, die man, solange sie wirkte, nicht stören mochte, ebensowenig wie man den Sonnenstrahl zertreten mochte, der quer auf dem Boden lag.

Der Gedanke, daß Menschen so lieben konnten, daß Mr. Bankes so für Mrs. Ramsay empfand (sie betrachtete ihn sinnend), war Stärkung und Aufrichtung. Sie wischte ihre Pinsel an einem Zeugfetzen ab, einen nach dem andern, sorgsam, bedächtig. Auch sie barg sich unter dem Schutz dieser Verehrung, der alle Frauen umfaßte; auch sie fühlte sich erhoben. Mochte er schauen; sie wollte inzwischen einen verstohlenen Blick auf ihr Bild werfen.

Am liebsten hätte sie geweint. Es war schlecht, es war schlecht, es war namenlos schlecht! Natürlich hätte sie es anders malen können; die Farben hätten dünner und blasser sein können, die Formen mehr verschwimmend; das war die Art, wie Paunceforte es gesehen hätte. Aber sie sah es nun einmal nicht so. Sie sah die Farben auf einem stählernen Baugerüst brennen; sie sah den Glanz eines Schmetterlingsflügels auf den Bögen einer Kathedrale leuchten. Aber von all dem blieben nur ein paar wirr auf die Leinwand gekleckste Spuren übrig. Nie würde ein Mensch das Bild sehen; nie würde es auch nur aufgehängt werden; und da war es auch schon, als flüsterte Mr. Tansley ihr ins Ohr: Frauen können nicht malen, Frauen können nicht schreiben . . .

Jetzt fiel ihr auch wieder ein, was sie über Mrs. Ramsay hatte sagen wollen. Sie wußte nicht, wie sie es ausgedrückt haben würde; aber es wäre eine kritische Bemerkung gewesen. Sie hatte sich kürzlich, abends war es gewesen, über eine hochfahrende Behandlung geärgert. Während ihre Augen Mr. Bankes' Blick folgten, dachte sie: Keine Frau kann solche Verehrung für eine andere Frau empfinden, wie er sie empfindet; sie können nur Geborgenheit in dem Schatten suchen, den er über beide breitet. Indem sie zu seinem Blick ihren so ganz anderen gesellte, dachte sie, daß Mrs. Ramsay (über ihr Buch gebeugt) fraglos der schönste Mensch war; vielleicht auch der beste Mensch; und doch auch wiederum anders als die vollendet schöne Hülle, die man dort erblickte. Aber warum anders und inwiefern anders? fragte sie sich, indessen sie von ihrer Palette all die Häufchen von Blau und Grün kratzte, die ihr jetzt wie tote Klumpen vorkamen; morgen aber, das gelobte sie sich, wollte sie ihnen Leben einhauchen, wollte sie sie zwingen, ihrem Willen zu gehorchen, lebendig zu werden, zu blühen. Inwiefern war sie anders? Was war ihr eigentliches Wesen, das Besondere, das sich allem aufprägte, so daß man ihren Handschuh, den man in der Sofaecke fand, am verdrehten Finger unzweifelhaft als ihr gehörig erkannte? Sie war schnell wie ein Vogel; sie traf ohne Umweg wie ein Pfeil. Sie war eigenwillig; sie war herrisch (aber da denke ich natürlich, hielt Lily sich entgegen, an ihr Verhältnis zu Frauen, und ich bin viel jünger, ein belangloses Geschöpf, ich hause in einer Seitenstraße der Brompton Road). Sie riß in den Schlafzimmern die Fenster auf. Sie machte die Türen zu. (So versuchte sie Mrs. Ramsays Wesen auf eine Melodie zu bringen.) Sie kam spätabends zu einem ins Schlafzimmer, nach flüchtigem Anklopfen, in einen alten Pelzmantel gehüllt (denn das war immer der Rahmen für ihre Schönheit: eilig, aber angemessen), um vorzumachen, was ihr gerade in den Sinn kam: Charles Tansley, wie er seinen Regenschirm verloren hatte; Mr. Carmichael, wie er schnaufte und schnüffelte; Mr. Bankes, wie er sagte: „Die pflanzlichen Salze gehen verloren." All das ahmte sie geschickt nach; karikierte es wohl auch boshaft; trat dann ans Fenster, mit der Bemerkung, sie müßte nun gehen (es dämmerte, und sie sah schon das erste Rot am Himmel); wandte sich halb zur Seite und sagte, immer noch lachend, aber in vertrauterem Ton: Lily müßte heiraten, Minta auch, sie müßten überhaupt alle heiraten; denn was für Lorbeeren ihr vielleicht auch zuteil würden (Mrs. Ramsay hielt nichts von ihrer Malerei), was für Siege ihr auch beschieden sein würden (Mrs. Ramsay hatte wahrscheinlich genug davon erfochten), und hier wurde sie traurig, verdunkelte sich gleichsam, kehrte zu ihrem Stuhl zurück, eines könne niemand leugnen: eine Frau, die nicht heirate (hier nahm sie flüchtig Lilys Hand), eine Frau, die nicht heirate, habe das Beste im Leben versäumt. Das Haus schien ganz erfüllt vom Schlaf der Kinder und von Mrs. Ramsays Lauschen; von abgeblendetem Licht und regelmäßigen Atemzügen.

Oh, sagte Lily dann wohl, aber da sei doch ihr Vater; ihr Heim; wenn sie es gewagt hätte, würde sie hinzugefügt haben: auch meine Malerei. Aber all das schien so klein, so kleinmädchenhaft, wenn man es an Mrs. Ramsay maß. Und doch, wenn die Nacht vorschritt und weißer Glanz die Vorhänge teilte, ja sogar dann und wann im Garten schon ein Vogel zirpte, raffte sie verzweifelt ihren Mut zusammen und verlangte, vom allgemeinen Gesetz ausgenommen zu werden; sie fand Gründe dafür; sie wolle lieber allein sein; sie liebe ihre Selbständigkeit; sie sei nicht für die Ehe geschaffen; worauf sie einem ernsten, unverwandten Blick aus Augen von unvergleichbarer Tiefe standzuhalten und sich mit Mrs. Ramsays schlichter Gewißheit abzufinden hatte, daß ihre liebe Lily (und nun kam sie sich ganz kinderklein vor), daß ihr „Brisklein" ein Närrchen sei. Sie hatte dann, erinnerte sie sich, den Kopf auf Mrs. Ramsays Schoß gelegt und gelacht, gelacht, gelacht, beinahe krampfig gelacht bei dem Gedanken, wie Mrs. Ramsay mit unerschütterlicher Ruhe den Vorsitz über Schicksale führte, die sie ganz und gar mißverstand. Da saß sie, einfach, ernsthaft. Lily vermochte nun wieder klar zu denken – das war wohl der verdrehte Handschuhfinger? Aber in welches Heiligtum war sie da eingedrungen? Schließlich hatte sie aufgeblickt, und da saß Mrs. Ramsay, sie hatte keine Ahnung von den Ursachen des Gelächters; sie war noch immer die Lenkerin der Schicksale, aber von herrischer Härte war nichts mehr zu spüren; statt dessen war eine Klarheit um sie, wie der Raum, den die Wolken endlich enthüllen – das kleine Stück Himmelsraum, das neben dem Mond schlummert.
War es Weisheit? War es Erkenntnis? War es, wieder einmal, die Trugkraft der Schönheit, der wir es verdanken, daß all unsere Beobachtungen auf halbem Wege zur Wahrheit sich in ein goldenes Netz verstricken? Oder verschloß sie in ihrer Brust ein Geheimnis, wie es, so glaubte Lily fest, die Menschen haben müssen, damit die Welt überhaupt weitergehen kann? Es können doch, dachte sie, nicht alle so wirrköpfig und geistig armselig sein wie ich. Wer aber ein Wissen besitzt, kann er anderen sagen, was er weiß? Während sie am Boden saß, die Arme um Mrs. Ramsays Knie geschlungen, angeschmiegt, so nahe sie nur konnte, lächelnd bei dem Gedanken, daß Mrs. Ramsay nie die Ursache dieser

Umarmung erfahren würde, stellte sie sich vor, wie in den Hirn- und Herzkammern der Frau, die sie hier körperlich berührte, gleich Weihgaben in Königsgräbern, Tafeln mit heiligen Inschriften aufgestellt waren, die, wüßte man sie zu entziffern, einen alles lehren könnten, aber sie würden nie offen dargeboten, nie allen kundgetan werden. Welche List konnte Liebe oder Klugheit ersinnen, um den Zugang in diese geheimen Kammern zu erzwingen? Durch welches Zauberwort könnte man, wie Wasser, das in einen Krug gefüllt wird, ganz und untrennbar eins werden mit dem Gegenstand seiner Anbetung? War es dem Körper möglich oder dem Verstand, der klug in die verwickelten Gänge des Gehirns eindringt? oder dem Herzen? Konnte Liebe, was die Menschen so nannten, sie und Mrs. Ramsay in eins verschmelzen? – denn nicht Wissen, sondern Einung war es, was sie ersehnte, nicht Inschriften auf Tafeln, überhaupt nichts, was in irgendeiner menschlichen Sprache niedergeschrieben werden konnte, sondern jenes enge Verbundensein, das zugleich Wissen ist. So hatte sie gedacht, als sie den Kopf an Mrs. Ramsays Knie lehnte.

Nichts geschah. Nichts! Nichts, als sie den Kopf an Mrs. Ramsays Knie lehnte. Und doch wußte sie, daß Weisheit und Erkenntnis im Herzen Mrs. Ramsays gesammelt waren. Wie aber, so fragte sie sich, konnte man irgend etwas über andere wissen, wenn sie so versiegelt waren? Nur wie eine Biene, angezogen von einem süßen oder strengen Hauch, den man weder fühlen noch fassen konnte, war man zu Gast in dem kuppelförmigen Bienenstock, durchstreifte allein die leere, luftige Weite über den Ländern der Welt und kehrte dann ein bei den Bienenstöcken, wo es summte und wimmelte, bei den Bienenstöcken, die die Menschen waren. Mrs. Ramsay stand auf. Lily stand auf. Mrs. Ramsay ging hinaus. Noch tagelang aber empfand Lily an ihr jene zarte Verwandlung, die wir an einem Menschen wahrnehmen, von dem wir geträumt haben; deutlicher als alles, was sie sagte, war ein Summen um sie her, und als sie nun in dem Korblehnstuhl am Fenster saß, trug sie für Lilys Augen eine erhabene Gestalt: die Gestalt einer Kuppel.

Lilys Blick traf gleichzeitig mit Mr. Bankes' Blick auf Mrs. Ramsay, wie sie am Fenster saß, James auf dem Schoß. Während aber Lily noch hinsah, hatte Mr. Bankes seine Be-

trachtung beendet. Er hatte die Brille aufgesetzt. Er war zurückgetreten. Er hatte die Hand gehoben. Er hatte seine klaren blauen Augen ein wenig zusammengekniffen, und als Lily, sich zusammenraffend, das Ziel seines Blickes erkannte, zuckte sie zusammen wie ein Hund, der eine zum Schlag erhobene Hand sieht. Am liebsten hätte sie ihr Bild von der Staffelei gerissen, aber sie sagte sich: du mußt. Sie riß sich zusammen, um die furchtbare Prüfung zu bestehen, die es für sie bedeutete, wenn jemand ihr Bild betrachtete. Du mußt, sagte sie sich, du mußt. Und wenn es schon einmal sein mußte, dann war Mr. Bankes weniger bedrohlich als ein anderer. Aber es war eine Marter, daß überhaupt fremde Augen sehen sollten, was am Boden ihrer dreiunddreißig Jahre lag, den Niederschlag ihres täglichen Erlebens, dazu jenes andere, Geheimere, von dem sie in all diesen Tagen nichts hatte verlauten noch spüren lassen. Zugleich war es unsagbar erregend.
Übrigens konnte nichts kühler und ruhiger vor sich gehen. Mr. Bankes holte ein Taschenmesser hervor und tippte mit dem beinernen Griff auf die Leinwand. Was sie mit dem dreieckigen purpurnen Schatten ausdrücken wollte – „gerade an der Stelle"? fragte er.
Das sei Mrs. Ramsay, wie sie James vorlese, sagte sie. Sein Einwand überrasche sie nicht – daß niemand das für eine menschliche Gestalt halten könne. Aber sie habe sich auch gar nicht um Ähnlichkeit bemüht. Weshalb sie die beiden dann überhaupt aufs Bild gebracht habe? wollte er wissen. Ja, warum eigentlich? – vielleicht deswegen, weil es in der einen Ecke hell sei und sie deshalb das Empfinden habe, es müsse in der anderen dunkel sein. Das klang simpel, einleuchtend, platt, trotzdem war Mr. Bankes betroffen. Es sei also denkbar, daß Mutter und Kind – Sinnbilder, die man überall verehre, wobei obendrein in diesem Falle die Mutter eine berühmte Schönheit sei – zur Rolle eines purpurnen Schattens herabgedrückt würden, ohne daß es eine Herabwürdigung bedeute?
Aber die beiden seien nicht Gegenstand des Bildes, sagte sie. Wenigstens nicht in seinem Sinne. Auch gebe es andere Arten, ihnen den schuldigen Tribut zu zollen. Zum Beispiel indem man hier einen Schatten und dort ein Licht aufsetze. Dies sei ihre Art, Achtungstribut zu zollen – sofern dies,

wie ihr eine unbestimmte Vermutung sage, der Sinn eines Bildes sei. Mutter und Kind konnten also zur Rolle eines Schattens herabgedrückt werden, ohne daß es eine Herabwürdigung bedeutete. Ein Licht hier erforderte einen Schatten dort. Er sann der Sache nach. Er war nachdenklich. Er nahm die Frage, in allerbestem Glauben, wissenschaftlich. Die Sache sei nämlich die, daß er durch alle seine Vorurteile zu einer entgegengesetzten Meinung geführt werde, setzte er auseinander. Das größte Bild in seinem Empfangszimmer, das von Malern sehr gelobt und für teurer gehalten werde, als es gewesen sei, stelle die Kirschblüte an den Ufern des Kennet dar. Er habe seine Flitterwochen an den Ufern des Kennet verbracht, sagte er. Lily müsse einmal kommen und es sich ansehen, sagte er. Ja, aber – und hier wandte er sich wieder und hob die Augengläser zur wissenschaftlichen Betrachtung der Leinwand. Er müsse ehrlich sagen, es sei ihm nie zuvor in den Sinn gekommen, daß es bei der Komposition eines Bildes auf die Raumverteilung und das Verhältnis zwischen Licht und Schatten ankomme, aber er lasse es sich gern einmal näher erklären. Was sie nun also damit zeigen wolle? Und er wies auf die Szene vor ihnen. Sie sah hin. Aber sie konnte ihm nicht klarmachen, was sie damit zeigen wollte, konnte es nicht einmal sich selbst klarmachen, ohne einen Pinsel in der Hand. Sie verfiel wieder einmal in ihre Malerhaltung, mit verdunkelten Augen und geistesabwesendem Ausdruck, ordnete als Frau all ihre Eindrücke einem zusammenfassenden Gesichtspunkt unter, geriet wieder einmal in den Bann jener Vision, die sie einmal ganz klar vor sich gesehen hatte und nach der sie nun zwischen Hecken und Häusern und Müttern und Kindern suchen mußte: in den Bann ihres Bildes. Es sei darum gegangen, fiel ihr ein, wie sie die Massen auf der rechten Seite mit denen auf der linken verbinden solle. Das lasse sich machen, indem sie die Linie eines Zweiges quer hinüberziehe – so; oder indem sie die Leere im Vordergrund durch einen Gegenstand aufhebe (durch James etwa) – so. Aber es bestehe die Gefahr, dadurch die Einheit des Ganzen zu zerstören. Sie hielt inne; sie wollte ihn nicht langweilen; sie nahm mit einer beiläufigen Bewegung die Leinwand von der Staffelei.

Aber das Bild war betrachtet worden; es war ihr genommen

worden. Der Mann da hatte mit ihr etwas geteilt, das zutiefst ihr Eigentum war. Sie wußte Mr. Ramsay Dank dafür, sie dankte Mrs. Ramsay und der Stunde und der Stätte, sie räumte ein, daß die Welt eine Macht besaß, von der sie bisher nichts gewußt hatte: man brauchte den langen Weg nicht allein zu wandern, sondern konnte ihn Arm in Arm mit einem anderen Menschen gehen – das war das wunderlichste Gefühl der Welt und machte unsagbar fröhlich. Sie knipste ihren Malkasten zu, nachdrücklicher als nötig, und es war ihr, als schlösse dieses Zuklappen alle diese Dinge für immer in einen Kreis: den Malkasten, den Rasenplatz, Mr. Bankes – und Cam, die wilde Range, die vorbeiraste.

10

Denn Cam sauste um Zollbreite an der Staffelei vorüber; sie wollte weder Mr. Bankes noch Lily Briscoe zuliebe haltmachen, obwohl Mr. Bankes, der gern eine Tochter gehabt hätte, die Hand ausstreckte; sie wollte auch nicht ihrem Vater zuliebe haltmachen, an dem sie ebenfalls um Zollbreite vorbeisauste, ebensowenig ihrer Mutter zuliebe, die ihr zurief: „Cam, komm mal einen Augenblick her!" Sie war davon wie ein Vogel, wie eine Flintenkugel, wie ein Pfeil; welches Verlangen sie trieb, welche Kraft sie vorwärts stieß, zu welchem Ziel sie eilte – wer konnte es sagen? Ja, zu welchem Ziel, sann Mrs. Ramsay und sah ihr nach. Es mochte ein Traumbild sein – von einer Muschel, einem Schubkarren, einem Märchenkönigreich jenseits der Hecke; vielleicht war es auch der Rausch der Schnelligkeit; niemand konnte es sagen. Aber als Mrs. Ramsay zum zweiten Male „Cam!" rief, mäßigte das Geschoß seine Geschwindigkeit, und Cam kam langsam zurück zu ihrer Mutter, wobei sie im Vorübergehen ein Blatt abriß.

Wovon sie wohl träumen mag, dachte Mrs. Ramsay, als sie Cam dastehen sah, ganz in einen Gedanken vertieft, so daß ihr der Auftrag wiederholt werden mußte – Mildred zu fragen, ob Andrew, Miss Doyle und Mr. Rayley schon wieder da seien. Die Worte fielen wie in einen Brunnen, und wenn auch das Wasser klar war, so hatte es doch offenbar eine außerordentlich verzerrende Wirkung: man sah, wie sie ganz verdreht hinabsanken, um auf dem Grunde des kindlichen Geistes Gott weiß was für ein Muster zu bilden. Was sie der Köchin wohl ausrichtete? mußte Mrs. Ramsay denken. Und wirklich hatte sie die Zuhörergeduld für eine lange Geschichte aufzubringen von einer alten Frau mit ganz, ganz roten Backen in der Küche, die Fleischbrühe aus einem Topf trank, bis Mrs. Ramsay schließlich den papageienartigen Trieb weckte, der Mildreds Worte haargenau aufgenommen hatte und sie, wenn man nur zu warten wußte, in eintönigem Singsang wiedergeben konnte. Cam trat von einem Fuß auf den anderen und wiederholte die Worte: „Nein, sie sind noch nicht wieder da, und ich hab Ellen gesagt, sie soll den Teetisch abräumen."

Minta Doyle und Paul Rayley waren also noch nicht heimgekehrt. Dafür konnte es, dachte Mrs. Ramsay, nur eine Deutung geben. Sie mußte ihn entweder nehmen, oder sie mußte ihn zurückweisen. Diese gemeinsamen Spaziergänge nach dem Essen, mochte Andrew dabeisein oder nicht – wie sollte man sie deuten, wenn nicht etwa so, daß Minta (Mrs. Ramsay hatte sie sehr, sehr gern) sich richtigerweise entschlossen hatte, den guten Kerl zu nehmen, der vielleicht keine glänzenden Eigenschaften hatte, aber ihr persönlich, dachte Mrs. Ramsay und merkte, daß James sie zupfte, damit sie weiter vom Fischer un syner Fru vorlas, waren solche guten Schafe unendlich viel lieber als kluge Männer, die Dissertationen schrieben; Charles Tansley zum Beispiel. Jedenfalls mußte es nun geklappt haben, so oder so.

Und sie las: „Den annern Morgen waakd de Fru toeerst up, dat was jüst Dag, un seeg uut jem ehr Bedd dat herrliche Land vör sik liggen. De Mann reckd sik noch . . ."

Konnte Minta jetzt noch sagen, sie wollte ihn nicht haben? Nicht, wenn sie damit einverstanden war, ganze Nachmittage allein mit ihm durch die Gegend zu ziehen – denn Andrew würde natürlich auf die Krabbenjagd gehen –, aber vielleicht war Nancy dabei. Mrs. Ramsay suchte sich das Bild in Erinnerung zu rufen, wie sie nach dem Frühstück an der Tür zur Halle gestanden hatten. Da standen sie, blickten zum Himmel und beratschlagten über das Wetter; und sie hatte, teils um ihnen die Verlegenheit zu nehmen, teils um sie zum Weggehen zu ermutigen (denn sie wollte Paul Rayley helfen), behauptet: „Es ist meilenweit keine Wolke

zu sehen", was, wie sie wohl merkte, den kleinen Charles Tansley, der ihnen ins Freie gefolgt war, zum Grinsen veranlaßte. Aber sie hatte es mit Absicht gesagt. Ob Nancy mitgegangen war oder nicht, wußte sie jetzt, als sie die einzelnen Hausbewohner überdachte, nicht mit Bestimmtheit.
Sie las weiter: „‚Ach, Fru', säd de Mann, ‚wat wähl wy König syn! Ik mag nich König syn.' – ‚Na', säd die Fru, ‚wult du nich König syn, so will ik König syn. Ga hen tom Butt, ik will König syn.'"
„Komm herein oder bleib draußen, Cam", sagte sie, denn sie wußte, daß Cam nur durch das Wort „Butt" angelockt worden war und gleich wieder herumzappeln und sich mit James zanken würde. Cam schoß davon. Mrs. Ramsay las weiter, erleichtert, denn sie hatten den gleichen Geschmack, James und sie, und fühlten sich wohl, wenn sie beisammen waren.
„Un as he an de See köhm, do wöör de See ganß swartgrau un swart un dick, un dat Water geerd so von ünnen up un stünk ook ganß fuul. Do güng he staan un säd:

‚Manntje, Manntje, Timpe Te,
Buttje, Buttje in der See,
myne Fru, die Ilsebill
will nich so, as ik wol will.'

‚Na, wat will se denn?' säd de Butt." Und wo mögen sie jetzt wohl sein? dachte Mrs. Ramsay, und gleichzeitig las sie, und das ging ganz leicht; denn das Märchen „Vom Fischer un syner Fru" war wie die Baßstimme, die leise eine Weise begleitete und sich dann und wann unerwartet in die Melodie einmischte. Und wann würde man es ihr mitteilen? Wenn nichts geschah, würde sie ernstlich mit Minta reden müssen. Denn sie konnte nicht einfach den ganzen Tag durch die Gegend ziehen, selbst wenn Nancy dabei war (hier versuchte sie abermals vergeblich, sich ihre Rücken vorzustellen, wie sie den Gartenweg hinuntergingen, und sie zu zählen). Sie war Mintas Eltern verantwortlich, der „Eule" und dem „Buhmann". (Die Spitznamen schossen ihr durch den Sinn, indessen sie weiterlas.) Die „Eule" und der „Buhmann"; ja, die würden wütend sein, wenn sie hörten – und sie würden es hören –, Minta wäre, als sie bei Ramsays gewesen, gesehen worden, wie sie und so weiter und so weiter. „Er trug eine Perücke im Unterhaus, und sie half ihm sehr geschickt oben an der Treppe", wiederholte sie; mit diesem Satz, den sie einmal bei der Rückkehr von irgendeiner Gesellschaft zur Erheiterung ihres Mannes geprägt hatte, fischte sie die Erinnerung an die beiden aus ihrem Gedächtnis. Himmel ja, sagte Mrs. Ramsay zu sich, wie haben die beiden bloß diese aus der Art geschlagene Tochter zuwege gebracht? diesen Gassenbuben Minta mit einem Loch im Strumpf? Wie konnte sie bloß atmen in der feierlichen Luft eines Hauses, wo das Mädchen immer mit einer Kehrichtschaufel den Sand beseitigte, den der Papagei verstreute, und wo das Gespräch sich fast gänzlich auf die Heldentaten dieses Tieres beschränkte – was vielleicht ein fesselndes, aber immerhin begrenztes Thema war? Natürlich hatte man sie zum Lunch eingeladen, zum Tee und zum Dinner; dann zu einem Aufenthalt mit der Familie in Finlay, woraus sich Schwierigkeiten mit der „Eule", ihrer Mutter, ergeben hatten; es folgten weitere Besuche, weitere Gespräche und weiterer Sand, und am Ende (so hatte sie an jenem Abend bei der Heimkehr von der Gesellschaft ihrem Mann berichtet) hatte sie so viel Unsinn über Papageien erzählt, daß es für ihr ganzes Leben reichte. Immerhin, Minta kam . . . Ja, sie kam, dachte Mrs. Ramsay und hatte den Verdacht, daß im Gewirr dieser Gedanken ein Stachel verborgen saß. Sie zog ihn heraus und merkte, was es war: eine Frau hatte ihr einmal vorgeworfen, sie „raube ihr die Liebe ihrer Tochter", und Mrs. Doyle hatte etwas gesagt, was sie an diese Beschuldigung erinnerte. Sie wolle herrschen, wolle sich in alles mischen, wolle alle Menschen nach ihrem Willen lenken – so lautete die Beschuldigung, und sie hielt sie für höchst ungerecht. Inwiefern war es denn ihre Schuld, daß sie „so aussah"? Niemand konnte ihr vorwerfen, daß sie auf Eindruck bedacht war. Sie schämte sich oft ihrer eigenen Armseligkeit. Auch war sie durchaus nicht herrschsüchtig, noch war sie tyrannisch. Daß sie es mit den Krankenhäusern und der Kanalisation und der Molkerei hatte, ja, das war schon eher richtig. Diese Dinge waren nun einmal ihre Leidenschaft, und wenn sie gekonnt hätte, würde sie die Leute beim Kragen gepackt und mit der Nase auf diese Zustände gestoßen haben. Kein Krankenhaus auf

der ganzen Insel. Es war eine Schande. In London wurde einem die Milch tatsächlich braun von Schmutz an die Haustür geliefert. Strafbar müßte so etwas sein. Eine Mustermolkerei und ein Krankenhaus hier oben auf der Insel – ja, das wären zwei Aufgaben gewesen, die ihr Freude gemacht hätten. Aber wie? Mit all den Kindern? Wenn sie älter wären, dann würde sie vielleicht Zeit haben; wenn sie alle zur Schule gingen.
Ach, aber sie wollte ja gar nicht, daß James auch nur einen Tag älter wurde – und Cam ebensowenig. Die beiden sollten am liebsten immer so bleiben, wie sie jetzt waren: bitterböse Teufel und liebreizende Engel; nie wollte sie sie zu langbeinigen Scheusälern aufwachsen sehen. Für solchen Verlust gab es keine Entschädigung. Und indessen sie James vorlas: „Vor de Döhr marscheerden de Soldaten, un se blösen Trumpeten un slögen Pauken un Trummeln", sah sie, wie seine Augen dunkler wurden, und sie dachte: Warum sollen sie größer werden und all dies verlieren? Er war das begabteste, das empfänglichste von ihren Kindern. Aber, so dachte sie, verheißungsvoll sind sie alle. Prue war im Umgang mit den andern wahrhaft ein Engel, und manchmal, besonders abends, war sie so schön, daß es einem den Atem verschlug. Und Andrew – sogar ihr Mann gab zu, daß seine mathematische Begabung außergewöhnlich war. Nancy und Roger, das waren jetzt noch wilde Geschöpfe, die den ganzen Tag umhertollten. Dann Rose, ihr Mund war zu groß geraten, aber sie hatte wundervoll geschickte Hände. Wenn sie Scharaden darstellten, machte Rose die Kostüme; sie machte überhaupt alles; am liebsten beschäftigte sie sich mit Tafeldecken, Blumenschmuck und dergleichen. Daß Jasper auf Vögel schoß, war ihr nicht recht; aber das war nur ein Übergang; sie machten alle solche Zeiten durch. Warum aber, dachte sie und preßte das Kinn auf das Haar ihres Jüngsten, warum nur müssen sie so schnell heranwachsen? Warum müssen sie zur Schule gehen? Am liebsten hätte sie immer ein Baby gehabt. Sie war am glücklichsten, wenn sie eins im Arm trug. Dann mochten die Leute sie herrschsüchtig, tyrannisch, despotisch oder sonstwie nennen: ihr war es gleich. Und während sie sein Haar mit den Lippen berührte, dachte sie: Nie wieder wird er so glücklich sein. Hier hielt sie inne, da ihr einfiel,

wie ihr Mann sich über eine solche Behauptung ärgern würde. Und doch war es die Wahrheit. Nie wieder würden die Kinder so glücklich sein wie jetzt. Ein Teegeschirr für zehn Pence beglückte Cam auf Tage hinaus. Gleich wenn sie aufwachten, hörte sie sie droben in ihren Kammern stampfen und krähen. Trappelnd rannten sie über den Flur. Dann sprang die Tür auf, und herein kamen sie, frisch wie Rosen, großäugig, hellwach, als kämen sie nicht jeden Tag nach dem Frühstück ins Speisezimmer, sondern als wäre das wer weiß was für ein Ereignis; und so ging es mit allem und jedem, den ganzen Tag, bis sie hinaufstieg, um ihnen gute Nacht zu sagen: dann fand sie sie in ihre Betten verkuschelt wie die Vögel zwischen Kirschen und Himbeeren, und immer noch erzählten sie von irgendeiner Nichtigkeit – von etwas, was sie gehört, etwas, was sie im Garten aufgelesen hatten. Sie hatten alle ihre kleinen Schätze . . . Und dann ging sie hinunter und sagte zu ihrem Mann: Warum müssen sie groß werden und all das verlieren? Nie wieder werden sie so glücklich sein. Und er wurde ärgerlich. Warum nur das Leben so düster ansehen? fragte er. Das ist unvernünftig! Denn es war seltsam, aber sie glaubte es trotzdem, daß er bei all seiner Neigung zu Schwermut und Verzweiflung im ganzen glücklicher und hoffnungsfreudiger war als sie. Vielleicht bewegten ihn menschliche Kümmernisse nicht so wie sie. Ihm blieb immer seine Arbeit als Zuflucht und Halt. Nicht, daß sie „pessimistisch" veranlagt gewesen wäre, wie er ihr oft vorwarf. Aber sie dachte ans Leben – und sah eine winzige Spanne Zeit vor sich, ihre fünfzig Jahre. Da hatte sie es vor sich – das Leben. Leben, dachte sie, aber sie führte den Gedanken nicht zu Ende. Sie warf einen Blick auf das Leben, denn sie hatte einen durchaus klaren Begriff davon, sie empfand etwas Wirkliches, etwas Eigenes, das sie weder mit ihren Kindern noch ihrem Mann teilte. Es bestand eine Art Handel zwischen ihnen, wobei sie die eine Partei, das Leben die andere war, und sie versuchte immer, die Oberhand zu gewinnen, genau wie das Leben auch; zuweilen fanden Verhandlungen statt (wenn sie einsam saß); sie entsann sich, daß es große Versöhnungsszenen gegeben hatte; zumeist aber – ja, sie mußte es zugeben, so wunderlich es klang –, zumeist aber kam ihr das, was sie „Leben" nannte, furchterregend vor, feindselig, immer bereit, zuzuschlagen, wenn man ihm eine Blöße bot. Da waren die ewigen Fragen: Leiden, Tod, Armut. Immer starb irgendwo eine Frau an Krebs. Und doch hatte sie es über sich gebracht, all den Kindern zu sagen: Ihr müßt es durchstehen. Zu acht Menschen hatte sie das gesagt, erbarmungslos (und die Reparatur am Gewächshaus würde fünfzig Pfund kosten). Wußte sie doch alles, was ihnen bevorstand: Liebe und Ehrgeiz und einsames Leid in trauriger Umgebung, und deshalb dachte sie oft: Warum müssen sie heranwachsen und alles verlieren? Dann wiederum schwang sie dem Leben ihr Schwert entgegen und sagte: Unsinn. Sie werden vollkommen glücklich. Und da saß sie nun, überlegte, fand das Leben wieder einmal ziemlich unheimlich und wollte Minta dazu bringen, Paul Rayley zu heiraten. Denn wie sie auch über ihren Handel mit dem Leben denken mochte, und sie hatte Erfahrungen gemacht, wie sie nicht jedem zuteil werden (sie erwähnte sie nicht einmal sich selbst gegenüber) – immer trieb es sie dazu, allzurasch, das wußte sie wohl, zu sagen: Ihr müßt heiraten; ihr müßt Kinder haben, fast so, als wäre es auch für sie ein Entrinnen.

Hatte sie unrecht damit, fragte sie sich, indem sie sich ihr Verhalten in den letzten acht oder vierzehn Tagen vergegenwärtigte und darüber nachdachte, ob sie tatsächlich einen Druck ausgeübt hatte, um Minta, die erst vierundzwanzig war, zu einem Entschluß zu treiben. Ihr war unbehaglich zumute. Hatte sie nicht darüber gelacht? Hatte sie nicht wieder einmal vergessen, wie stark ihr Einfluß auf andere war? Für die Ehe brauchte man – ach, eine Menge Eigenschaften (die Reparatur am Gewächshaus würde fünfzig Pfund kosten); vor allem die eine – sie brauchte sie nicht zu nennen –, die wesentlich war und die sie mit ihrem Manne verband. Hatten die beiden sie?

„Do slööpd he sik de Büxen an un leep wech as unsinnig", las sie. „Buten awer güng de Storm un bruusde, dat he kuum up den Föten staan kunn: de Hüser un de Bömer waiden um, un de Baarge beewden, un de Felsenstücken rullden in de See, un de Himmel wöör ganß pickswart, un dat dunnerd un blitzd, un de See güng in so hoge swarte Bülgen as Kirchentöörn un as Baarge, un de hadden bawen all eene witte Kroon von Schuum up."

Sie schlug die Seite um; es waren nur noch ein paar Zeilen, und sie konnte die Geschichte zu Ende lesen, obwohl James schon hätte im Bett sein sollen. Es wurde spät. Das Licht im Garten sagte es ihr, das Bleichwerden der Blumen und die seltsam graue Farbe der Blätter verschworen sich miteinander, um in ihr ein Gefühl der Beklommenheit zu wecken. Erst fand sie die Ursache nicht. Dann wußte sie es: Paul, Minta und Andrew waren noch nicht zurück. Noch einmal rief sie sich die kleine Gruppe ins Gedächtnis, wie sie vor der Tür zur Halle auf der Terrasse gestanden und zum Himmel aufgeblickt hatte. Andrew trug sein Netz und seinen Korb. Also wollte er Krabben und solches Zeug fangen. Also würde er draußen auf eine Klippe klettern; er würde von der Flut abgeschnitten werden. Oder wenn sie auf einem der kleinen Fußpfade oberhalb des Felsenhangs hintereinander gingen, glitt womöglich einer von ihnen aus. Er würde hinunterrollen und zerschmettert werden. Es wurde völlig dunkel.

Aber sie duldete nicht, daß ihre Stimme sich auch nur im geringsten veränderte, als sie die Geschichte zu Ende las; sie schloß das Buch und sah James an bei dem letzten Satz, als stammte er von ihr selbst: „Door sitten se noch bet up hüüt un düssen Dag."

„Schluß der Geschichte", sagte sie; und schon sah sie, wie in seinen Augen das Miterleben des Märchens erstarb und etwas anderes an seine Stelle trat; eine Spannung, blaß noch, wie der Widerschein eines Lichts, die seinen Blick starr und begehrlich machte. Sie wandte sich und blickte über die Bucht, und richtig, da kamen auch schon über die Wellen in regelmäßigen Abständen zwei rasch aufblinkende Strahlen und ein langer, stetiger Strahl. Das Licht des Leuchtturms war angezündet worden.

Gleich würde er fragen: „Fahren wir morgen zum Leuchtturm?" Und sie würde ihm antworten müssen: „Nein, morgen nicht; Vater sagt, es geht nicht." Glücklicherweise kam Mildred, um ihn zu holen, und das Hin und Her lenkte ihn ab. Aber als Mildred ihn hinausbrachte, sah er über die Schulter zurück, und sie las in seinem Blick, daß er dachte: Nein, wir fahren morgen nicht zum Leuchtturm; und sie dachte: Das wird er nun in seinem ganzen Leben nicht vergessen.

11

Nein, dachte sie und legte einige von den Bildern nebeneinander, die er ausgeschnitten hatte – einen Kühlschrank, eine Mähmaschine, einen Herrn im Abendanzug –, Kinder vergessen nie. Deshalb kommt es ja so sehr darauf an, was man sagt und was man tut, und es ist eine Erleichterung, wenn sie zu Bett gehen. Nun brauchte sie einmal auf keinen Menschen Rücksicht zu nehmen. Sie konnte für sich und sie selbst sein. Und das war es, wonach sie jetzt oft ein Bedürfnis empfand: nachzudenken; nein, nicht einmal nachzudenken. Zu schweigen, allein zu sein. Alles Sein und alles Tun, nach Ausdehnung drängend, glitzernd, laut, verflüchtigte sich; man schrumpfte zusammen und wurde man selbst, ein klumpenförmiger Kern aus Schwärze, unsichtbar für andere; das war ein feierliches Gefühl. Und so war ihr zumute, wenn sie auch weiterstrickte und aufrecht sitzen blieb; und diesem Selbst, das sich allen Beiwerks entledigt hatte, stand es frei, die seltsamsten Abenteuer zu erleben. Wenn das Leben für einen Augenblick von einem abfiel, schien es für die Erlebnisfähigkeit keine Schranken mehr zu geben. Und dies Bewußtsein unerschöpflicher Hilfsquellen hatte, so vermutete sie, jeder Mensch zu jeder Zeit; jeder, sie selbst, Lily, Augustus Carmichael, alle mußten das Gefühl haben: unsere äußere Erscheinung, die Dinge, die uns kenntlich machen, sind einfach kindisch. Darunter aber dehnt es sich, dunkel, weit, unauslotbar tief. Dann und wann steigen wir an die Oberfläche, und so nur sehen uns die anderen. Ihr Gesichtskreis dünkte sie grenzenlos. Sie sah alles, was sie nie erblickt hatte; die Ebenen Indiens; ihre Hand schlug, sie fühlte es, den dicken Ledervorhang einer römischen Kirche beiseite. Dieser Kern aus Schwärze konnte überallhin gehen, denn niemand sah ihn. Niemand konnte ihn aufhalten, dachte sie frohlockend. Das bedeutete Freiheit, das bedeutete Frieden, das bedeutete etwas noch Willkommeneres als all dies: Sammlung und Ausruhen auf einer Felsplatte der Stetigkeit. Das Selbst, soviel hatte sie aus Erfahrung gelernt, fand niemals Ruhe (hier vollendete sie etwas Kunstvolles mit ihren Stricknadeln), Ruhe fand nur jener Klumpen aus Schwärze. Streifte man seine Persönlichkeit ab, so streifte man auch den kleinlichen Ärger ab, die Hast, die Unrast; und dann drängte sich ihr immer ein Ausruf des Triumphs über das Leben auf die Lippen, wenn die Dinge sich zu solchem Frieden, solcher Ruhe, solcher Ewigkeit einten. Hier hielt sie inne und schickte den Blick dem Strahl des Leuchtturms entgegen, dem langen, stetigen Strahl, dem letzten der drei, der ihr Strahl war; denn wenn man um diese Stunde und in dieser Stimmung die Dinge betrachtet, so muß man, ja, muß man sich an eins von ihnen besonders anschließen; das war für sie der lange, stetige Strahl, und deshalb war es ihr Strahl. Oft ging es ihr so, daß sie saß und schaute, saß und schaute, die Arbeit in der Hand, bis sie völlig in das überging, was sie betrachtete – in jenes Licht zum Beispiel. Und dann hob es irgendeine kleine Redewendung in ihr Bewußtsein, die ihr im Sinn gelegen hatte – etwa diese: „Kinder vergessen nie, Kinder vergessen nie“ –, sie sprach es wieder und wieder und fügte dann hinzu: „Es kommt ein Ende, es kommt ein Ende“; ja, das sagte sie. „Es wird kommen, es wird kommen“ – und plötzlich sprach sie weiter: „Wir stehen alle in Gottes Hand.“

Sogleich aber ärgerte sie sich über sich selbst, weil sie das gesagt hatte. Wer hatte das gesagt? sie nicht; sie hatte sich verleiten lassen, etwas zu sagen, was sie nicht meinte. Sie sah von ihrer Strickarbeit auf und begegnete dem dritten Strahl, und ihr war, als begegneten ihre Augen ihren eigenen Augen: sie drangen forschend, wie nur sie allein forschen konnte, in ihr Hirn und in ihr Herz, sie tilgten reinigend jene Lüge hinweg – alle Lügen. Sie pries sich selbst, indem sie das Licht pries, aber es geschah ohne Eitelkeit; denn sie war streng, sie forschte eindringlich, sie war schön wie jenes Licht. Es ist doch seltsam, dachte sie, wie man sich im Alleinsein an Dinge anlehnt – unbeseelte Dinge; Bäume, Flüsse, Blumen; wie man sich durch sie ausgedrückt fühlt; wie man mit ihnen eins wird; wie man sich von ihnen gekannt, ja in gewissem Sinne mit ihnen verschmolzen fühlt; wie man zu ihnen eine nicht durch Vernunft begründete Liebe empfindet, gerade wie (hier blickte sie in den langen, stetigen Strahl) zum eigenen Selbst. Es hob sich, und sie schaute und schaute, und ihre Nadeln standen still, es kräuselte sich auf vom Boden ihres Gedankenlandes, stieg auf vom See ihres Seins: ein Dunstgebilde, eine Braut, die ihrem Geliebten begegnen soll.

Was hat mir, so sann sie, die Worte eingegeben: Wir stehen alle in Gottes Hand? Die Unaufrichtigkeit, die sich da zwischen die Wahrheiten eingeschlichen hatte, ärgerte sie. Sie nahm ihre Strickarbeit wieder auf. Wie konnte ein Gott diese Welt geschaffen haben? fragte sie. Ihr Verstand hatte immer die Tatsache vermerkt, daß es weder Vernunft noch Ordnung noch Gerechtigkeit gibt: wohl aber Leiden, Tod und Armut. Kein Verrat war so niedrig, daß die Welt ihn nicht begehen würde; sie wußte das. Kein Glück war von Dauer; sie wußte das. Sie strickte in fester Gelassenheit, wobei sie die Lippen etwas kräuselte; ohne es selbst zu wissen, straffte und raffte sie ihre Gesichtszüge zu gewohntem strengem Ernst, so daß sogar ihrem Manne, als er vorüberging, obwohl er gerade kichernd bei dem Gedanken an Hume verweilte, der, unmäßig fett geworden, eines Tages in einem Abtritt steckengeblieben war, der strenge Ernst im Herzen ihrer Schönheit zum Bewußtsein kam. Es machte ihn traurig, und ihr Fernsein schmerzte ihn, und er fühlte im Vorbeigehen, daß er sie nicht beschützen konnte; und als er bei der Hecke stand, war er traurig. Er konnte nichts tun, um ihr zu helfen. Er mußte dabeistehen und zusehen. Ja, und die verwünschte Wahrheit war, er machte alles nur schlimmer für sie. Er war reizbar – er war empfindlich. Er war bei der Sache mit dem Leuchtturm heftig geworden. Er blickte in die Hecke, in ihr Zweiggewirr, ihre Dunkelheit.

Immer, so dachte Mrs. Ramsay, holte man sich widerstrebend aus der Einsamkeit zurück, indem man sich an irgendeine nichtige Kleinigkeit hielt, die Ohr oder Auge traf. Sie lauschte, aber alles war völlig still; das Kricketspiel war vorüber; die Kinder waren im Bad; man vernahm nur noch das Rauschen des Meeres. Sie hörte auf zu stricken; sie hielt den langen rötlichbraunen Strumpf einen Augenblick baumelnd in Händen. Wieder sah sie den Strahl des Leuchtturmes. Diesmal lag ein wenig Spott, denn wenn wir ganz wach sind, so ändert sich unser Verhältnis zu den Dingen, in dem fragenden Blick, mit dem sie den stetigen Strahl betrachtete, den erbarmungslosen, den grausamen, der so sehr sie selbst war und ihr doch so wenig glich, der nach Gefallen über sie gebot (sie erwachte nachts und sah ihn, wie er sich über ihre Betten spannte und den Fußboden abtastete); und doch, so dachte sie und betrachtete ihn bezaubert, ge-

bannt, als striche er mit silbernen Fingern über ein versiegeltes Gefäß in ihrem Kopfe, das, aufspringend, sie mit Lust überfluten würde, hatte sie Glück erfahren, köstliches Glück, starkes Glück; und er ließ das Silber auf den ungestümen Wellen ein wenig heller schimmern, nun das Tageslicht verdämmerte, und das Blau aus dem Wasser schwand, und das Meer ging mit Wogen von reinem Zitronengelb, die sich krümmten und schwollen und am Strand zerschellten; und die Lust barst in ihren Augen, und Wellen reiner Entzückung rasten über den Meeresboden ihres Seins, und sie fühlte: Es ist genug! Es ist genug!
Er wandte sich und sah sie an. Oh, sie war schön – war in diesem Augenblick schöner, als er je geahnt hatte. Aber er konnte nicht zu ihr reden. Er konnte sie nicht stören. Er sehnte sich sehr nach einem Gespräch mit ihr, jetzt, da James fort und sie endlich allein war. Aber er beschloß: nein; er würde sie nicht stören. Sie war ihm sehr fern in ihrer Schönheit, in ihrer Traurigkeit. Er wollte sie dieser Ferne nicht entreißen und ging ohne ein Wort an ihr vorbei, wenn es ihm auch weh tat, daß er sie in diesem Fernsein nicht erreichen und nichts tun konnte, um ihr zu helfen. Und abermals wäre er ohne ein Wort an ihr vorbeigegangen, hätte sie ihm nicht in ebendiesem Augenblick ganz freiwillig gegeben, was er, wie sie wußte, nie verlangt haben würde, hätte sie ihn nicht angerufen und den grünen Schal vom Bilderrahmen genommen, um zu ihm zu kommen. Denn es war, das wußte sie, sein Wunsch, sie zu beschützen.

12

Sie legte sich den grünen Schal um die Schultern. Sie nahm seinen Arm. Er sei ein so schöner Mensch, sagte sie sogleich und meinte Kennedy, den Gärtner; er sei so über alle Maßen hübsch, daß sie ihn nicht entlassen könne. Am Gewächshaus lehnte eine Leiter, und hier und da klebten Klümpchen Glaserkitt, denn die Ausbesserungsarbeiten hatten begonnen. Gut und schön – aber während sie mit ihrem Mann durch den Garten wanderte, wurde ihr klar, daß diese besondere Ursache des Kummers damit zur unwiderruflichen Wirklichkeit geworden war. Es lag ihr auf der

Zunge, beim Schlendern zu sagen: „Es wird fünfzig Pfund kosten", statt dessen, denn ihr fehlte der Mut, über Geld zu reden, sprach sie von Jasper und seiner Vogeljagd; und er antwortete, sie sogleich beruhigend, das sei bei einem Jungen nur natürlich, und seiner Überzeugung nach werde Jasper bald auf bessere Arten der Belustigung verfallen. Er war so vernünftig, ihr Mann, so gerecht. So sagte sie denn: „Ja, alle Kinder machen eben solche Zeiten durch", worauf sie die Dahlien in dem großen Beet betrachtete; was für Blumen sie wohl im nächsten Jahr haben würden, meinte sie, und ob er den Spitznamen schon gehört habe, den die Kinder Charles Tansley gegeben hätten? Den Atheisten nennten sie ihn, den kleinen Atheisten. „Er ist ein ziemlich ungesittetes Exemplar", sagte Mr. Ramsay. „Das kann man wohl behaupten", sagte Mrs. Ramsay.
Es sei wohl das beste, man lasse ihn auf seine Art selig werden, meinte Mrs. Ramsay; wobei sie im stillen erwog, ob es wohl Zweck hätte, Blumenzwiebeln herzuschicken: ob sie sie überhaupt einpflanzten? „Oh, er hat ja seine Doktorarbeit zu schreiben", sagte Mr. Ramsay. Darüber wisse sie genug, sagte Mrs. Ramsay. Er rede von nichts anderem. Es handele sich um den Einfluß von irgendwem auf irgendwas. „Na ja, es ist eben sein ein und alles", sagte Mr. Ramsay. „Gebe der Himmel, daß er sich nicht in Prue verliebt", sagte Mrs. Ramsay. Wenn sie ihn nehme, enterbe er sie, sagte Mr. Ramsay. Sein Blick war nicht auf die Blumen gerichtet, die seine Frau betrachtete, sondern auf einen Punkt, der etwa in Fußhöhe über ihnen lag. Er sei harmlos, fügte er hinzu und wollte gerade sagen, unter dem ganzen jungen Nachwuchs in England wäre er schließlich der einzige Bewunderer seiner . . . aber das schluckte er hinunter. Er wollte sie nicht wieder mit seinen Büchern behelligen. Die Blumen seien ja anscheinend ganz annehmbar, sagte Mr. Ramsay und nahm, da er den Blick senkte, einiges in Rot und einiges in Braun wahr. Ja, die habe sie aber auch mit eigener Hand gepflanzt, sagte Mrs. Ramsay. Was aber werde, wenn sie Zwiebeln herschicke? Das sei die Frage. Ob Kennedy sie auch einsetze? Er sei ein unverbesserlicher Faulpelz, sagte sie im Weitergehen. Wenn sie den ganzen Tag mit dem Spaten in der Hand neben ihm stehe, tue er ja zuweilen einen Handschlag. So schlenderten sie weiter, auf

die feuerroten Pfähle zu. „Du bringst deinen Töchtern das Aufschneiden bei“, sagte Mr. Ramsay vorwurfsvoll. In der Hinsicht sei ihre Tante Camilla viel schlimmer als sie, bemerkte Mrs. Ramsay. „Soviel ich weiß, hat noch niemand jemals deine Tante Camilla als Vorbild hingestellt“, sagte Mr. Ramsay. „Sie war die schönste Frau, die ich je gesehen habe“, sagte Mrs. Ramsay. „Das war wer anders“, sagte Mr. Ramsay. Prue werde einmal viel schöner sein als ihre Mutter, sagte Mrs. Ramsay. Davon habe er noch nichts bemerkt, sagte Mr. Ramsay. „Na, dann sieh sie dir heute abend an“, sagte Mrs. Ramsay. Eine Pause entstand. Er wünschte nur, Andrew möge einsehen, daß er fleißiger sein müsse. Er werde sonst jede Aussicht auf ein Stipendium verlieren. „Ach, Stipendium!“ sagte sie. Mr. Ramsay fand es töricht, so etwas zu sagen – über eine so ernste Sache wie ein Stipendium. Er werde sehr stolz auf Andrew sein, wenn er ein Stipendium bekomme, sagte er. Und sie werde genauso stolz auf ihn sein, wenn er keins bekomme, antwortete sie. In diesem Punkte waren sie sich niemals einig, aber das war nicht weiter wichtig. Sie fand es liebenswert, daß er solchen Wert auf Stipendien legte, und er fand es liebenswert, daß sie auf Andrew immer stolz war, so oder so. Plötzlich fielen ihr die schmalen Fußpfade am Rande der Klippen ein.

Sei es nicht schon spät? fragte sie. Sie seien noch immer nicht zu Hause. Er ließ achtlos den Deckel seiner Uhr aufspringen. Es war erst kurz nach sieben. Er hielt die Uhr einen Augenblick offen in der Hand und beschloß, ihr mitzuteilen, was ihm auf der Terrasse durch den Kopf gegangen war. Zunächst einmal sei es unvernünftig, sich derart zu beunruhigen. Andrew werde schon von selbst ins rechte Gleis kommen. Sodann wollte er ihr sagen, als er über die Terrasse gegangen sei, habe er gedacht . . . hier aber spürte er ein Unbehagen, als bräche er gewaltsam in ihre Einsamkeit ein, in ihr Fernsein, ihr Abgerücktsein . . . Aber sie drängte ihn zum Weitersprechen. Was habe er ihr denn sagen wollen, fragte sie und meinte, es handle sich um die Fahrt zum Leuchtturm, und es tue ihm leid, daß er gesagt hatte: „Hol dich der Teufel!“ Aber nein. Es gefalle ihm nicht, wenn sie so traurig aussehe, sagte er. Ach, das sei nur Zerstreutheit, wehrte sie ab und errötete leicht. Sie fühlten sich beide befangen, als wüßten sie nicht recht, ob sie sich weiterwagen oder zurückweichen sollten. Sie habe James Märchen vorgelesen, sagte sie. Nein: sie konnten es einander nicht mitteilen; sie konnten es einander nicht sagen. Sie hatten die Heckenlücke zwischen den beiden grellroten Eisenpfahlreihen erreicht, und da war wieder der Leuchtturm; aber sie erlaubte sich nicht einen Blick. Hätte sie gewußt, daß er sie beobachtete, dann hätte sie sich auch, dachte sie, nicht erlaubt, so nachdenklich dazusitzen. Sie haßte alles, was sie daran erinnerte, daß sie nachdenklich dagesessen hatte. So wandte sie den Kopf und blickte zur Stadt hinüber. Die Lichter kräuselten sich und zitterten, als wären sie vom Wind getriebene silberne Wassertropfen. Und alle Armut, alles Leid, dachte Mrs. Ramsay, lag darin beschlossen. Die Lichter der Stadt und des Hafens und der Schiffe waren wie ein gespenstisches schwimmendes Netz, das eine Stelle bezeichnete, wo etwas versunken war. Nun, wenn er ihre Gedanken nicht teilen konnte, sagte sich Mr. Ramsay, so wollte er seinen eigenen nachgehen. Er hatte Lust, weiterzudenken und sich mit der Geschichte von Hume zu beschäftigen, der in einem Abtritt steckengeblieben war; er hatte Lust zum Lachen. Aber zunächst einmal: Es war Unsinn, sich Andrews wegen Sorgen zu machen. Er selbst war in Andrews Alter oft einen ganzen Tag lang über Land gelaufen, mit nichts als einem Zwieback in der Tasche, und kein Mensch hatte sich um ihn gesorgt oder befürchtet, er könnte von einer Klippe stürzen. Laut sagte er, wenn das Wetter sich halte, würde er gern eine Tageswanderung machen. Er habe einigermaßen genug von Bankes und Carmichael. Er sehne sich nach einem bißchen Alleinsein. Ja, sagte sie. Es verdroß ihn, daß sie ihm nicht widersprach. Aber sie wußte, daß er es nie tun würde. Er war jetzt zu alt, um einen ganzen Tag lang mit einem Zwieback in der Tasche herumzulaufen. Um die Jungen machte sie sich Sorgen, nicht seinetwegen. Vor Jahren, ehe er geheiratet hatte, so dachte er und blickte über die Bucht, war er oft den ganzen Tag auf den Beinen gewesen. Seine Mahlzeit hatte aus Brot und Käse bestanden, die er in irgendeiner Schenke aß. Er hatte zehn Stunden hintereinander gearbeitet, eine alte Frau hatte ab und zu mal den Kopf hereingesteckt und nach dem Feuer gesehen. Das da drüben, das

war die Landschaft, die er am meisten liebte: Sandhügel, die im Dunkel verdämmerten. Da konnte man den ganzen Tag wandern, ohne einer Menschenseele zu begegnen. Da gab es kaum ein Haus – und meilenweit kein einziges Dorf. Man konnte sich mit den Dingen allein auseinandersetzen. Es gab kleine Sandbuchten, deren Strand seit Urzeiten kein Mensch betreten hatte. Die Seehunde richteten sich auf und sahen einen an. Zuweilen meinte er, in einem Häuschen da draußen, allein ... aber er hielt seufzend inne. Er hatte kein Recht. Ein Vater von acht Kindern ... hielt er sich vor. Und er wäre ein Rohling und ein Schuft gewesen, wenn er sich sein Leben auch nur einen Deut anders gewünscht hätte. Andrew würde einmal mehr leisten als er. Und Prue würde eine Schönheit sein, sagte ihre Mutter. Sie würden sich der großen Flut ein wenig entgegenstemmen. Das war doch, recht bedacht, eine recht ordentliche Leistung – seine acht Kinder. Sie bewiesen, daß er das arme kleine Weltall doch nicht in Grund und Boden verdammte – denn an einem Abend wie heute, dachte er und blickte ins verdämmernde Land hinaus, wirkte die kleine Insel doch rührend winzig, wie schon halb vom Meer verschlungen.
„Arme kleine Insel", murmelte er und seufzte.
Sie hörte es. Er sagte oft die trübseligsten Dinge, aber sie hatte beobachtet, daß er unmittelbar darauf immer heiterer gestimmt schien als sonst. All dies Gerede war wohl nur Spiel, dachte sie; denn hätte sie auch nur die Hälfte von dem gesagt, was er so von sich gab, sie hätte sich schon längst eine Kugel in den Kopf gejagt.
Sie ärgerte sich über dies Gerede, und deshalb sagte sie ganz nüchtern, es sei ein wirklich wundervoller Abend. Was er denn eigentlich zu stöhnen habe, fragte sie halb lachend, halb vorwurfsvoll, denn sie ahnte, was er dachte – wenn er nicht geheiratet hätte, wären seine Bücher besser ausgefallen.
Er beklage sich gar nicht, sagte er. Sie wisse doch, daß er sich nicht beklage. Sie wisse doch, daß er nichts zu beklagen habe. Und er nahm ihre Hand, hob sie an die Lippen und küßte sie mit einer Inbrunst, die ihr die Tränen in die Augen trieb, und da ließ er sie rasch wieder los.
Sie kehrten der Aussicht den Rücken und gingen Arm in

Arm den Gartenweg entlang, den grünsilberne lanzenähnliche Pflanzen säumten. Sein Arm war fast wie der eines jungen Mannes, dachte Mrs. Ramsay, mager und hart; und sie dachte mit Stolz, wie stark er noch war mit seinen mehr als sechzig Jahren, wie ungezähmt und hoffnungsfreudig, und wie merkwürdig es war, daß es seiner Überzeugung nach zwar Greuel aller Art gab, daß dies ihn aber nicht zu bedrücken, sondern heiter zu stimmen schien. War es nicht seltsam? dachte sie. Ihr kam es manchmal tatsächlich so vor, als wäre er aus anderem Stoff gemacht als andere Menschen; als wäre er von Geburt blind, taub und unempfindlich gegen die Dinge des Alltags; aber für das Außergewöhnliche hatte er das Auge des Adlers. Sein tiefdringendes Erfassen erstaunte sie zuweilen. Aber nahm er die Blumen wahr? Nein. Nahm er die Landschaft wahr? Nein. Sah er auch nur die Schönheit seiner eigenen Tochter, merkte er, ob er Pudding auf seinem Teller hatte oder Roastbeef? Er saß mit ihnen am Tisch wie einer, der träumte. Und immer mehr, fürchtete sie, verfiel er in die Gewohnheit, laut mit sich selbst zu reden oder Gedichte zu sprechen; denn zuweilen war es peinlich –

„Edelste und Schönste, komm hinweg!“

Die arme Miss Giddings kriegte vor Schreck beinahe einen Schlag, als er es ihr ins Gesicht brüllte. Aber schließlich, dachte Mrs. Ramsay und nahm sogleich seine Partei gegen alle in der Welt, die so albern wie Miss Giddings waren, schließlich, dachte sie und ließ ihn durch einen leichten Druck auf seinen Arm spüren, daß er ihr zu schnell hügelan ging und sie einen Augenblick stehenbleiben müßte, um zu sehen, ob das nicht etwa frische Maulwurfshaufen auf der Böschung waren, schließlich, dachte sie und beugte sich nieder, um besser sehen zu können, ein großer Geist wie der seine muß in jeder Beziehung anders sein als der unsere. All die großen Männer, denen sie bisher begegnet war, dachte sie (da mußte ein Kaninchen hereingekommen sein), waren so, und es war für junge Menschen gut (wenn auch die Luft in den Vorlesungssälen stickig war und ihr so den Atem benahm, daß sie es kaum ertragen konnte), ihn einfach zu hören, ihn einfach zu sehen. Wie soll man nun aber mit den Kaninchen fertig werden, ohne sie zu schießen? fragte sie sich. Vielleicht war es ein Kaninchen; vielleicht war es ein Maulwurf. Irgendein Tier jedenfalls vernichtete ihre Nachtkerzen. Als sie aufblickte, sah sie über den dünnen Bäumen die erste Lichtschwingung des strahlenpulsenden Sterns, und sie wünschte, daß auch ihr Mann es sehen möchte; denn der Anblick weckte in ihr ein starkes Freudegefühl. Aber sie hielt die Worte zurück. Solche Dinge sah er nicht. Und wenn er sie sah, so würde er nichts weiter sagen als: Arme kleine Welt, mit einem seiner gewohnten Seufzer. In diesem Augenblick sagte er: „Sehr schön", um ihr eine Freude zu machen, und tat, als bewunderte er die Blumen. Aber sie wußte sehr wohl, daß er sie in Wahrheit gar nicht bewunderte, ja sie nicht einmal wahrnahm. Er wollte ihr nur eine Freude machen . . . Oh, aber war das nicht Lily Briscoe, die da mit William Bankes herumschlenderte? Sie stellte ihre kurzsichtigen Augen auf die Rückansicht eines abziehenden Paares ein. Ja, es stimmte. Hieß das nicht, daß sie heiraten würden? Bestimmt hieß es das! Was für ein herrlicher Gedanke! Sie mußten heiraten!

13

Er sei in Amsterdam gewesen, sagte Mr. Bankes, als er mit Lily Briscoe über den Rasen schlenderte. Er habe die Rembrandts gesehen. Er sei in Madrid gewesen. Unglücklicherweise am Karfreitag, als der Prado geschlossen gewesen sei. Er sei in Rom gewesen. Ob Miss Briscoe nie in Rom gewesen sei. Oh, das müsse sie aber . . . Es würde ein herrliches Erlebnis für sie sein – die Sixtinische Kapelle; Michelangelo; dann Padua, mit seinen Giottos. Seine Frau habe lange Jahre gekränkelt, so daß sie die Sehenswürdigkeiten nur in bescheidenem Maße hätten besichtigen können.
Sie sei in Brüssel gewesen; sie sei in Paris gewesen, aber nur flüchtig, um eine kranke Tante zu besuchen. Sie sei in Dresden gewesen; da gebe es eine Menge Bilder, die sie nicht gesehen habe; aber, so meinte sie nachdenklich, es sei vielleicht besser, sich keine Bilder anzusehen: sie machten einen nur hoffnungslos unzufrieden mit der eigenen Arbeit. Mr. Bankes meinte, diese Auffassung könne man aber

auch zu weit treiben. Nicht jeder könne ein Tizian, nicht jeder ein Darwin sein, sagte er; zugleich zweifelte er, ob man einen Darwin und einen Tizian haben könne, ohne die kleinen bescheidenen Leute, wie sie es seien. Hier hätte Lily ihm am liebsten eine Schmeichelei gesagt; Sie sind kein kleiner, bescheidener Mensch, hätte sie am liebsten gesagt. Aber er hörte nicht gern Schmeicheleien (die meisten Männer hören sie gern, dachte sie), und sie schämte sich ihrer Regung ein wenig und schwieg, während er hinzufügte, daß seine Ansicht vielleicht auf die Malerei nicht zutreffe. Möglich, sagte Lily und schüttelte ihre kleine Unaufrichtigkeit mit einem Achselzucken ab, sie werde jedenfalls immer weitermalen, denn es mache ihr Freude. Gewiß, sagte Mr. Bankes, davon sei er überzeugt; und als sie am Ende des Rasenplatzes waren, fragte er, ob es ihr schwerfalle, in London Motive zu finden. In diesem Augenblick kehrten sie um und sahen die beiden Ramsays. Das also ist die Ehe, dachte Lily Briscoe, ein Mann und eine Frau, die einem Mädchen beim Ballspiel zusehen. Das also war es, was Mrs. Ramsay mir damals nachts beibringen wollte, dachte sie. Denn Mrs. Ramsay trug einen grünen Schal, und sie standen dicht beisammen und sahen zu, wie Prue und Jasper Fangball spielten. Und plötzlich ging es ihr mit den beiden, wie es uns oft mit Leuten geht, ganz ohne Grund, wenn sie vielleicht aus der Untergrundbahn kommen oder auf eine Türklingel drücken: sie bekamen eine Bedeutung; sie wurden Sinnbilder: wurden, wie sie da in der Dämmerung standen, Sinnbilder der Ehe, Mann und Frau. Freilich fiel nach einem Augenblick dieser sinnbildliche Umriß, der ihre Gestalten ins Überwirkliche hob, von ihnen ab, und sie waren, als sie auf sie zutraten, wieder Mr. und Mrs. Ramsay, die den Kindern beim Fangball zusahen. Und doch, Mrs. Ramsay begrüßte sie zwar mit ihrem gewohnten Lächeln (ach, dachte Lily, sie denkt, wir werden heiraten) und sagte: „Ich habe heute abend gesiegt", was heißen sollte, daß Mr. Bankes heute einmal bereit war, mit ihnen zu essen und nicht in sein Quartier zu flüchten, wo sein Diener die Gemüse vorschriftsmäßig kochte; und doch war da einen Augenblick ein Gefühl, als wäre ein trennender Wind zwischen die Dinge gefahren, ein Gefühl von Abstand, von aufgehobener Verantwortlichkeit, als der Ball hoch hinaufflog und ihre Blicke ihm folgten, ihn verloren und den einen einsamen Stern und die zierlich geordneten Zweige sahen. Im schwindenden Licht wirkten sie alle scharfkantig und zart und wie weit voneinander entfernt. Dann durchmaß Prue rückwärts die gewaltige Entfernung im Sprung (denn alle Festigkeit schien geschwunden), rannte ungestüm zwischen sie und fing den Ball gewandt hoch oben mit der linken Hand, und ihre Mutter fragte: „Sind sie noch nicht wieder da?“, worauf der Zauberbann gebrochen war. Mr. Ramsay fand, daß es ihm nun freistand, laut über Hume zu lachen, der in einem Abtritt steckengeblieben und von einem alten Weib herausgeholt worden war, unter der Bedingung, daß er das Vaterunser betete, und er schlenderte, in sich hinein kichernd, davon in sein Arbeitszimmer. Mrs. Ramsay aber führte Prue in die Gemeinschaft des Familienlebens, aus der sie sich beim Ballspiel entfernt hatte, wieder zurück mit der Frage: „Ist Nancy mitgegangen?“

14

[Aber ja, Nancy, war mitgegangen; denn Minta Doyle hatte sie mit ihrem stummen Blick und ausgestreckter Hand darum gebeten, als Nancy nach dem Lunch in ihre Bodenkammer flüchten wollte, um den Schrecknissen des Familienlebens zu entrinnen. Da blieb ihr wohl nichts anderes übrig. Sie hatte keine Lust dazu. Sie hatte keine Lust, sich in all das hineinziehen zu lassen. Denn auf dem ganzen Weg zur Klippe hielt Minta ihre Hand. Dann ließ sie sie los. Dann nahm sie sie wieder. Was will sie eigentlich von mir? fragte Nancy sich. Denn irgend etwas wollten die Leute immer; als Minta ihre Hand nahm und festhielt, sah Nancy mit Widerstreben die ganze Welt unter sich ausgebreitet; das war so, als erblickte man Konstantinopel durch einen Nebel und müßte nun, so schwer einem auch die Lider waren, wohl oder übel fragen: Ist das die Hagia Sophia? Ist das das Goldene Horn? So fragte sich Nancy, als Minta ihre Hand nahm: Was will sie? Ist es dies? Und was war das „dies“? Hier und dort tauchte (als Nancy auf das unten ausgebreitete Leben blickte) eine Zinne, eine Kuppel aus dem Nebel auf; ragende Dinge, ohne Namen. Sobald aber Minta ihre Hand losließ, wie sie es tat, als sie hügelabwärts liefen, sank alles, was aus dem Nebel aufgetaucht war, die Kuppel, die Zinne – sank alles in den Nebel zurück und verschwand.

Minta, so bemerkte Andrew, war gut zu Fuß. Sie kleidete sich vernünftiger als die meisten Frauen. Sie trug sehr kurze Röcke und schwarze Kniehosen. Sie brachte es fertig, mit beiden Beinen in einen Wasserlauf zu springen und durchzuwaten. Ihm gefiel ihr Ungestüm, aber er sah auch, daß es zu nichts Gutem führen würde – sie würde sich über kurz oder lang auf irgendeine blödsinnige Art den Hals brechen. Sie schien sich vor nichts zu fürchten – Bullen ausgenommen. Beim bloßen Anblick eines Stiers auf der Weide warf sie die Arme in die Luft und flüchtete kreischend, was natürlich gerade das richtige war, den Stier zu reizen. Aber sie scheute sich nicht, es einzugestehen; das mußte man zugeben. Bei Stieren sei sie abscheulich feige, das wisse sie, sagte sie. Vielleicht sei sie als Baby im Kinderwagen einmal herumgestoßen worden. Es war ihr offenbar gleich, was sie tat oder sagte. Zum Beispiel jetzt: sie hockte sich auf den Rand der Klippe und fing an zu singen, etwas wie:

„Hol dich der Deubel, hol dich der Deubel!“

Alle mußten einfallen, den Kehrreim mitsingen und herausschmettern:

„Hol dich der Deubel, hol dich der Deubel!“

– aber es wäre schade, wenn die Flut käme und alle guten Jagdgründe bedeckte, bevor sie am Strand wären.

„Ja, das wäre schade“, sagte Paul und sprang auf; und während sie rutschend hinunterstiegen, zitierte er andauernd aus dem Reiseführer: „Die Inseln sind mit Recht berühmt wegen ihrer parkähnlichen Ausblicke und der Menge und Vielfalt ihrer maritimen Besonderheiten.“ Aber das war auch nicht das richtige, dachte Andrew beim Abstieg, das Brüllen und das „Hol dich der Deubel!“, oder daß man mich auf den Rücken schlägt und „alter Junge“ nennt und so weiter; das ist auch nichts. Man soll auf solche Wege keine Frauenzimmer mitnehmen, das ist das Dümmste. Sobald sie am Strand waren, trennten sie sich. Andrew ging zur „Papstnase", zog die Schuhe aus, steckte die Strümpfe hinein und überließ das Pärchen sich selbst. Nancy watete hinaus zu „ihren" Klippen und suchte „ihre" Tümpel und überließ das Pärchen sich selbst. Sie kauerte sich nieder und berührte die weichen, gummiartigen Seeanemonen, die wie Gallertklumpen am Felsen klebten. Im Grübeln wurde ihr die Pfütze zum Meer, die Elritzen wurden zu Haifischen und Walen; sie überschattete diese winzige Welt mit gewaltigen Wolken, indem sie die Hand vor die Sonne hielt und so über Millionen ahnungsloser und unschuldiger Geschöpfe Finsternis und Verlassenheit brachte, wie Gott selbst, dann nahm sie die Hand plötzlich weg und ließ die Sonne niederströmen. Draußen auf dem hellen, kreuz und quer zerfurchten Sand stapfte hochbeinig, gestiefelt und gespornt, ein sagenhaftes Ungeheuer (noch immer wurde ihr die Pfütze zum Meer) und schlüpfte in eine riesige Spalte im Felsenhang. Dann glitten ihre Blicke unmerklich über den Tümpel hinaus und ruhten auf der flimmernden Linie von Himmel und Meer, auf den Baumstämmen, die der Rauch von den Dampfern am Horizont schwanken ließ, die ungeheure Gewalt, mächtig hereinbrausend und unaufhaltsam wieder zurückweichend, bannte sie; das Bewußtsein von beidem – dort der unendlichen Größe, hier der unendlichen Kleinheit (denn der Tümpel war nun wieder ein Tümpel), die darin blühte, ließ sie glauben, sie wäre an Händen und Füßen gefesselt und zu keiner Bewegung imstande, so erfüllt war sie von Empfindungen, durch die ihr Körper, ihr Leben, das Leben aller Menschen auf der Welt in alle Ewigkeit zum Nichts zusammenschrumpften. So grübelte sie, den Wogen lauschend, niedergekauert am Tümpel.

Als Andrew rief, die Flut käme, sprang sie planschend durch die niedrigen Wellen ans Ufer, rannte strandaufwärts und wurde von ihrem eigenen Ungestüm und ihrer Lust an rascher Bewegung geradeswegs hinter einen Felsen getragen, und da, o Himmel! lagen Paul und Minta einander in den Armen, und wahrscheinlich küßten sie sich. Sie war wütend, empört. Sie und Andrew zogen stillschweigend Schuhe und Strümpfe an, ohne ein Wort darüber zu verlieren. Sie waren beide in ziemlich gereizter Stimmung. Sie hätte ihn doch rufen können, als sie den Krebs gesehen habe oder was es sonst gewesen sei, knurrte Andrew. Aber sie hatten beide das Gefühl, es ist nicht unsere Schuld. Sie hatten nicht gewollt, daß dieser gräßliche Unfug geschah. Trotzdem störte es Andrew, daß Nancy eine Frau sein sollte, und Nancy störte es, daß Andrew ein Mann sein sollte, und sie schnürten ihre Schuhe besonders ordentlich und banden die Schleifen recht fest.

Sie waren schon wieder die Klippe ganz hinaufgeklettert, da schrie Minta plötzlich, sie habe die Agraffe ihrer Großmutter verloren – die Agraffe ihrer Großmutter, das einzige Schmuckstück, das sie besitze –, eine Trauerweide aus Perlen (sie müßten sich doch erinnern). Sie müßten sie doch gesehen haben, sagte sie, und die Tränen liefen ihr über die Wangen, die Agraffe, mit der ihre Großmutter bis zum letzten Lebenstag ihr Häubchen festgesteckt habe. Und nun habe sie sie verloren! Alles andere hätte sie eher verlieren mögen als diese Agraffe! Sie müsse umkehren und suchen. Sie kehrten alle um. Sie stocherten und spähten und guckten. Sie bückten die Köpfe sehr tief und ließen kurze, mürrische Bemerkungen fallen. Paul Rayley suchte wie ein Verrückter um den ganzen Felsen herum, hinter dem sie gesessen hatten. Dieses ganze Aufheben wegen einer Agraffe ist wirklich nicht am Platze, dachte Andrew, als Paul ihn anwies, „zwischen hier und da alles genau abzusuchen".

Die Flut kam rasch herein. Eine Minute noch und die Stelle, wo sie gesessen hatten, war vom Wasser bedeckt. Es bestand auch nicht die geringste Aussicht, daß sie das Ding jetzt noch fanden. „Wir werden abgeschnitten!" kreischte Minta in plötzlichem Schreck. Als ob das eine Gefahr wäre! Es war haargenau wie mit den Stieren – sie hatte sich nicht in der Gewalt, dachte Andrew. Frauen waren so. Der bejammernswerte Paul mußte sie beruhigen. Die Männer (Andrew und Paul bekamen plötzlich ein männliches Gehaben und waren anders als sonst) hielten kurzen Rat und entschieden, daß sie an der Stelle, wo sie gesessen hatten, Rayleys Spazierstock aufpflanzen und bei Ebbe zurückkommen wollten. Mehr ließ sich im Augenblick nicht tun. Wenn die Agraffe hier liege, dann würde sie auch morgen früh noch dasein, versicherten sie tröstend; aber Minta schluchzte noch während des ganzen Aufstiegs zur Höhe. Es sei die

Agraffe ihrer Großmutter; alles andere könne sie leichter verschmerzen als gerade diese Agraffe: und doch hatte Nancy das Gefühl, daß ihr der Verlust wohl naheging, sie aber nicht nur deshalb weinte. Sie weinte auch aus einem andern Grund. Wir könnten uns alle hinsetzen und weinen, dachte Nancy. Warum aber, das wußte sie nicht.

Sie gingen voraus, Paul und Minta, und er tröstete sie und sagte, er sei bekannt als guter Finder. Als kleiner Junge habe er einmal eine goldene Uhr gefunden. Er wolle bei Tagesanbruch aufstehen und würde die Agraffe bestimmt finden. Er malte sich aus, es würde noch beinahe finster und irgendwie ziemlich gefährlich sein und er allein am Strande. Er sagte ihr jedoch, er würde sie gewiß finden, und sie sagte, sie wolle nichts davon hören, daß er bei Tagesanbruch aufstehe: es sei vergeblich, sie wisse das; sie habe schon so eine Ahnung gehabt, als sie am Nachmittag die Agraffe angesteckt habe. Worauf er insgeheim beschloß, ihr kein Wort zu sagen, sondern sich in der Dämmerung, wenn alle noch schliefen, aus dem Haus zu schleichen, und wenn er die Agraffe nicht fand, so wollte er nach Edinburgh fahren und ihr eine andere kaufen, eine ähnliche, aber schönere. Er würde zeigen, was er fertigbrachte. Und als sie auf den Hügel hinaustraten und die Lichter der Stadt unter sich sahen, da kam es ihm vor, als verkörperten die Lichter, die eins nach dem andern plötzlich aufblinkten, die Dinge, die ihm die Zukunft bringen sollte – seine Ehe, seine Kinder, sein Haus; dann wieder, auf der Landstraße, die von hohem Gebüsch beschattet war, malte er sich aus, wie sie sich zu zweit in die Einsamkeit zurückziehen und immer weiterwandern würden, er würde sie immer führen und sie sich dicht an seine Seite schmiegen (so wie jetzt). Als sie an der Kreuzung abbogen, dachte er daran, was für eine überwältigende Erfahrung er gemacht hatte, er mußte es jemandem erzählen – Mrs. Ramsay natürlich; denn es verschlug ihm den Atem, wenn er überlegte, wie er sich benommen und was er getan hatte. Der Augenblick, als er Minta bat, seine Frau zu werden, war der weitaus schlimmste seines Lebens gewesen. Er würde geradeswegs zu Mrs. Ramsay gehen, denn er hatte irgendwie das Gefühl, daß sie es gewesen war, die ihn dazu veranlaßt hatte. Sie hatte ihm den Glauben beigebracht, daß er alles leisten könnte. Niemand sonst nahm ihn ernst. Sie aber machte ihn glauben, daß er alles erreichen könnte, was er wollte. Er hatte den ganzen Tag ihre Blicke gefühlt, sie folgten ihm (wenn sie auch kein Wort sprach), als ob sie sagen wollte: Du kannst es. Ich glaube an dich. Ich erwarte es von dir. All das hatte sie ihm zu verstehen gegeben, und sobald sie wieder daheim wären (seine Augen suchten die Lichter des Hauses über der Bucht), wollte er zu ihr gehen und sagen: „Ich hab's geschafft, Mrs. Ramsay; ich danke Ihnen." Als sie nun in den Heckenweg einbogen, der zum Haus führte, sah er, wie sich hinter den Fenstern des oberen Stockwerks die Lichter bewegten. Es mußte schrecklich spät sein. Sie zogen sich schon zum Dinner um. Das ganze Haus war erleuchtet, und das viele Licht nach der Dunkelheit füllte seine Augen ganz, und er sagte, als er den Fahrweg hinaufging, kindisch vor sich hin: „Lichter, Lichter, Lichter." Das wiederholte er stumpfsinnig, als sie ins Haus kamen: „Lichter, Lichter, Lichter"; er blickte starr um sich, und sein Gesicht war wie steif. „Ach du lieber Gott", sagte er zu sich selbst und faßte sich an die Krawatte, „ich darf mich nicht so albern benehmen."]

15

„Ja", sagte Prue in ihrer bedächtigen Art auf die Frage ihrer Mutter, „ich glaube, Nancy ist mitgegangen."

16

Schön, sagte sich Mrs. Ramsay, Nancy war offenbar mitgegangen, und sie fragte sich, als sie eine Bürste weglegte, einen Kamm nahm und auf ein Klopfen an der Tür „Herein!" rief (Jasper und Rose traten ein), ob die Tatsache, daß Nancy mitgegangen war, die Wahrscheinlichkeit eines Unglücks erhöhte oder verminderte. Sie verminderte sie, war ihr Schluß; ein sehr vernunftwidriger Schluß, es sei denn, daß ein Massentod solchen Ausmaßes schließlich nicht wahrscheinlich war. Sie konnten nicht alle ertrunken sein. Und wieder sah sie sich einsam ihrem alten Widerpart, dem Leben, gegenüber.

Jasper und Rose meldeten, Mildred wolle wissen, ob sie mit dem Dinner noch warten solle.
„Nein, nicht einmal der Königin von England wegen!" sagte Mrs. Ramsay mit Nachdruck.
„Nicht einmal der Kaiserin von Mexiko wegen", fügte sie hinzu und lachte Jasper an; denn er teilte das Laster seiner Mutter: auch er übertrieb.
Während Jasper die Botschaft ausrichte, sagte sie, könne Rose, wenn es ihr Spaß mache, den Schmuck aussuchen, den sie tragen solle. Wenn man fünfzehn Leute zum Dinner hat, kann man schließlich nicht unbegrenzt warten. Allmählich wurde sie ärgerlich, weil sie sich so verspäteten; es war rücksichtslos von ihnen, und ihre Besorgnis um sie vermehrte den Ärger, daß sie sich gerade den heutigen Abend aussuchen mußten, so spät zu kommen, wo doch das Dinner besonders nett sein sollte, weil William Bankes sich endlich hatte überreden lassen, mit ihnen zu essen. Obendrein gab es Mildreds Meisterstück: Bœuf en Daube. Alles hing davon ab, daß die Dinge genau im richtigen Augenblick aufgetragen wurden. Das Fleisch, das Lorbeerblatt, der Wein – alles zur rechten Zeit. Damit warten kam nicht in Frage. Aber sie mußten natürlich gerade heute weg sein, und ausgerechnet heute mußten sie sich verspäten, und dann mußte man das Essen hinausschicken und warm halten; das Bœuf en Daube würde nicht genießbar sein.
Jasper schlug eine Halskette aus Opalen vor; Rose eine goldene. Was paßte am besten zu ihrem schwarzen Kleid? Ja – was? fragte sich Mrs. Ramsay geistesabwesend und betrachtete im Spiegel Hals und Schultern (das Gesicht vermied sie). Dann, während die Kinder in ihren Sachen kramten, betrachtete sie durch das Fenster ein Bild, das ihr stets Vergnügen machte – die Krähen versuchten sich darüber schlüssig zu werden, auf welchen Baum sie sich setzen sollten. Ständig änderten sie offenbar im letzten Augenblick ihre Meinung und hoben sich wieder in die Luft; das hatte, dachte Mrs. Ramsay, seinen Grund darin, daß die alte Krähe, der Krähenvater, sie nannte ihn den alten Joseph, ein Vogel von höchst kritteliger und schwieriger Sinnesart war. Er war ein unansehnlicher Vogelgreis; die Hälfte seiner Schwingenfedern fehlte. Sie hatte einmal einen abgeris-

senen alten Herrn mit Zylinder gesehen, der vor einer Kneipe Horn blies: so sah der alte Joseph aus.
„Seht doch“, sagte sie lachend. Sie rauften wahrhaftig. Joseph und Mary rauften sich. Jedenfalls flog der ganze Schwarm wieder auf, die schwarzen Schwingen verdrängten die Luft und schnitten mit vollendet geformten Krummsäbeln hinein. Die Bewegung der Schwingen, Schlag! Schlag! Schlag! – nie fand sie einen Ausdruck, mit dem sie zufrieden gewesen wäre – gehörte zum Schönsten, was sie kannte. „Sieh doch“, sagte sie zu Rose und hoffte, daß Rose es deutlicher sehen könnte als sie. Denn Kinder gaben den eigenen Wahrnehmungen oft einen kleinen Stoß vorwärts.
Aber was sollte sie tragen? Die Kinder hatten alle Fächer ihres Schmuckkastens geöffnet. Die goldene Halskette, italienische Arbeit, oder lieber die aus Opalen, die Onkel James ihr aus Indien mitgebracht hatte? Oder sollte sie ihre Amethyste nehmen?
„Wählt nur, meine Lieben, wählt nur!“ sagte sie und hoffte, daß sie sich beeilen würden.
Dennoch ließ sie ihnen Zeit zu wählen; sie ließ vor allem Rose bald dieses, bald jenes Stück in die Hand nehmen und es an das schwarze Kleid halten; denn sie wußte, diese kleine feierliche Schmuckauswahl, die sich täglich wiederholte, war für Rose eine besondere Freude. Sie hatte ihren eigenen geheimen Grund dafür, der Wahl des Schmuckes, den ihre Mutter tragen sollte, solche Wichtigkeit beizumessen. Was mochte der Grund sein, fragte sich Mrs. Ramsay und hielt still, damit sie die Kette, die sie gewählt hatte, schließen konnte, wobei ihr aus ihrer eigenen Vergangenheit eine Ahnung auftauchte von einem tiefen, verborgenen, einem ganz und gar stummen Gefühl, das man in Roses Alter für seine Mutter hegte. Es stimmte traurig, dachte Mrs. Ramsay – wie alle Gefühle, die einem entgegengebracht werden. Denn die Gegengabe, die geboten wurde, konnte sich damit nicht messen; und was Rose empfand, stand in keinem Verhältnis zu dem, was sie gegenwärtig war. Und Rose würde heranwachsen; sie würde, das war zu vermuten, leiden müssen mit diesen tiefen Gefühlen; und jetzt sei sie fertig, sagte sie, und sie würden hinuntergehen, und Jasper, weil er der Herr sei, müsse ihr den Arm bieten, und Rose, weil sie die Dame sei, müsse ihr Taschentuch tra-

gen (sie gab ihr das Taschentuch), und was noch? O ja, falls es kühl würde: einen Schal. Sie solle ihr einen Schal suchen, sagte sie, denn das würde eine Freude sein für Rose, die zum Leiden bestimmt war. „Da", sagte sie und blieb auf dem Treppenabsatz am Fenster stehen, „da sind sie." Joseph hatte sich in einem anderen Baumwipfel niedergelassen. „Glaubst du, es ist ihnen gleichgültig", sagte sie zu Jasper, „wenn ihnen die Flügel gebrochen werden?" Warum wolle er auf den armen alten Joseph und Mary schießen? Er scharrte ein bißchen mit dem Fuß auf der Treppenstufe und kam sich gescholten vor, aber nicht ernstlich, denn sie verstand ja nicht, welchen Spaß es machte, auf Vögel zu schießen; daß die Vögel nichts fühlten; als seine Mutter lebte sie eben in einem anderen Teil der Welt; aber er hörte ihre Geschichten von Joseph und Mary doch gern. Er mußte darüber lachen. Woher wisse sie aber, daß dies Mary und Joseph seien? Glaube sie, es seien jeden Abend dieselben Vögel auf demselben Baum? fragte er. Hier aber machte sie es wie alle erwachsenen Leute: sie achtete plötzlich nicht mehr im geringsten auf ihn. Sie lauschte auf das Getrappel in der Halle.

„Sie sind da!" rief sie; und mit einem Male war ihr Ärger viel größer als ihre Erleichterung. Dann dachte sie, ob es wohl soweit wäre? Sie würde hinuntergehen, und sie würden es ihr erzählen – aber nein, sie konnten ihr nichts erzählen, wenn die anderen dabei waren. Also mußte sie hinuntergehen, zu Tisch bitten und warten. Wie eine Königin, die ihre Untertanen in der Halle versammelt findet, auf sie hinabblickt und im Herniedersteigen stumm ihre Tribute empfängt und ihre Ergebenheit und ihre demütige Verehrung hinnimmt (Paul verzog keine Miene, sondern blickte starr vor sich hin, als sie vorbeiging), so schritt sie hinunter und durch die Halle und neigte ganz leicht das Haupt, als nähme sie entgegen, was sich in Worten nicht sagen ließ: die Huldigung vor ihrer Schönheit.

Aber sie blieb stehen. Da war ein Brandgeruch. Hatten sie etwa das Bœuf en Daube anbrennen lassen? dachte sie. Das verhüte der Himmel! In diesem Augenblick verkündete das mächtige Dröhnen des Gongs in der Halle feierlich und gebieterisch, daß alle, die in Dachkammern, Schlafzimmern, irgendwo für sich saßen, lasen, schrieben, ein letztes Mal übers Haar fuhren oder ihre Kleidung richteten, all dies lassen mußten, die Kleinigkeiten auf ihren Wasch- und Toilettentischen, die Romane auf den Nachttischen und die verschwiegenen Tagebücher, um sich im Speisezimmer zum Dinner zu versammeln.

17

Was habe ich nun aus meinem Leben gemacht? dachte Mrs. Ramsay, als sie ihren Platz am oberen Ende der Tafel einnahm und auf all die Teller sah, die als weiße Kreise darauf standen. „William, setzen Sie sich zu mir“, sagte sie. „Lily“, sagte sie müde, „da drüben.“ Paul Rayley und Minta Doyle hatten doch jenes; sie selbst nur dies – einen endlos langen Tisch und Teller und Messer. Am anderen Ende der Tafel nahm ihr Mann Platz, zusammengesunken, mit gerunzelter Stirn. Warum? Sie wußte es nicht. Es war ihr auch gleichgültig. Sie begriff nicht, wie sie je für ihn etwas hatte empfinden, hatte Zuneigung fühlen können. Als sie die Suppe austeilte, hatte sie ein Gefühl, als läge alles hinter ihr, als wäre sie durch alles hindurch, über alles hinaus, als wäre da ein Strudel – da –, man konnte drin sein, man konnte auch draußen sein, und sie war draußen. Alles ist zu Ende, dachte sie, während sie hereinkamen, einer nach dem andern – Charles Tansley – „nehmen Sie dort Platz“, sagte sie – Augustus Carmichael –, und sich setzten. Und währenddessen wartete sie, untätig, daß irgendeiner ihr antwortete, daß irgend etwas geschah. Aber das ist wohl nichts, dachte sie, die Suppe schöpfend, was sich mit Worten sagen läßt.

Sie hob die Brauen über den Widerspruch – dies dachte sie, und jenes – Suppeausschöpfen – tat sie – und fühlte immer deutlicher, daß sie außerhalb des Strudels war; oder als wäre ein Schatten gefallen, und sie sähe die Dinge, der Farbe beraubt, wie sie wirklich waren. Das Zimmer (sie blickte umher) war sehr schäbig. Nirgends Schönheit. Sie vermied es, Mr. Tansley anzusehen. Nichts schien miteinander verschmolzen. Alle saßen für sich. Und die ganze Mühe des Verschmelzens, des Zusammenführens und Lebendigmachens lastete auf ihr. Wieder empfand sie ohne

Feindseligkeit, als Tatsache, wie unfruchtbar die Männer waren: denn wenn sie es nicht unternahm, würde es keiner tun, also gab sie sich einen kleinen Stoß, wie man ihn einer stehengebliebenen Uhr gibt, der altvertraute Puls begann zu schlagen, wie die Uhr zu ticken beginnt – eins, zwei, drei, eins, zwei, drei. Und so weiter und so weiter, wiederholte sie, lauschte und schirmte und hegte den noch schwachen Schlag, wie man wohl ein Flämmchen mit einer Zeitung schützt. Also dann, dachte sie und wandte sich, indem sie sich stumm in seine Richtung neigte, William Bankes zu – dem Armen! –, der weder Weib noch Kind hatte und seine Mahlzeiten einsam in Mietwohnungen einnahm, bloß heute abend nicht; und da das Leben nun wieder stark genug war, um sie weiterzutragen, tat sie aus Mitleid für ihn das Altgewohnte, wie der Seemann nicht ohne Müdigkeit seine Segel vom Wind gefüllt sieht und doch kaum den Wunsch nach neuer Fahrt verspürt und dabei denkt, daß er, wäre das Schiff gesunken, immer rundum gewirbelt worden wäre und auf dem Meeresgrund Ruhe gefunden hätte.

„Haben Sie Ihre Briefe gefunden? Sie sollten für Sie in die Halle gelegt werden“, sagte sie zu William Bankes.

Lily Briscoe sah zu, wie sie davontrieb in jenes seltsame Niemandsland, wohin keiner dem anderen folgen kann, und doch löst ihr Entschwinden bei denen, die zusehen, solche Niedergeschlagenheit aus, daß wir ihnen wenigstens immer mit den Augen zu folgen suchen, wie man einem entschwindenden Schiffe nachblickt, bis seine Segel am Horizont versunken sind.

Wie alt sie aussieht, wie müde sie aussieht, dachte Lily, und wie fern. Als sie sich dann lächelnd William Bankes zuwandte, war es, als hätte das Schiff gewendet und die Sonne läge wieder auf seinen Segeln, und Lily dachte ein wenig belustigt, da sie sich erleichtert fühlte: Warum bemitleidet sie ihn nur? Denn diesen Eindruck erweckte sie, als sie ihm sagte, seine Briefe lägen in der Halle. Armer William Bankes, schien sie zu sagen, als wäre das Mitleid mit den Menschen zum Teil an ihrer eigenen Müdigkeit schuld und das Leben in ihr, der Entschluß zum Weiterleben, würde durch Mitleid geweckt. Und es stimmte nicht, dachte Lily; es war eins ihrer Fehlurteile, die sich bei ihr offenbar instinktiv bildeten und eher ihrem eigenen als dem Bedürfnis anderer entsprangen. Er ist nicht im mindesten bemitleidenswert. Er hat seine Arbeit, sagte Lily zu sich selbst. Und dann kam ihr zum Bewußtsein, ganz plötzlich, als hätte sie einen Schatz entdeckt, daß auch sie ihre Arbeit hatte. Blitzartig sah sie ihr Bild und dachte: Ja, ich werde den Baum weiter in die Mitte rücken; damit vermeide ich die ungeschickte Leere. So will ich's machen. Das ist es, wonach ich gesucht habe. Sie nahm das Salzfaß und setzte es auf eine Blume im Tischtuchmuster, als solle dies sie daran erinnern, den Baum zu versetzen.

„Sonderbar", sagte Mr. Bankes, „man bekommt kaum je etwas mit der Post, was sich lohnt, und doch will man immer seine Briefe haben."

Verdammter Blödsinn, den sie schwatzen, dachte Charles Tansley und legte seinen Löffel genau in die Mitte des Tellers, den er so völlig geleert hatte, als wäre er entschlossen, dachte Lily (er saß ihr gegenüber, mit dem Rücken zum Fenster, mitten im Blickfeld), sich seiner Mahlzeiten zu versichern. Alles an ihm hatte diese dürre Genauigkeit, diese armselige Anmutlosigkeit. Dennoch blieb die Tatsache bestehen: wenn man die Leute ansah, war es fast unmöglich, Abneigung gegen jemanden zu empfinden. Seine Augen gefielen ihr; sie waren blau, tiefliegend, furchteinflößend.

„Schreiben Sie viele Briefe, Mr. Tansley?" fragte Mrs. Ramsay, und Lily vermutete, daß sie auch ihn bemitleidete; denn das war wirklich bei Mrs. Ramsay so: Sie bemitleidete stets die Männer, als fehlte ihnen etwas – die Frauen nie, als besäßen sie etwas. Er schreibe seiner Mutter; sonst schreibe er wohl kaum einen Brief im Monat, sagte Mr. Tansley kurz.

Denn er wollte nicht die Sorte Blödsinn reden, den diese Leute von ihm verlangten. Er wollte sich nicht von diesen albernen Frauenzimmern erniedrigen lassen. Er hatte in seinem Zimmer gelesen, und nun saß er hier unten, und alles kam ihm töricht, oberflächlich, belanglos vor. Warum kleideten sie sich um? Er war in seinem Straßenanzug heruntergekommen. Er hatte eben keinen Gesellschaftsanzug. „Man bekommt kaum je etwas mit der Post, was sich lohnt" – immer redeten sie solches Zeug daher. Sie brachten die Männer dahin, solches Zeug zu reden. Ja, es stimmte ganz genau, dachte er. Sie bekamen nie etwas, was sich lohnte –

von Neujahr bis Neujahr nicht. Sie taten nichts als reden, reden, reden, essen, essen, essen. Die Frauen waren schuld daran. Die Frauen mit all ihrem „Charme“, all ihrer Torheit machten wahre Kultur unmöglich.

„Aus der Fahrt zum Leuchtturm morgen wird nichts, Mrs. Ramsay“, sagte er, um sich durchzusetzen. Er hatte sie gern; er bewunderte sie; er dachte noch daran, wie der Mann im Abzugsgraben zu ihr aufgesehen hatte; aber er hielt es für notwendig, sich durchzusetzen.

Er war wirklich, dachte Lily Briscoe, trotz seiner Augen, man sehe aber seine Nase, sehe seine Hände an, das unliebenswürdigste Wesen, das ihr je begegnet war. Warum kümmerte sie sich dann aber darum, was er sagte? Frauen können nicht schreiben, Frauen können nicht malen – was wollte das aus seinem Munde besagen, denn natürlich weiß er, daß es nicht stimmt, aber aus irgendeinem Grunde hilft es ihm, und deshalb sagt er’s. Warum beugte sich ihr ganzes Wesen davor wie eine Ähre im Wind, warum richtete es sich aus der Erniedrigung nur mit großer und recht mühevoller Anstrengung wieder auf? Sie mußte sie wiederum unternehmen. Da ist das Zweigmuster im Tischtuch; da ist mein Bild; ich muß den Baum nach der Mitte rücken; das ist wichtig – nichts sonst. Konnte sie sich nicht daran halten, fragte sie sich, und nicht die Laune verlieren und nicht streiten? Und wenn sie ein bißchen Rache nehmen wollte, konnte sie ihn nicht auslachen?

„Ach, Mr. Tansley“, sagte sie, „nehmen Sie mich doch mit zum Leuchtturm! Ich würde mich sehr freuen!“

Er sah wohl, daß sie log. Sie sagte es, aber sie meinte es nicht so, um ihn zu ärgern. Sie machte sich über ihn lustig. Er trug seine alte Flanellhose. Er hatte keine andere. Er kam sich sehr ungepflegt, allein und einsam vor. Er wußte, daß sie ihn aus irgendeinem Grunde hänseln wollte; sie wollte gar nicht mit ihm zum Leuchtturm fahren; sie verachtete ihn; auch Prue Ramsay; alle taten es. Aber er wollte sich nicht von Frauen zum Narren machen lassen: so drehte er sich denn bedachtsam im Stuhl um, sah aus dem Fenster und sagte ganz unvermittelt und sehr grob, es würde morgen für sie zu stürmisch sein. Sie würde seekrank werden.

Es ärgerte ihn, daß sie ihn dazu gebracht hatte, vor

Mrs. Ramsays Ohren das zu sagen. Könnte er doch nur allein in seinem Zimmer sein, bei der Arbeit, bei seinen Büchern, dachte er. Dort fühlte er sich wohl. Und er hatte niemals nur einen Penny Schulden gehabt; seit seinem fünfzehnten Jahr hatte er seinen Vater keinen Penny mehr gekostet; er hatte denen zu Hause mit seinen Ersparnissen geholfen; er sorgte für die Ausbildung seiner Schwester. Dennoch wünschte er, er hätte Miss Briscoe eine angemessene Antwort geben können; er wünschte, es wäre ihm nicht so unvermittelt herausgefahren wie eben: Sie würden seekrank werden! Er wünschte, ihm fiele etwas ein, was er zu Mrs. Ramsay sagen könnte, was ihr beweisen würde, daß er nicht nur ein trockener Pedant war. Denn dafür hielten sie ihn. Er wandte sich zu ihr. Aber Mrs. Ramsay unterhielt sich mit William Bankes über Leute, von denen er nie gehört hatte.

„Ja, räumen Sie ab", sagte sie kurz zu dem Mädchen und unterbrach das Gespräch mit Mr. Bankes. „Es muß fünfzehn – nein, zwanzig Jahre her sein, daß ich sie zuletzt gesehen habe", sagte sie und wandte sich ihm wieder zu, als wollte sie keine Sekunde des Gesprächs verlieren; denn sie war ganz gefesselt von der Unterhaltung. Er habe also wirklich heute abend Nachricht von ihr bekommen! Und wohne Carrie immer noch in Marlow, und sei alles noch wie früher? Oh, sie könne sich erinnern, als sei es gestern gewesen – auf dem Fluß, es sei wie gestern –, auf dem Fluß da, und wie kalt es gewesen sei. Aber wenn die Mannings sich etwas vornähmen, dann blieben sie dabei. Sie würde nie vergessen, wie Herbert eine Wespe mit dem Teelöffel auf der Bank totgeschlagen habe. Und so war es immer noch, dachte Mrs. Ramsay und glitt wie ein Geist zwischen den Stühlen und Tischen jenes Wohnzimmers an den Ufern der Themse hindurch, wo sie vor zwanzig Jahren so erbärmlich gefroren hatte; nun ging sie dort wie ein Geist umher, und es faszinierte sie, als wäre jener Tag, nun sehr still und schön geworden, all die Jahre hindurch dort geblieben, während sie selbst sich verändert hatte. Ob Carrie ihm selbst geschrieben habe? fragte sie.

„Ja. Sie schreibt, sie bauen ein neues Billardzimmer", antwortete er. Nein, nein! Das sei doch ausgeschlossen! Ein Billardzimmer bauen? Es schien ihr unmöglich.

Mr. Bankes begriff nicht, was daran so merkwürdig sei. Es gehe ihnen jetzt sehr gut. Ob er Carrie von ihr grüßen solle?
„Oh“, sagte Mrs. Ramsay und erschrak ein wenig. „Nein“, fügte sie hinzu, denn sie überlegte, daß sie diese Carrie, die ein neues Billardzimmer baute, nicht kannte. Aber wie seltsam, fügte sie zu Mr. Bankes' Erheiterung hinzu – wie seltsam, daß dort alles so weitergehe. Es komme ihr wunderlich vor, daß sie imstande gewesen seien, all die Jahre hindurch so weiterzuleben – wo sie doch während der ganzen Zeit kaum ein einziges Mal an sie gedacht habe. Wie ereignisreich sei während dieser selben Jahre ihr eigenes Leben gewesen! Aber vielleicht habe Carrie Manning auch nicht an sie gedacht. Der Gedanke sei seltsam und abscheulich.
„Die Menschen treiben rasch so auseinander“, sagte Mr. Bankes, doch empfand er einige Genugtuung bei dem Gedanken, daß er schließlich beide kannte, die Mannings und die Ramsays. Er war nicht weggetrieben worden, dachte er, legte seinen Löffel hin und wischte sich übertrieben sorgfältig den glattrasierten Mund sauber. Aber vielleicht wich er da, dachte er weiter, vom Üblichen ab; er ließ sich nicht in eine Schablone pressen, er hatte Freunde in allen Kreisen . . . Mrs. Ramsay mußte hier das Gespräch unterbrechen, dem Mädchen sagen, daß das Essen warm gehalten werden müßte. Das war der Grund, weshalb er lieber allein speiste. Alle diese Störungen waren ihm zuwider. Nun ja, dachte William Bankes, wahrte eine Haltung vollendeter Höflichkeit, spreizte nur die Finger der linken Hand auf dem Tischtuch und betrachtete sie, wie ein Handwerker in einem Augenblick der Muße ein schöngeputztes und gebrauchsbereites Werkzeug betrachtet, das sind eben die Opfer, die Freunde von einem verlangen. Es hätte sie gekränkt, wenn er die Einladung abgelehnt hätte. Aber es lohnte sich nicht für ihn. Wäre er allein gewesen, dachte er, als er seine Hand betrachtete, dann wäre das Dinner schon zu Ende; er hätte sich an die Arbeit setzen können. Ja, dachte er, es ist eine schreckliche Zeitvergeudung. Die Kinder waren noch immer nicht alle da. „Einer von euch soll bitte in Rogers Zimmer gehen“, sagte Mrs. Ramsay. Wie nichtig ist das alles, wie fade ist das alles, verglichen mit dem anderen – der Arbeit, dachte er. Da saß er nun und

trommelte mit den Fingern auf das Tischtuch, dabei hätte er ... hier warf er aus der Vogelschau einen raschen Blick auf seine Arbeit. Ja, wahrhaftig, was für eine Zeitvergeudung war all das hier! Immerhin, dachte er, sie zählt zu meinen ältesten Freunden. Gewiß, ich bin ihr aufrichtig ergeben. Und doch bedeutete ihre Gegenwart ihm in diesem Augenblick gar nichts; ihre Schönheit bedeutete ihm nichts; das Bild, wie sie mit ihrem Jungen am Fenster gesessen hatte, bedeutete ihm nichts – gar nichts. Er wollte nur allein sein und sein Buch vornehmen. Er fühlte sich unbehaglich; er fühlte sich wie ein Verräter, weil er hier an ihrer Seite saß und nichts für sie empfand. Er hatte eben keine Freude am Familienleben. In dieser Lage fragte man sich: Wofür lebt man eigentlich? Warum, so fragte man sich, nimmt man all diese Mühen für den Fortbestand der Menschheit auf sich? Ist das so wünschenswert? Sind wir als Gattung reizvoll? Nicht so sehr, dachte er und musterte die ziemlich unordentlich aussehenden Jungen. Cam, sein Liebling, war vermutlich schon im Bett. Alberne Fragen, unnütze Fragen, Fragen, die man niemals stellte, wenn man beschäftigt war. Ist das Menschenleben so? Oder ist das Menschenleben so? Man hat nie Zeit, darüber nachzudenken. Hier aber stellte er sich diese Frage, weil Mrs. Ramsay den Dienstboten Anweisungen gab; aber auch weil es ihn betroffen machte, daß Freundschaften, auch die besten, recht zerbrechlich sind, denn Mrs. Ramsay war so überrascht gewesen, als sie hörte, daß Carrie Manning noch lebte. Man treibt auseinander. Wieder machte er sich Vorwürfe. Er saß neben Mrs. Ramsay und hatte ihr nichts, gar nichts zu sagen.

„Verzeihen Sie", sagte Mrs. Ramsay schließlich und wandte sich ihm wieder zu. Er kam sich steif und nutzlos vor, wie ein Paar Schuhe, die naß geworden und getrocknet sind, so daß man kaum die Füße hineinzwängen kann. Aber er mußte die Füße hineinzwängen. Er mußte sich zum Reden zwingen. Wenn er nicht sehr achtgab, würde sie seinen Verrat entdecken: daß sie ihm ganz gleichgültig war; und das wäre, dachte er, ganz und gar nicht angenehm. So neigte er sich ihr denn höflich zu.

„Wie lästig muß es für Sie sein, in diesem Bärenzwinger zu essen", sagte sie und bediente sich wie immer, wenn sie zerstreut war, ihrer höflichen Manieren. So macht der Vorsitzende, wenn bei einer Zusammenkunft ein Sprachenstreit entbrennt, den Vorschlag, alle sollen sich um der Einigkeit willen der französischen Sprache bedienen. Vielleicht ist es schlechtes Französisch; vielleicht hat das Französische nicht die Ausdrücke, die die Gedanken des Redners wiedergeben; aber es erzwingt eine gewisse Ordnung und Übereinstimmung. Mr. Bankes antwortete ihr in der gleichen Sprache: „Nein, ganz und gar nicht"; und Mr. Tansley, der die Sprache nicht kannte, auch wenn sie diese einsilbigen Wörter benutzte, argwöhnte sogleich Unaufrichtigkeit. Sie schwatzen Unsinn, die Ramsays, dachte er; und er stürzte sich mit Freude auf dieses neue Beispiel und machte in Gedanken eine Notiz, die er nächstens ein paar Freunden laut vorlesen wollte. Dort, in dieser Gesellschaft, wo man reden konnte, wie es einem beliebte, wollte er sarkastisch einen „Besuch bei den Ramsays" schildern und den Unsinn, den sie schwatzten. Es lohne sich, das einmal mitzumachen, würde er sagen; aber nicht zum zweitenmal. Die Frauen sind todlangweilig, würde er sagen. Ramsay habe sich selbst hineingeritten, als er eine schöne Frau heiratete und acht Kinder in die Welt setzte. In dieser Art etwa würde es sich gestalten, jetzt, in diesem Augenblick freilich, wie er da am Tische hockte, einen leeren Stuhl neben sich, wollte sich gar nichts gestalten. Es waren nur Schnitzel und Fetzen. Er fühlte sich äußerst unbehaglich, auch körperlich. Wenn ihm doch jemand eine Möglichkeit böte, sich zur Geltung zu bringen! Er sehnte sich so brennend danach, daß er auf seinem Stuhl hin und her rückte, einmal diesen, dann jenen ansah, sich ins Gespräch zu drängen suchte, den Mund öffnete und wieder zumachte. Jetzt redeten sie über das Fischereigewerbe. Warum fragte ihn niemand nach seiner Meinung? Was wußten sie denn vom Fischereigewerbe?

Lily Briscoe wußte das alles. Sah sie nicht, da sie ihm gegenübersaß, wie auf einer Röntgenaufnahme die Rippen und Schenkelknochen seines Geltungsverlangens dunkel im Nebel seines Fleisches lagen – in dem dünnen Nebel, den Konvention über seinen brennenden Wunsch gelegt hatte, sich ins Gespräch einzumischen? Aber, dachte sie, kniff ihre Schlitzaugen zusammen und dachte daran, wie er die

Frauen verspottete, können nicht schreiben, können nicht malen, warum soll ich ihm beistehen?
Es gibt, das wußte sie, eine gesellschaftliche Regel, deren siebentes Gebot (oder so) lautet, daß es in solchen Fällen der Frau geziemt, ganz gleich, womit sie selbst beschäftigt ist, dem jungen Mann gegenüber zu Hilfe zu kommen, so daß er die Schenkelknochen und Rippen seiner Eitelkeit und seines brennenden Geltungsdranges aus der peinvollen Haft befreien kann; denn es ist ja auch ihre Pflicht, so dachte sie in ihrer redlichen Altmädchengesinnung, uns zu helfen, wenn zum Beispiel die Untergrundbahn in Flammen steht. Dann würde ich erwarten, dachte sie, daß Mr. Tansley mich herausholt.
„Sie wollen doch nicht etwa zum Leuchtturm fahren, Lily?" fragte Mrs. Ramsay. „Denken Sie an den armen Mr. Langley! Er ist Dutzende von Malen rund um die Welt gereist, aber er hat mir erzählt, nie wäre es so schlimm gewesen wie hier, als mein Mann ihn auf die Fahrt mitgenommen hatte. Sind Sie seefest, Mr. Tansley?" fragte sie.
Mr. Tansley hob einen Hammer und schwang ihn hoch hinauf; aber als er ihn niedersausen lassen wollte, kam ihm zum Bewußtsein, daß man diesen Schmetterling nicht mit solch einem Werkzeug erschlagen konnte, also sagte er nur, er sei nie im Leben seekrank gewesen. Aber in diesem einen Satz lag, explosiv wie Schießpulver, sein Großvater sei Fischer gewesen, sein Vater Drogist; er habe sich ganz allein hinaufgearbeitet; er sei stolz darauf; er sei Charles Tansley – was hier offenbar niemand wisse, eines Tages aber jedermann zur Kenntnis nehmen müsse. Er blickte finster geradeaus. Fast bemitleidete er diese sanften, gepflegten Menschen, die vielleicht bald schon durch das Schießpulver, das er in sich trug, gen Himmel gejagt würden wie Wollballen und Apfelfässer.
„Wollen Sie mich mitnehmen, Mr. Tansley?" fragte Lily rasch und freundlich; denn natürlich, wenn Mrs. Ramsay ihr bedeutete, was sie eigentlich schon getan hatte: ‚Ich ersticke, Liebste, in einem Flammenmeer. Wenn du nicht Balsam auf die Qual dieser Stunde träufelst und dem jungen Mann da drüben etwas Nettes sagst, wird das Leben an den Felsen zerschellen – ich höre schon in diesem Augenblick, wie es knirscht und knackt. Meine Nerven sind gespannt

wie Geigensaiten. Nur ein kleiner Druck noch, und sie reißen', wenn Mrs. Ramsay all dies sagte, wenn sie es mit den Augen zum Ausdruck brachte, dann mußte Lily Briscoe natürlich zum hundertfünfzigsten Male auf den Versuch verzichten – was sich ereignen würde, wenn man gegen den jungen Mann da drüben nicht nett war – und eben nett sein.

Er deutete die Wandlung ihres Tones richtig – daß sie jetzt freundlich zu ihm war –, ließ davon ab, sich mit sich selbst zu beschäftigen, und erzählte ihr, wie man ihn als kleines Kind aus dem Boot ins Wasser geworfen habe; sein Vater habe ihn dann mit dem Bootshaken herausgeholt, und auf die Art habe er schwimmen gelernt. Ein Onkel von ihm sei Leuchtturmwärter irgendwo auf einem Felsen an der schottischen Küste, sagte er. Er sei einmal bei einem Sturm dort gewesen. Dies sagte er laut in eine Gesprächspause hinein. Alle mußten ihm zuhören, als er sagte, er sei während eines Sturms bei seinem Onkel im Leuchtturm gewesen. Ja, dachte Lily Briscoe, als das Gespräch diese günstige Wendung nahm und sie Mrs. Ramsays Dankbarkeit fühlte (denn nun konnte Mrs. Ramsay sich einen Augenblick ungestört unterhalten) – ja, dachte sie, aber was hat es mich gekostet, dir diesen Gefallen zu tun? Unaufrichtig war sie gewesen.

Sie hatte sich der üblichen List bedient – war nett gewesen. Nie würde sie ihn kennenlernen. Nie würde er sie kennenlernen. Die menschlichen Beziehungen waren immer so, dachte sie, und am schlimmsten stand es zwischen Mann und Frau (wenn man von Mr. Bankes absah). Die waren unweigerlich in höchstem Maße unehrlich. Dann fiel ihr Blick auf das Salzfaß, das sie sich als Gedächtnisstütze hingestellt hatte, und ihr fiel ein, daß sie morgen früh den Baum weiter in die Mitte rücken wollte; und bei dem Gedanken an die morgige Malarbeit stieg ihre Stimmung so, daß sie über Mr. Tansleys Worte laut lachte. Mochte er doch den ganzen Abend reden, wenn es ihm Spaß machte!

„Wie lange müssen eigentlich die Leute auf den Leuchttürmen bleiben?" fragte sie. Er sagte es ihr. Er war erstaunlich gut unterrichtet. Und weil er dankbar war und sie mochte und sich offenbar allmählich behaglich fühlte, so durfte Mrs. Ramsay nun in ihr Traumland zurückkehren, in jenen unwirklichen, aber zauberkräftigen Bezirk: nach Marlow ins Wohnzimmer im Hause Manning vor zwanzig Jahren, wo man sich ohne Hast oder Beklommenheit bewegen konnte, denn da gab es keine Zukunft, um die man bangen mußte. Sie wußte ja, was das Leben ihnen und ihr selbst gebracht hatte. Es war, als läse man ein gutes Buch wieder, denn sie kannte das Ende der Geschichte, da sie sich vor zwanzig Jahren zugetragen hatte; und das Leben, das sich sogar von diesem Speisezimmertisch in Kaskaden ergoß, der Himmel weiß wohin – lag dort noch wie versiegelt, lag friedlich wie ein See inmitten seiner Ufer. Also ein neues Billardzimmer hatten sie gebaut – war das möglich? Ob William wohl mehr von den Mannings erzählen würde? Sie hätte es gewünscht. Aber nein – er hatte aus irgendeinem Grunde die Lust verloren. Sie versuchte es. Er antwortete nicht. Zwingen konnte sie ihn nicht. Sie war enttäuscht.

„Es ist schrecklich mit den Kindern“, sagte sie seufzend. Worauf er etwas antwortete wie, daß Pünktlichkeit zu den zweitrangigen Tugenden zähle, die wir uns erst später im Leben aneignen.

„Wenn überhaupt“, sagte Mrs. Ramsay, aber nur, um die Pause zu füllen; denn im stillen dachte sie, welch alte Jungfer William doch würde. Er war sich seines Verrats bewußt, auch dessen, daß sie lieber vertraulich geplaudert hätte, aber er war jetzt nicht dazu aufgelegt und fühlte, wie ihn die Widerwärtigkeit des Lebens anfiel, als er dasaß und wartete. Vielleicht sprachen die anderen von interessanten Dingen? Wovon redeten sie? Davon, daß der Fischfang in diesem Jahr schlecht war, daß die Männer auswanderten. Von Löhnen war die Rede und von Arbeitslosigkeit. Der junge Mann schalt auf die Regierung. Es war doch, dachte William Bankes, eine wahre Erleichterung, daß sich dergleichen als Rettungsanker bot, wenn das Privatleben unangenehm wurde, und er hörte Mr. Tansley etwas sagen von „einer der schändlichsten Handlungen der jetzigen Regierung“. Lily hörte zu; Mrs. Ramsay hörte zu; alle hörten zu. Schon aber empfand Lily, rasch gelangweilt, daß etwas fehlte; Mr. Bankes empfand, daß etwas fehlte. Auch Mrs. Ramsay, die den Schal fester um die Schultern zog, empfand, daß etwas fehlte. Alle neigten sich lauschend vor und dachten: ‚Gebe der Himmel, daß niemand in meine

Gedanken hineinsehen kann!' Denn jeder dachte: ,Die anderen meinen es wirklich so. Sie sind empört und aufgebracht über die Regierung wegen der Fischer. Ich dagegen bin ganz gleichgültig.' Vielleicht aber, dachte Mr. Bankes und sah Mr. Tansley an, ist das der kommende Mann. Man wartete immer auf ihn. Eine Gelegenheit gab es immer. Jeden Augenblick mochte ein Führer erscheinen, der Mann von Genie in der Politik wie auf anderem Gebiet. Wahrscheinlich wird er uns alten Käuzen höchst unangenehm sein, dachte Mr. Bankes und bemühte sich nach Kräften um Nachsicht, denn er merkte an einer sonderbaren körperlichen Empfindung, als stünden in seinem Rückgrat die Nerven zu Berge, daß er eifersüchtig war – teils persönlich, teils aber, und wahrscheinlich stärker, um seiner Arbeit, seines Standpunkts, seiner Wissenschaft willen; und deshalb war er nicht ganz vorurteilslos und gerecht; denn Mr. Tansley schien zu sagen: Ihr habt euer Leben vertan. Ihr habt alle miteinander unrecht. Arme alte Käuze, ihr seid hoffnungslos hinter der Zeit zurückgeblieben. Er wirkte ziemlich anmaßend, der junge Mann, und schlechte Manieren hatte er auch. Aber Mr. Bankes gebot sich, seinen Mut nicht zu verkennen, seine Fähigkeiten, und daß er erstaunlich gut Bescheid wußte. Wahrscheinlich, dachte Mr. Bankes, als Tansley auf die Regierung schalt, steckt ein gut Teil Richtiges in dem, was er sagt.

„Bitte, sagen Sie mir doch ...", sprach er ihn an. Sie diskutierten also über Politik, und Lily betrachtete das Blatt im Tischtuchmuster; Mrs. Ramsay überließ das Gespräch völlig den beiden Herren, fragte sich, weshalb sie sich dabei so langweilte, und wünschte mit einem Blick über den Tisch hinweg zu ihrem Mann, daß er etwas sagen möchte. Nur ein Wort, dachte sie. Denn wenn er etwas sagte, würde alles anders sein. Er ging den Dingen auf den Grund. Ihm lagen die Fischer und ihre Löhne am Herzen. Der Gedanke daran ließ ihn nicht schlafen. Wenn er sprach, so war das anders; dann dachte man nicht, hoffentlich merkt niemand, wie wenig ich mir daraus mache, denn man machte sich etwas daraus. Als ihr bewußt wurde, daß sie deshalb auf ein Wort von ihm wartete, weil sie ihn so sehr bewunderte, da war ihr, als hätte ihr jemand ein Lob über ihren Mann und ihre Ehe gesagt, und sie glühte vor Aufregung und merkte gar nicht, daß das Lob von ihr stammte. Sie sah ihn an, weil sie dachte, es müßte sich auf seinem Gesicht widerspiegeln, er müßte großartig aussehen ... Aber nichts dergleichen! Er verzog das Gesicht, er runzelte die Stirn, er war wütend und rot vor Ärger. Was in aller Welt hat er bloß? wunderte sie sich. Was ist denn nur? Nichts weiter, als daß der arme alte Augustus noch um einen Teller Suppe gebeten hatte. Es war unerhört, es war empörend (so ließ er sie über den Tisch durch Zeichensprache wissen), daß Augustus noch einmal Suppe essen wollte. Er haßte Leute, die noch aßen, wenn er selbst schon fertig war. Sie sah, daß ihm der Ärger wie eine Meute Hunde in die Augen sprang, und sie wußte, daß in einer Sekunde etwas explodieren würde, dann aber – Gott sei Dank! – sah sie, wie er sich zusammennahm, wie er die Bremse am Rad zog, und zwar mit dem ganzen Leibe Funken zu sprühen schien, aber stumm blieb. Er saß wütend da. Er hatte nichts gesagt, und das sollte sie bemerken. Dafür hatte sie ihm Dank zu wissen. Warum aber sollte der arme alte Augustus schließlich nicht um einen zweiten Teller Suppe bitten? Er hatte doch nur Ellens Arm berührt und gesagt: „Ellen, bitte noch einen Teller Suppe", und darüber war Mr. Ramsay nun so wütend!

Und warum nicht? fragte Mrs. Ramsay. Mochte Augustus doch seine Suppe haben, wenn er wollte. Er hasse Leute, die im Essen schwelgen, sagte Mr. Ramsays gerunzelte Stirn. Er hasse alles, was sich stundenlang hinziehe, wie dies hier. Aber er habe sich beherrscht, wie Mr. Ramsay zu bemerken bitte, so ärgerlich der Anblick auch sei. Aber warum so deutlich sein? fragte Mrs. Ramsay (sie sahen einander über den langen Tisch an und tauschten Fragen und Antworten, wobei jeder genau wußte, was der andere empfand). Jeder konnte es sehen, dachte Mrs. Ramsay. Rose starrte ihren Vater an, Roger starrte den Vater an, und es war vorauszusehen, daß sie in der nächsten Sekunde losprusten würden, also sagte sie (es war wirklich höchste Zeit): „Zündet die Kerzen an", und sie sprangen sogleich auf, gingen zur Anrichte und hantierten herum.

Warum konnte er nie seine Gefühle verbergen? dachte Mrs. Ramsay und fragte sich, ob Augustus Carmichael es bemerkt hatte. Vielleicht ja; vielleicht nein. Sie mußte, ob sie wollte oder nicht, die Gelassenheit bewundern, mit der er

dasaß und seine Suppe aß. Wenn er Suppe haben wollte, so verlangte er eben Suppe. Ob die Leute über ihn lachten oder sich über ihn ärgerten, kümmerte ihn nicht. Er konnte sie nicht leiden, das wußte sie, aber zum Teil war gerade das der Grund ihrer Achtung für ihn; und als sie ihm zusah, wie er seine Suppe aß, umfänglich und gelassen im schwindenden Licht, wuchtig und nachdenklich, da fragte sie sich, was er wohl fühlte und warum er immer zufrieden und würdevoll war; und sie dachte daran, wie sehr er Andrew zugetan war, ihn oft in sein Zimmer rief und „ihm was zeigte", wie Andrew sagte. Und dann lag er den ganzen Tag im Grase und brütete wahrscheinlich über seinen Gedichten, bis er an eine Katze erinnerte, die Vögel belauert; wenn er seinen Reim gefunden hatte, schlug er die Pfoten zusammen, und Mr. Ramsay sagte: „Der arme alte Augustus... er ist ein richtiger Dichter", was aus seinem Munde ein hohes Lob war.
Nun wurden acht Kerzen auf den Tisch gestellt; nach dem ersten Flackern standen die Flammen aufrecht, erhellten den ganzen langen Tisch und in der Mitte eine Fruchtschale mit Gelb und Purpur. Was hat sie nur damit gemacht, dachte Mrs. Ramsay; denn wie Rose die Weintrauben, Birnen und Bananen in der rauhen, hellgeäderten Muschelschale angeordnet hatte, das erinnerte an eine Trophäe, die vom Meeresgrund heraufgeholt worden war, von der Festtafel Neptuns, oder an das Früchtebündel, das auf einem Bild zusammen mit Weinblättern Bacchus über der Schulter hängt, mitten zwischen Leopardenfellen und rot und golden züngelnden Fackeln... Auf diese Weise plötzlich ins Licht gerückt, schien die Schale machtvolle Größe und Tiefe zu gewinnen, war wie eine Welt, in der man, dachte sie, seinen Stock nehmen, Höhen erklimmen und in Täler hinabsteigen konnte, und sie bemerkte zu ihrer Freude (denn es schuf für einen Augenblick ein Gemeinschaftsgefühl zwischen ihnen), daß auch Augustus den Blick auf die Fruchtschale heftete, sich gleichsam hineinstürzte, hier eine Blüte brach, dort eine Beere naschte und nach dem Schmaus in seinen Bienenkorb zurückkehrte. Das war seine Art des Betrachtens, die anders war als die ihre. Aber das gemeinsame Betrachten knüpfte ein Band zwischen ihnen.

Nun alle Kerzen brannten und die Gesichter zu beiden Seiten des Tisches durch das Kerzenlicht näher herangeholt waren, bildeten sie, anders als vorhin in der Dämmerung, eine rings um einen Tisch vereinte Gesellschaft; denn die Nacht war jetzt durch Glasscheiben ausgeschlossen, die von der Welt da draußen kein klares Bild mehr boten, es vielmehr so seltsam kräuselten, daß es einem vorkam, als wäre hier drinnen Ordnung und trockenes Land, draußen aber nur ein Widerschein, in dem die Dinge wässerig schwankten und schwanden.
Sogleich ging eine Wandlung mit allen vor, als wäre es wirklich so, als wüßten alle, daß sie als Gesellschaft auf einer Insel in einer Höhle saßen; als hätten sie sich gegen das Fließende da draußen verbündet. Mrs. Ramsay, der unbehaglich zumute gewesen war, weil Paul und Minta noch immer nicht da waren, und die keine Ruhe fand, spürte jetzt, wie ihr Unbehagen sich in Erwartung wandelte. Denn nun mußten sie ja kommen, und Lily Briscoe, die den Anlaß der plötzlichen Aufheiterung zu ergründen suchte, verglich diesen Augenblick mit jenem Vorgang auf dem Tennisplatz, wenn alles Feste plötzlich verschwunden war und so riesige Räume zwischen ihnen lagen; nun wurde das gleiche durch die vielen Kerzen in dem spärlich ausgestatteten Zimmer, durch die vorhanglosen Fenster und das helle, maskenhafte Aussehen der Gesichter bei Kerzenlicht bewirkt. Irgendeine Last war von ihnen genommen; sie hielt in diesem Augenblick nichts für unmöglich. Jetzt müssen sie kommen, dachte Mrs. Ramsay und sah zur Tür; und in diesem Augenblick kamen Minta Doyle, Paul Rayley und ein Mädchen mit einer großen Schüssel in den Händen zusammen herein. Sie hätten sich furchtbar verspätet; sie hätten sich entsetzlich verspätet, sagte Minta, während sie ihre Plätze an beiden Enden des Tisches aufsuchten.
„Ich habe meine Agraffe verloren ... die Agraffe meiner Großmutter", sagte Minta, als sie neben Mr. Ramsay saß, mit einem Klageton in der Stimme und feuchten großen braunen Augen, die sie aufschlug und senkte, was Mr. Ramsays Ritterlichkeit weckte, so daß er sie hänselte.
Wie sie nur so dumm sein könne, juwelengeschmückt über die Klippen zu klettern?
Fast hätte sie sich wieder vor ihm gefürchtet: er war so

schrecklich gescheit; am ersten Abend, als sie neben ihm gesessen und er über George Eliot gesprochen hatte, war ihr richtig bange gewesen, denn sie hatte den dritten Band von „Middlemarch" in der Eisenbahn liegenlassen und wußte nicht, wie es ausging; später aber kam sie ausgezeichnet mit ihm aus und stellte sich sogar noch unwissender, als sie war, denn sie hörte es gern, wenn er sie eine Närrin nannte. So ließ sie sich auch heute abend nicht einschüchtern, als er sie auslachte. Obendrein wußte sie, schon als sie ins Zimmer trat, daß sich das Wunder begeben hatte: sie trug ihren goldenen Schleier. Manchmal war er da; manchmal nicht. Sie wußte nie, warum er kam oder schwand; und ob sie ihn trug, wußte sie erst, wenn sie das Zimmer betrat; dann aber merkte sie es sofort an den Blicken, mit denen manche Männer sie betrachteten. Ja, heute abend war er da, hell strahlend; sie merkte es an dem Ton, mit dem Mr. Ramsay sie eine Närrin schalt. Lächelnd saß sie neben ihm.

Es ist also soweit, dachte Mrs. Ramsay; sie haben sich verlobt. Und einen Herzschlag lang empfand sie, was sie nie im Leben mehr zu fühlen erwartet hatte – Eifersucht. Denn ihr Mann spürte ihn ja auch – den leuchtenden Glanz, der von Minta ausging; er liebte Mädchen ihrer Art, diese rötlich-goldenen Geschöpfe, die etwas Flüchtiges hatten, etwas Wildes und Leichtsinniges, die sich nicht „die Haare abschoren" und nicht (wie er von der armen Lily Briscoe sagte) „dürftig" waren. In ihnen fand er etwas, was sie selbst nicht besaß, einen Glanz, eine Fülle, die ihn anzogen, ihm Freude bereiteten und die ihn Mädchen wie Minta vorziehen ließen. Sie durften ihm das Haar schneiden, ihm Uhrketten flechten oder ihn mit der Aufforderung bei der Arbeit stören (oft hörte sie das): „Kommen Sie, Mr. Ramsay, jetzt wollen wir's ihnen zeigen", und gleich kam er heraus zum Tennis.

Aber sie war ja gar nicht eifersüchtig, nur dann und wann spürte sie leisen Groll, wenn sie sich zu einem Blick in den Spiegel zwang und sah, wie alt sie geworden war, vielleicht durch eigene Schuld (die Rechnung für das Gewächshaus und all das andere). Sie war diesen Mädchen dankbar dafür, daß sie ihren Mann anlachten („Wie viele Pfeifen haben Sie heute schon geraucht, Mr. Ramsay?" und dergleichen), bis er aussah wie ein junger Mann: einer, der die Frauen anzog, ein Mann ohne Bürde, nicht niedergedrückt von der Last seiner Mühen und den Kümmernissen der Welt, von seinem Ruhm oder seinem Mißerfolg, sondern wieder so, wie sie ihn zuerst gekannt hatte: hager, aber stattlich; etwa wenn er ihr beim Aussteigen aus dem Boot half, dachte sie; mit angenehmem Wesen, wie eben jetzt (sie blickte zu ihm hinüber, und er sah erstaunlich jung aus, wie er Minta neckte). Sie selbst – „Stellen Sie es hierher", sagte sie und half der Schweizerin, die gewaltige braune Schüssel mit dem Bœuf en Daube vorsichtig hinzustellen –, sie selbst hatte ja ihre Schüchterlinge. Deshalb mußte Paul neben ihr sitzen. Sie hatte ihm den Platz frei gehalten. Wirklich, manchmal glaubte sie, die Schüchterlinge wären ihr am liebsten. Von ihnen wurde man nicht mit Dissertationen behelligt. Was entbehrten sie doch im Grunde, diese furchtbar klugen Männer! Sie vertrockneten richtig mit den Jahren. Paul dagegen hat, so dachte sie, als er sich hinsetzte, etwas ganz Reizendes an sich. Sie fand seine Art bezaubernd, nicht minder seine scharfgeschnittene Nase und seine lichtblauen Augen. Er war so rücksichtsvoll. Ob er ihr – da sich doch alle wieder unterhielten – erzählen würde, was geschehen war?

„Wir sind umgekehrt, um Mintas Agraffe zu suchen", sagte er beim Platznehmen. „Wir" – das war genug. An der Anstrengung, am Heben der Stimme, was über das schwierige Wort hinweghelfen sollte, merkte sie, daß er dieses „wir" zum ersten Male aussprach. „Wir" taten dies, „wir" taten das. Das werden sie nun ihr Leben lang sagen, dachte sie, und ein köstlicher Duft von Oliven und Öl und Bratensaft stieg aus der großen braunen Schüssel auf, als Marthe mit einem kleinen Schwung den Deckel abnahm. Die Köchin hatte drei Arbeitstage an diese Schüssel gewandt. Sie müßte sehr darauf achten, ein besonders zartes Stück für William Bankes zu wählen, dachte Mrs. Ramsay, als sie die Gabel in das weiche Fleisch senkte. Und sie spähte in die Schüssel mit ihren blanken Wänden und dem Gemisch aus duftendem braunem und goldgelbem Fleisch, Lorbeerblättern und Wein. Das ist die rechte Art, das Ereignis zu feiern, dachte sie, und ein wunderlich festliches Gefühl regte sich in ihr, das zugleich närrisch und zärtlich war: so, als wären zwei Empfindungen in ihr wachgerufen, eine tiefe – denn was konnte ernster sein als die Liebe des Mannes zur Frau, was gebieterischer, was eindrucksvoller, als was den Keim des Todes in sich trug; andererseits mußten diese Liebenden, diese Menschen, die mit glänzenden Augen ins Land der Illusion traten, mit Spott umtanzt und mit Blumengewinden geschmückt werden.

„Ein Triumph der Kochkunst", sagte Mr. Bankes und legte für einen Augenblick das Messer aus der Hand. Er hatte mit Aufmerksamkeit gegessen. Es war erlesen; es war zart. Es war vollendet zubereitet. Wie bringe sie es nur fertig, dergleichen in der tiefsten Provinz zu beschaffen, wollte er wissen. Sie war eine wundervolle Frau. All seine Liebe, all seine Verehrung war wieder erwacht; und sie wußte es.

„Es ist ein französisches Rezept von meiner Großmutter", sagte Mrs. Ramsay, und der Klang ihrer Stimme verriet, wie glücklich sie war. Selbstverständlich stamme es aus Frankreich. Was man in England Kochkunst nenne, sei ein Greuel (darin waren sie sich einig). Da werde Kohl in Wasser getan. Da werde Fleisch gebraten, bis es wie Leder sei. Da werde die köstliche Außenseite der Gemüse entfernt. „In denen doch", sagte Mr. Bankes, „der ganze Nährwert vom Gemüse steckt." Und die Verschwendung, sagte Mrs. Ramsay. Von dem, was eine englische Köchin wegwerfe, könne in Frankreich eine ganze Familie leben. Beflügelt von dem Gefühl, daß sie Williams Zuneigung wiedergewonnen hatte, daß nun alles wieder im rechten Gleise war, daß der tote Punkt hinter ihr lag, daß sie nun ihren Sieg feiern, ja spotten durfte, lachte sie und redete mit lebhaften Handbewegungen, bis Lily dachte, wie kindlich, wie lächerlich sie doch wäre, wie sie da säße in aller neu erblühten Schönheit und über Gemüseschalen redete. Sie hatte etwas Beängstigendes. Unwiderstehlich war sie. Immer bekam sie schließlich ihren Willen. Nun hatte sie das wieder fertiggebracht – Paul und Minta hatten sich ja offenbar verlobt. Mr. Bankes war zum Essen geblieben. Sie behext sie alle miteinander durch die einfache, direkte Art ihrer Wünsche, und Lily verglich diese Fülle mit ihrer eigenen Armseligkeit und vermutete, es müßte zum Teil der Glaube (denn ihr ganzes Gesicht glänzte – sie sah nicht jung aus, aber sie strahlte) an diese seltsame, unheimliche Kraft sein, der Paul Rayley, den Mittelpunkt von alledem, geradezu zittern, aber dennoch entrückt, abwesend, schweigsam bleiben ließ. Mrs. Ramsay empfand Achtung und Rührung dafür, während sie über Gemüseschalen redete, dachte Lily; sie hielt die Hände darüber, um es zu wärmen und zu schützen, lachte aber doch darüber, da sie wieder einmal ihren Willen bekommen hatte, und schleppte ihre Opfer, so fühlte Lily, zum Altar. Auch sie wurde jetzt davon ergriffen – von der Erregung, dem Beben der Liebe. Wie unscheinbar kam sie sich neben Paul vor! Er glühend und brennend; sie abseits und spöttisch; er war für Abenteuer bereit, sie lag am Ufer fest; er hatte sich sorglos hineingestürzt, sie war einsam und ausgeschlossen; aber sie sagte schüchtern, entschlossen, einen Teil von seinem Mißgeschick, sofern es ein Mißgeschick war, zu erflehen: „Wann hat denn Minta ihre Agraffe verloren?"

Er lächelte ein ganz ausgesuchtes Lächeln, überschleiert von Erinnerung, verklärt von Träumen. Er schüttelte den Kopf. „Am Strand", sagte er.

„Ich werde sie finden", sagte er, „ich stehe ganz früh auf." Da er dies vor Minta geheimhalten wollte, so dämpfte er die Stimme und sah zu ihr hinüber, die lachend neben Mr. Ramsay saß.

Lily wünschte, ihre Hilfsbereitschaft leidenschaftlich und heftig zu beteuern, sie sah es vor sich, wie gerade sie in der Morgendämmerung am Strand die Agraffe, halb verborgen unter einem Stein, finden und damit unter die Seefahrer und Abenteurer aufgenommen werden würde. Aber was antwortete er auf ihr Anerbieten? Sie sagte nämlich wahrhaftig mit einer Leidenschaft, die sie sonst selten zeigte: „Nehmen Sie mich mit!" – und er lachte. Das konnte ja oder nein heißen, vielleicht beides. Aber nicht dieser Zweifel – sein leises Lachen war es, das so klang, als ob er sagen wollte: Von mir aus kannst du von der Klippe springen, wenn's dir Spaß macht, mir ist es gleich. Dies Lachen sengte ihre Wange mit der Glut der Liebe, ihren Schrecken, ihrer Grausamkeit, ihrer Bedenkenlosigkeit. Es verbrannte sie, und als Lily zu Minta hinübersah, die Mr. Ramsay mit ihrer Anmut bezauberte, erschauerte sie für sie, daß sie nun diesen Raubvogelfängen preisgegeben war, und empfand Dankbarkeit. Sie jedenfalls brauchte nicht zu heiraten – Gott sei Dank! dachte sie, und ihr Blick fiel auf das Salzfaß auf dem Tischtuchmuster: sie mußte diese Erniedrigung nicht hinnehmen. Sie konnte dieser Schwäche entgehen. Sie würde den Baum ein bißchen mehr in die Mitte rücken.

So verwickelt waren nun die Dinge. Denn was ihr widerfuhr, besonders wenn sie bei den Ramsays weilte, war, daß in ihr zwei Empfindungen geweckt wurden, die in heftigem Widerstreit lagen: die eine ist, was ihr anderen fühlt; die andere ist, was ich fühle; und dann stritten beide miteinander in ihrer Brust wie jetzt. Sie ist so schön, so erregend, diese Liebe, daß ich davor erzittere und mich, ganz gegen meine Gewohnheit, erbiete, eine Agraffe am Strand zu suchen; und doch ist sie die dümmste, die rohste der menschlichen Leidenschaften und macht aus einem liebenswürdigen jungen Manne mit dem Profil einer Gemme (Paul hatte in der Tat ein edles Profil) einen Stemmeisenritter (er war großsprecherisch, er war unverschämt) aus der Mile End Road. Und doch, sagte sie sich, hat man von Urbeginn der Zeit Hochgesänge auf die Liebe angestimmt; mit Kränzen hat man sie überschüttet und mit Rosen; befragt man zehn Menschen, so werden neun davon antworten, daß sie sich nichts anderes wünschen als dies; wogegen die Frauen, nach ihrer eigenen Erfahrung zu urteilen, die ganze Zeit das Gefühl haben würden: Nicht dies ist es, was wir ersehnen; nichts Beschwerlicheres, Kindischeres, Unmenschlicheres gibt es als die Liebe; und doch ist sie schön und notwendig. Nun also? fragte sie, nun also? – als erwartete sie, daß die anderen die Auseinandersetzung weiterführen würden; als wäre der kleine Bolzen, den man in einer solchen Auseinandersetzung zu verschießen hat, offenbar zu kurz gefallen, und es bliebe den anderen überlassen, ihn ans Ziel zu befördern. So lauschte sie denn wieder dem Gespräch, in der Hoffnung, daß ein Licht auf die Frage der Liebe fallen würde.

„Und dann", sagte Mr. Bankes, „die Flüssigkeit, die die Engländer Kaffee nennen."

„Ach Kaffee!" sagte Mrs. Ramsay. Aber es sei, sagte sie, viel eher eine Frage ordentlicher Butter und reiner Milch (sie war, das konnte Lily sehen, richtig erregt und sprach mit großem Nachdruck). Warm und beredt schilderte sie die schlechten Verhältnisse in der englischen Milchwirtschaft und den Zustand, in dem die Milch an die Haustüren gelie-

fert wurde, und war eben dabei, ihre Anklage zu belegen, denn sie hatte sich gründlich mit der Sache beschäftigt – als plötzlich rings um den Tisch, bei Andrew in der Mitte fing es an, wie Feuer, das von Ginsterbusch zu Ginsterbusch springt, unter den Kindern ein Gelächter aufsprang; Mr. Ramsay lachte mit; sie wurde regelrecht ausgelacht, umzingelt vom Feuer, gezwungen, ihren Helm abzunehmen, ihre Batterien abzubauen, und konnte nur Vergeltung üben, indem sie Mr. Bankes den Hohn und Spott der Tafelrunde als ein Beispiel hinstellte, was man zu leiden hatte, wenn man den Vorurteilen des britischen Publikums zu Leibe rückte.
Lily indessen, die ihr ja über die Sache mit Mr. Tansley hinweggeholfen hatte, nahm sie aus; denn es war ihr nicht entgangen, daß sie abseits stand. Sie sagte: „Lily ist jedenfalls meiner Meinung." Und zog sie, die ein bißchen zitterte und aus der Fassung geriet, ins Gespräch. (Denn sie dachte ja über die Liebe nach.) Sie waren beide abseits, hatte Mrs. Ramsay gedacht, Lily und auch Charles Tansley. Beide leiden unter dem Anblick dieses brennenden Glücks. Er, das war klar, fror förmlich in seiner Einsamkeit; wenn Paul Rayley im Zimmer war, hatte keine Frau einen Blick für ihn. Der arme Kerl! Aber er hatte schließlich seine Doktorarbeit, über den Einfluß von irgendwem auf irgendwas: er konnte sich schon allein helfen. Mit Lily stand es anders. Sie verblaßte neben Mintas Glanz; sie sah unscheinbarer aus denn je in ihrem grauen Kleidchen, mit ihrem faltigen schmalen Gesicht und ihren kleinen Schlitzaugen. Alles an ihr war so winzig. Und doch, dachte Mrs. Ramsay, als sie ihren Beistand anrief (denn Lily sollte ihr bestätigen, daß sie nicht mehr über ihr Milchthema redete als ihr Mann über seine Stiefel – stundenlang konnte er über seine Stiefel reden), wenn ich die beiden vergleiche, so wird Lily mit vierzig besser daran sein als Minta. In Lilys Wesen war ein besonderer Faden, etwas flackerte in ihr; etwas Eigenes, was Mrs. Ramsay sehr anzog, einen Mann allerdings kaum, fürchtete sie. Nein, gewiß nicht, wenn er nicht viel älter wäre, so wie William Bankes. Vielleicht machte er sich etwas aus ihr, ja, seit dem Tode seiner Frau, dachte Mrs. Ramsay zuweilen, machte er sich etwas aus ihr. Natürlich war er nicht „verliebt"; es war eine jener unbestimmten Zuneigun-

gen, die man so oft findet. Ach Unsinn, dachte sie; William muß Lily heiraten. Sie haben so vieles gemeinsam. Lily mag Blumen so gern. Sie sind beide kühl und fern und ziemlich selbstgenügsam. Sie mußte es einrichten, daß sie einen langen Spaziergang miteinander machten.

Dumm, daß sie die beiden einander gegenübergesetzt hatte. Das ließ sich morgen wieder gutmachen. Wenn das Wetter schön war, konnten sie ein Picknick machen. Alles schien ihr möglich. Alles schien ihr recht. Gerade jetzt (aber dies kann nicht von Dauer sein, dachte sie und löste sich von dem Augenblick, während alle über Stiefel redeten), gerade jetzt hatte sie Sicherheit gewonnen; wie ein Falke schwebte sie hoch oben; wie eine Fahne wehte sie in einem Element aus Freude, die jeden Nerv ihres Körpers voll und süß erfüllte, nicht laut, eher feierlich, denn sie kam, dachte sie mit einem Blick auf alle am Tisch, vom Mann, von den Kindern und Freunden; all dies stieg auf in dieser vollkommenen Stille (sie wollte William Bankes mit noch einem kleinen Stückchen versorgen und spähte in die Tiefen der irdenen Schüssel) und verweilte anscheinend aus unbekanntem Grunde wie ein Rauch, wie wallender Dampf, der sie schützend umgab. Es brauchte keiner Worte; es gab keine Worte. Es war da, umgab sie. Es hatte, so dachte sie und legte Mr. Bankes sorgsam ein besonders zartes Stück auf, einen Hauch von Ewigkeit an sich; und das hatte sie heute nachmittag schon einmal empfunden, bei einem anderen Anlaß; es gibt einen Zusammenhang der Dinge, eine Stetigkeit; etwas, meinte sie, das unberührt bleibt vom Wandel und (sie blickte zum Fenster mit seinem Gekräusel widergespiegelter Lichter) dem Flutenden, dem Flüchtigen, dem Gespenstischen trotzig entgegenleuchtet wie ein Rubin; so daß sie heute abend abermals das Gefühl hatte, das ihr heute schon einmal zuteil wurde, das Gefühl der Ruhe und des Friedens. Aus solchen Augenblicken, dachte sie, ist das gefügt, was unvergänglich ist. Dies würde bleiben.

„Ja", versicherte sie William Bankes, „es ist genug für alle da."

„Andrew", sagte sie, „halt deinen Teller tiefer, sonst geht's daneben." (Das Bœuf en Daube war ein Sieg auf der ganzen Linie.) Hier, so dachte sie und legte den Löffel hin, ist der stille Raum, der das Herz der Dinge umgibt, wo man sich rühren oder rasten kann; wo man nun (alle waren versorgt) warten und lauschen kann; wo man wie ein Falke jählings aus der Höhe niederstößt, leicht hinabschweben, sich auf dem Gelächter niederlassen und mit ganzem Gewicht auf dem ruhen kann, was drüben am anderen Tischende ihr Mann über die Quadratwurzel aus eintausendzweihundertdreiundfünfzig sagte, die zufällig die Nummer seiner Eisenbahnfahrkarte wäre.

Was war mit alledem gemeint? Bis heute hatte sie keine Ahnung davon. Eine Quadratwurzel? Was war das? Ihre Söhne wußten es. Sie verließ sich auf sie; von Kubikzahlen und Quadratwurzeln sprachen sie jetzt; von Voltaire und Madame de Staël; vom Charakter Napoleons; vom Aufbau des französischen Agrarwesens; von Lord Rosebery; den Lebenserinnerungen Creeveys; es richtete sie auf, es stärkte sie, dies wunderbare Gewebe männlichen Geistes, das auf und ab lief, hierhin und dorthin, kreuz und quer, eisernen Trägern gleich, die das schwankende Gewebe spannen und die Welt tragen, so daß sie sich ganz darauf verlassen, sogar die Augen schließen oder doch einen Augenblick die Lider senken konnte, wie ein Kind, das von seinem Kissen aufstarrt und vor den vieltausendfachen Blattschichten eines Baumes blinzelt. Dann erwachte sie. Es wurde immer noch gesponnen. William Bankes hielt eine Lobrede auf die Waverley-Romane.

Alle sechs Monate lese er einen davon, sagte er. Warum mußte das Charles Tansley so erbosen? Er fuhr dazwischen (alles nur, weil Prue nicht nett zu ihm sein will, dachte Mrs. Ramsay) und ließ kein gutes Haar an den Waverley-Romanen, von denen er keine Ahnung hatte, aber auch gar keine Ahnung, dachte Mrs. Ramsay, die ihn mehr beobachtete, als auf seine Worte hörte. Man sah ihm ja ganz deutlich an, was er wollte – er wollte sich zur Geltung bringen, und so würde es immer mit ihm gehen, bis er seine Professur hätte oder verheiratet wäre und nicht immerzu mehr „ich – ich – ich“ sagen müßte. Denn darauf lief ja seine Kritik an dem armen Sir Walter hinaus, oder war es Jane Austen? „Ich – ich – ich.“ Er dachte an sich selbst und an den Eindruck, den er machte, das merkte sie am Ton seiner Stimme, an der Emphase und seiner Verlegenheit. Erfolg müßte er haben, der würde ihm guttun. Jedenfalls waren sie

wieder im besten Gange. Da brauchte sie nicht zuzuhören. Es war nicht von Dauer, wußte sie, aber in diesem Augenblick sahen ihre Augen so klar, daß sie beim Wandern rings um den Tisch jeden dieser Menschen, seine Gedanken und Gefühle mühelos zu entschleiern schienen, wie ein Licht, das sich unter Wasser stiehlt und die Wellenspuren, die Binsen, die Elritzen, die dort standen, und die jäh schnellende, stumme Forelle, all das schwebende, zitternde Leben dem Blick preisgibt. So sah, so hörte sie die anderen; das, was sie sagten, war auch so beschaffen, als wäre das Gesagte wie die Bewegung einer Forelle, wobei man gleichzeitig die Wasserbewegung und den Sandgrund, einiges zur Rechten, einiges zur Linken sieht und das Ganze eins ist; im tätigen Leben dagegen hätte sie die Dinge klargestellt und voneinander getrennt gehalten; sie hätte gesagt, sie möge die Waverley-Romane – oder: hätte sie nicht gelesen; sie würde sich nachdrücklich behaupten; jetzt sagte sie nichts. Sie hing für diesen Augenblick in der Schwebe.
„Schön, aber wie lange, meinen Sie, wird man das noch lesen?“ fragte jemand. Es war, als gingen zitternde Fühler von ihr aus, die manche Sätze auffingen und ihrer Aufmerksamkeit aufdrängten. Dies war einer davon. Sie witterte Gefahr für ihren Mann. Eine derartige Frage mußte fast mit Sicherheit eine Antwort hervorrufen, die ihn an seinen eigenen Mißerfolg erinnerte. Wie lange würde man ihn lesen – würde er sogleich denken. William Bankes (der von solcher Eitelkeit gänzlich frei war) lachte und sagte, er messe solchen modischen Wandlungen keine Bedeutung bei. Wer wisse denn, was Bestand habe in der Literatur wie überhaupt alles?
„Freuen wir uns an dem, was uns Freude macht“, sagte er. Mrs. Ramsay fand seine Unverletzlichkeit wahrhaft bewundernswert. Nie dachte er anscheinend auch nur einen Augenblick lang: Inwiefern berührt das mich? Wie nun aber, wenn man die andere Wesensart hat, die auf Lob angewiesen ist, die auf Ermutigung angewiesen ist, da wurde einem natürlich allmählich (und sie wußte, daß es Mr. Ramsay so erging) unbehaglich zumute; man wünschte, daß jemand sagte: Gewiß, Ihr Werk aber wird bleiben, Mr. Ramsay, oder etwas Ähnliches. Er zeigte denn auch sein Unbehagen sehr deutlich, indem er mit einiger Schärfe sagte, für ihn würde

jedenfalls Scott (oder war es Shakespeare?) sein Leben lang bleiben. Es klang gereizt. Alle, Mrs. Ramsay merkte es, fühlten sich ein wenig verlegen, ohne zu wissen, warum. Dann sagte Minta Doyle, die einen ausgeprägten Instinkt hatte, dreist und albern, sie könne sich nicht vorstellen, daß jemand Shakespeare wirklich noch mit Genuß lese. Worauf Mr. Ramsay grimmig (aber er war schon wieder anderswo) antwortete, nur sehr wenige fänden soviel Vergnügen daran, wie sie zu finden behaupteten. In einigen Stücken, fügte er hinzu, stecke aber viel Wertvolles, und Mrs. Ramsay sah, daß für den Augenblick nun wieder alles in Ordnung war; er würde über Minta lachen, und sie, die seine ängstliche Sorge um sich selbst wohl bemerkte, würde sich seiner auf ihre Art annehmen und ihm irgendwie das ersehnte Lob spenden. Aber es wäre mir doch lieber, dachte Mrs. Ramsay, wenn es dessen nicht bedürfte: vielleicht war es ihre Schuld, daß es notwendig war. Immerhin konnte sie nun ungestört zuhören, was Paul Rayley von Büchern erzählen wollte, die er als Junge gelesen hatte. Die blieben einem, sagte er. In der Schulzeit habe er einiges von Tolstoi gelesen. An ein Buch erinnere er sich, aber er habe den Titel vergessen. Russische Namen seien auch unmöglich, sagte Mrs. Ramsay. „Wronski", sagte Paul. Es falle ihm ein, weil ihm der Name für einen Schurken immer so passend erschienen war. „Wronski", sagte Mrs. Ramsay; „ach so, ‚Anna Karenina'". Aber das half ihnen nicht viel weiter; Bücher waren nicht ihre Stärke.
Nein, Charles Tansley konnte sie in einer einzigen Sekunde über Bücher belehren; nur war dann wieder so viel von: „Drücke ich mich richtig aus?" und „Mache ich auch einen guten Eindruck?" dazwischen, daß man schließlich mehr über ihn als über Tolstoi erfuhr; während Paul sich mit der Sache befaßte, nicht mit sich selbst. Wie alle einfachen Menschen hatte er dazu eine gewisse Bescheidenheit, er nahm Rücksicht auf die Gefühle der anderen, was sie, zuweilen wenigstens, anziehend fand. Jetzt zum Beispiel dachte er nicht an sich oder an Tolstoi, sondern ob ihr kalt sei, ob sie Zug spüre oder ob sie eine Birne haben wolle.
Nein, sagte sie, sie wolle keine Birne. Sie hatte nämlich, ohne es zu wissen, die Fruchtschale bewacht, eifersüchtig, in der Hoffnung, daß niemand sie berühren würde.
Ihre Blicke wanderten ein und aus zwischen den geschwun-

genen Linien und Schatten der Früchte, tauchten in den leuchtenden Purpur der Tieflandtrauben, glitten dann über das rauhe Rund der Schale, hielten hier Gelb gegen Purpur, dort eine geschweifte Form gegen eine runde; bei alledem wußte sie nicht, weshalb sie das tat oder weshalb ihr bei jeder Wanderung des Blicks heiterer zumute wurde – bis, welch ein Jammer, daß es geschah, eine Hand sich ausstreckte, eine Birne nahm und das ganze Bild verdarb. Voll Mitgefühl blickte sie zu Rose hinüber. Sie blickte zu Rose hinüber, die zwischen Jasper und Prue saß. Wie merkwürdig, daß das eigene Kind so etwas fertigbrachte!
Wunderlich, sie da so sitzen zu sehen, die Kinder, alle in einer Reihe: Jasper, Rose, Prue, Andrew; fast stumm, aber unter ihnen war ein Spaß im Gange, das sah man am Zukken ihrer Lippen. Es war etwas, was gar nichts mit anderem zu tun hatte, etwas, was sie sich aufsparten, um nachher oben in ihren eigenen Zimmern darüber zu lachen. Hoffentlich nicht über ihren Vater, hoffte Mrs. Ramsay. Nein, sie glaubte nicht. Aber was mochte es sein, fragte sie sich, ein wenig traurig: denn sie würden wahrscheinlich lachen, wenn sie nicht dabei war.
Das war nun alles hinter diesen etwas gezwungenen, ruhigen, maskenähnlichen Gesichtern aufgespart; denn sie fügten sich nicht leicht in den Kreis der anderen; sie waren wie Beobachter, wie Aufseher, ein bißchen erhaben oder abseits von den Erwachsenen. Wenn sie freilich Prue heute abend ansah, so merkte sie, daß das auf sie nicht ganz zutraf. Sie machte gerade den Anfang, sie tat gerade die ersten Schritte, sie stieg gerade herab. Ein ganz leiser Glanz lag auf ihrem Gesicht, als spiegelte sich von Mintas Glut so eine Erregung, eine Vorahnung von Glück in ihr wider, als höbe sich die Sonne der Liebe zwischen Mann und Weib gerade über den Rand des Tischtuchs und als beugte sie, ohne sie zu kennen, sich vor ihr, sie zu grüßen. Immer noch sah sie Minta an, scheu, aber neugierig, so daß Mrs. Ramsay von der einen zur anderen blickte und an Prue stumm die Worte richtete: Bald, sehr bald schon wirst du ebenso glücklich sein wie sie. Du wirst noch glücklicher sein, fügte sie hinzu und meinte damit: weil du meine Tochter bist; denn ihre Tochter mußte glücklicher sein als die Töchter anderer Leute. Aber das Dinner war beendet.

Es war Zeit aufzustehen. Sie spielten nur noch mit dem, was auf ihren Tellern lag. Aber sie wollte noch warten, bis das Gelächter über eine Geschichte, die ihr Mann erzählte, sich gelegt hatte. Er spaßte mit Minta wegen einer Wette. Dann wollte sie die Tafel aufheben.
Sie mochte Charles Tansley, dachte sie plötzlich; sie mochte sein Lachen. Sie mochte ihn, weil er so ärgerlich war über Paul und Minta. Sie mochte ihn wegen seines linkischen Wesens. Schließlich steckte allerhand in dem jungen Mann. Und Lily, dachte sie und legte ihre Serviette neben den Teller – Lily hat immer ihren Spaß für sich. Um Lily braucht man sich nicht zu sorgen. Sie wartete. Sie schob die Serviette unter den Tellerrand. Also, waren sie nun fertig? Nein. Die Geschichte hatte ihn auf eine zweite Geschichte gebracht. Ihr Mann war heute abend sehr guter Laune und hatte sogar den alten Augustus mit einbezogen, weil er offenbar die Sache mit der Suppe wieder gutmachen wollte – sie erzählten Geschichten über jemand, den beide auf dem College gekannt hatten. Sie blickte zum Fenster, auf den nun schwarzen Scheiben standen die Flammen der Kerzen heller als zuvor; und während ihr Blick darauf ruhte, drangen die Stimmen mit einem ganz seltsamen Klang zu ihr, als kämen sie vom Gottesdienst in einer Kathedrale, denn auf die Worte achtete sie nicht. Die plötzlichen Ausbrüche von Gelächter, dann der Klang einer einzelnen Stimme (Mintas) erinnerte sie an die Männer- und Knabenstimmen, die in einer römisch-katholischen Kirche die lateinischen Sätze des Gottesdienstes singen. Sie wartete. Ihr Mann sprach. Er deklamierte etwas, und aus dem Rhythmus, aus dem zugleich erregten und schwermütigen Klang seiner Stimme entnahm sie, daß es Verse waren:

„Komm und ersteig den Gartenpfad,
Luriana, Lurili.
Die Chinarose blüht und blüht,
und Bienensang summt rings um sie."

Die Worte (sie blickte zum Fenster) klangen, als trieben sie da draußen wie Blumen auf den Wellen, ganz getrennt von allem hier drinnen; als hätte niemand sie gesprochen, sondern als wären sie von selbst entstanden.

„Und alles Leben, das verrann,
und alles, das die Zukunft bringt,
ist baumumkränzt und blattumglänzt.“

Sie wußte nicht, was die Worte bedeuteten; aber sie erlebte sie wie Musik: als hätte ihre eigene Stimme sie gesprochen, selbständig, unabhängig von ihrem Körper, als drückte sie nun ganz mühelos aus, was sie den Abend lang im Sinn getragen hatte, während sie ganz andere Dinge redete. Sie wußte, ohne in die Runde zu blicken, daß alle am Tisch der Stimme lauschten:

„Und wissen möcht ich, was du denkst,
Luriana, Lurili . . .“,

mit dem gleichen Gefühl der Erlösung und Freude, das sie empfand, als wäre es schließlich ganz natürlich, die Worte zu sprechen, als sprächen sie sie mit eigener Stimme.
Aber die Stimme verstummte. Sie sah in die Runde. Sie gab sich einen Ruck und stand auf. Augustus Carmichael hatte sich erhoben, er hielt seine Serviette so, daß sie wie ein langes weißes Gewand wirkte, und sang:

„Die Könige reiten übers Gras,
auf blumigen Auen reiten sie
mit Palmenblatt und Zedernzweig;
Luriana, Lurili . . .“,

und als sie an ihm vorüberkam, wandte er sich ihr ein wenig zu und wiederholte die letzten Worte: „Luriana, Lurili . . .“ und verbeugte sich, als wollte er ihr huldigen. Ohne zu wissen, warum, fühlte sie, daß er ihr in diesem Augenblick freundlicher gesinnt war als je zuvor; und mit einem Gefühl der Erleichterung und Dankbarkeit erwiderte sie seine Verneigung und ging durch die Tür, die er für sie offenhielt.
Es war nun an der Zeit, alles ein bißchen voranzutreiben. Den Fuß auf der Schwelle, verweilte sie noch einen Augenblick auf diesem Schauplatz, der schon entschwand, während sie zurückblickte, und dann, als sie sich bewegte, Mintas Arm nahm und das Zimmer verließ, verwandelte er sich

und bekam eine andere Form; er war, das wußte sie, mit einem letzten Blick über die Schulter, bereits Vergangenheit geworden.

18

Wie immer, dachte Lily. Immer gab es etwas, was genau in diesem Augenblick getan werden mußte, etwas, was unverzüglich zu tun Mrs. Ramsay aus nur ihr bekannten Gründen beschloß, mochten die anderen auch wie jetzt scherzend beisammenstehen und nicht recht wissen, ob sie ins Rauchzimmer, ins Wohnzimmer oder in die Dachkammern gehen sollten. Dann sah man, wie Mrs. Ramsay, Mintas Arm in ihrem, mitten in dem Durcheinander stand, sich besann: „Ja, es ist an der Zeit dafür" und sich unverzüglich mit geheimnisvoller Miene entfernte, um etwas allein zu erledigen. Und sobald sie weg war, setzte eine Art von Auflösung ein; sie waren unschlüssig, liefen auseinander; Mr. Bankes nahm Charles Tansley am Arm und entführte ihn auf die Terrasse, um die beim Essen begonnene politische Auseinandersetzung zu beenden, das Gewicht des Abends zu verlagern und die andere Schale zu belasten, als erstiegen sie, dachte Lily, als sie sie gehen sah und einen Satz über die Politik der Labour Party auffing, die Kommandobrücke, um die Position zu bestimmen; so wenigstens wirkte auf sie der Übergang von der Dichtkunst zur Politik; Mr. Bankes und Charles Tansley also gingen hinaus, die anderen standen da und sahen Mrs. Ramsay nach, die allein die vom Lampenlicht erhellte Treppe hinaufstieg. Wohin, dachte Lily verwundert, will sie denn in solcher Eile?
Nicht daß sie gerannt oder auch nur rasch gegangen wäre; vielmehr ging sie ziemlich langsam. Sie spürte sogar Lust, stehenzubleiben, nur einen Augenblick nach all dem Geschwatze, und etwas Bestimmtes herauszugreifen: das, was wesentlich war; es herauszulösen; es zu säubern von allen Gemütsbewegungen und dem ganzen Kleinkram und es vor sich hin zu halten und zum Tribunal zu tragen, wo, zum Konklave versammelt, die Richter saßen, die sie zur Entscheidung über diese Dinge gesetzt hatte. Ist es gut, ist es schlecht, ist es recht oder unrecht? Wohin treiben wir? und

so weiter. So verschaffte sie sich nach der Erschütterung des Erlebnisses ihr Recht und benutzte ganz unbewußt und vernunftwidrig die Zweige der Ulmen draußen zur Festigung ihres Standpunktes. Ihre Welt wandelte sich nun: sie aber waren beständig. Das Erlebnis hatte ihr das Gefühl der Bewegung vermittelt. Alles mußte in Ordnung sein. Sie mußte noch das fertigbringen und das, dachte sie und billigte unmerklich die würdige Ruhe der Bäume und dann wieder den herrlichen Aufwärtsschwung (so hebt sich der Schnabel eines Schiffes auf der Welle) der Ulmenzweige, als der Wind sie hob. Denn es war windig (sie stand einen Augenblick und sah hinaus). Es war windig, so daß die Blätter dann und wann einen Stern bloßfegten, und die Sterne selbst schienen sich zu schütteln, Strahlen zu schleudern und wollten zwischen den Blatträndern hervorblitzen. Ja, das war getan und vollbracht und hat, wie alles Vollbrachte, nun feierlichen Charakter. Und wenn man es nun, gereinigt von Geschwätz und Trubel, bedachte, so schien es immer dagewesen zu sein und hatte sich heute nur offen gezeigt und dadurch alles an seinen festen Platz gerückt. Sie würden, dachte sie im Weitergehen, solange sie leben, zurückwandern zu diesem Abend; diesem Mond; diesem Wind; diesem Hause; auch zu ihr. Es schmeichelte ihr, für Schmeichelei war sie sehr empfänglich, zu denken, daß sie nun, solange sie lebten, mit ihren Herzen unlöslich verknüpft sein würde; und das da auch und das und das, dachte sie beim Treppensteigen und lächelte dem Sofa auf dem Treppenabsatz (Mutters Sofa) und dem Schaukelstuhl (Vaters Schaukelstuhl) und der Karte der Hebriden zärtlich zu. All das würde nun in Paul und Mintas Leben immer wieder lebendig werden; „die Rayleys" – sie probierte, wie der neue Name klang; und sie erlebte, die Hand auf der Türklinke des Kinderzimmers, jene Gefühlsgemeinschaft mit anderen Menschen, die aus der Gemütsbewegung erwächst, als wären alle trennenden Wände so dünn geworden, daß wirklich alles (es war Erleichterung und Glück zugleich) in einem einzigen Strom dahinfloß und Stühle, Tische, Karten ebensogut ihr wie ihnen gehörten, und Paul und Minta würden damit weiterleben, wenn sie einmal tot war.

Sie drückte die Klinke hinunter, mit festem Ruck, damit sie nicht quietschte, und spitzte beim Eintreten etwas die Lippen, wie um sich zu erinnern, daß sie nicht laut sprechen durfte. Aber sogleich beim Eintritt merkte sie mit Verdruß, daß die Vorsicht überflüssig war. Die Kinder schliefen nicht. Es war höchst ärgerlich. Mildred mußte besser aufpassen. James war hellwach, und Cam saß kerzengerade, Mildred war mit bloßen Füßen aus dem Bett, und es war fast elf, und alle redeten. Was war los? Wieder dieser gräßliche Schädel. Sie hatte Mildred aufgetragen, ihn wegzubringen, aber Mildred hatte es natürlich vergessen, und nun war Cam hellwach und James hellwach, stritten sich und sollten doch von Rechts wegen schon seit Stunden schlafen. Was war Edward eingefallen, daß er ihnen diesen gräßlichen Schädel schickte? Dummerweise hatte sie zugelassen, daß er hier oben angenagelt wurde. Er wäre fest angenagelt, sagte Mildred, und Cam konnte nicht schlafen, solange das Ding im Zimmer war, und James brüllte, wenn sie es nur anrührte.

Cam müßte nun schlafen (er habe so lange Hauer wie Hörner, sagte Cam), müßte nun schlafen und von schönen Palästen träumen, sagte Mrs. Ramsay und setzte sich auf den Bettrand. Sie sehe aber doch die Hörner überall im Zimmer, sagte Cam. Sie hatte recht. Wohin man das Licht auch stellte (und James konnte ohne Licht nicht schlafen), immer war irgendwo ein Schatten.

„Aber überleg doch, Cam, es ist ja nur ein altes Schwein“, sagte Mrs. Ramsay, „ein hübsches schwarzes Schwein, wie die Schweine auf dem Bauernhof.“ Für Cam aber war es ein Untier, das überall im Zimmer nach ihr griff.

„Also gut“, sagte Mrs. Ramsay, „dann wollen wir's zudekken“, und alle paßten auf, wie sie zur Kommode ging, schnell eine kleine Lade nach der andern aufzog und, als sie nichts Geeignetes fand, ihren Schal nahm und um den Schädel wand, immer rundherum; dann kehrte sie zu Cam zurück und legte ihren Kopf fast flach neben Cams Kopf auf das Kissen und sagte, wie hübsch er jetzt aussehe, wie sehr er den Feen gefallen würde! es sei wie ein Vogelnest, es sei wie ein schöner Berg, wie sie ihn mal auf der Reise gesehen habe, mit Tälern und Blumen und Kuhglocken und Vögeln, die singen, und Geißlein und Antilopen ... Sie sah beim Sprechen, wie der rhythmische Klang der Worte in Cam widerhallte; und Cam wiederholte sie: es sei wie ein Berg, ein Vogelnest, ein Garten, kleine Antilopen seien da; und ihre Augen öffneten und schlossen sich, und Mrs. Ramsay sprach weiter, noch eintöniger, noch rhythmischer, was ihr gerade einfiel, daß sie die Augen zumachen, schlafen und träumen müsse von Bergen und Tälern und fallenden Sternen und Papageien und Antilopen und Gärten und allem Schönen, sagte sie, hob ganz langsam den Kopf und sprach immer eintöniger, bis sie aufrecht saß und sah, daß Cam schlief.

Nun aber, flüsterte sie und ging zu seinem Bett hinüber, müsse auch James schlafen; denn er sehe doch, sagte sie, der Wildschweinkopf sei ja noch da; sie hätten ihn nicht angerührt; er habe seinen Willen bekommen; da sei er, ganz wie vorher. Er vergewisserte sich, daß der Kopf noch unter dem Schal war. Aber er wollte noch etwas anderes wissen: Würden sie morgen zum Leuchtturm fahren?

Nein, sagte sie, morgen nicht; aber bald, versprach sie ihm; sobald das Wetter schön sei. Er war sehr brav. Er legte sich hin. Sie deckte ihn zu. Aber vergessen würde er es nie, dachte sie und war ärgerlich auf Charles Tansley, auf ihren Mann, auf sich selbst: denn sie hatte ihm Hoffnungen gemacht. Sie tastete nach ihrem Schal, aber ihr fiel ein, daß sie ihn ja um den Wildschweinkopf gewickelt hatte; dann stand sie auf, ließ das Fenster noch einen oder zwei Zoll herunter, lauschte auf den Wind, nahm einen Atemzug von der ganz und gar gleichmütigen Nachtkühle, sagte Mildred leise gute Nacht, ging zur Tür, ließ die Klinke ganz langsam ins Schloß schnappen und war draußen.

Hoffentlich wirft Charles Tansley oben nicht seine Bücher zu Boden, dachte sie und hielt ihn nach wie vor für eine rechte Plage. Denn keins von den Kindern hatte einen festen Schlaf; sie waren leicht erregbar, und seit er das mit dem Leuchtturm gesagt hatte, traute sie ihm auch durchaus zu, daß er, ungeschickt wie er war, einen Bücherstapel mit dem Ellbogen vom Tisch stoßen würde, gerade wenn sie am Einschlafen waren. Denn wahrscheinlich war er nach oben gegangen, um zu arbeiten. Doch er sah so betrübt aus; andererseits würde sie sich erleichtert fühlen, wenn er abreiste; ich will aber dafür sorgen, daß er morgen besser behandelt wird; ihrem Mann gegenüber benahm er sich bewundernswert; seine Manieren allerdings sollten besser sein;

aber sein Lachen gefiel ihr – unter solchen Gedanken stieg sie hinab und bemerkte, daß sie nun durch das Fenster im Treppenhaus auch den Mond sehen konnte – den gelben Herbstmond; sie wandte sich um, und nun sahen die anderen sie, wie sie über ihnen auf der Treppe stand.
Das ist meine Mutter, dachte Prue. Ja, Minta sollte sie ansehen, Paul Rayley sollte sie ansehen. Das ist das einzig Wahre, dachte sie, als gäbe es auf der ganzen Welt nur einen einzigen solchen Menschen: ihre Mutter. Eben noch, vor einem Augenblick, als sie mit den anderen sprach, war sie ganz erwachsen gewesen; nun aber wurde sie wieder ein Kind, und was sie getrieben hatten, war Spiel, und sie fragte sich, ob ihre Mutter das Spiel gutheißen oder es verwerfen würde? Welch eine Gelegenheit, dachte sie, für Minta und Paul und Lily, sie zu sehen, und sie empfand, welch ungeheures Glück es für sie war, daß sie sie hatte, und nie wollte sie groß werden und das Elternhaus verlassen; dann sagte sie wie ein Kind: „Wir dachten daran, zum Strand hinunterzugehen und den Wellen zuzusehen."
Sogleich, ohne irgendwelchen Anlaß, verwandelte sich Mrs. Ramsay in ein zwanzigjähriges Mädchen voll Fröhlichkeit. Ausgelassenheit überkam sie. Natürlich müßten sie gehen, rief sie lachend, natürlich müßten sie gehen. Rasch lief sie die letzten drei, vier Stufen hinab, wandte sich vom einen zum andern, lachte, zog den Umhang enger um Minta und sagte, sie würde so gern mitkommen, und ob sie auch nicht so spät zurückkehrten und ob einer von ihnen eine Uhr hätte.
„Ja, Paul hat eine", sagte Minta. Paul zog eine schöne goldene Uhr aus einer kleinen waschledernen Hülle hervor und zeigte sie ihr. Und während er ihr die Uhr auf der Handfläche hinhielt, dachte er: Sie weiß alles. Ich brauche kein Wort zu sagen. Als er ihr die Uhr zeigte, hieß das eigentlich: Ich hab's geschafft, Mrs. Ramsay. Alles verdanke ich Ihnen.
Mrs. Ramsay aber, als sie die goldene Uhr in seiner Hand sah, dachte: Was für ein Glück Minta doch hat! Sie bekommt einen Mann, der eine goldene Uhr in einer Waschlederhülle besitzt!
„Ach, ich wünschte, ich könnte mitkommen!" rief sie. Aber sie wurde von etwas so Gewichtigem zurückgehalten, daß

sie nicht einmal auf den Gedanken kam, sich zu fragen, was es war. Natürlich war es ausgeschlossen, daß sie mitging. Aber sie hätte es gern getan, wäre nicht das andere gewesen, und sie ging, belustigt von dem lächerlichen Einfall (welch ein Glück, einen Mann zu heiraten, der eine Waschlederhülle für seine Uhr besitzt), mit einem Lächeln auf den Lippen in das andere Zimmer, wo ihr Mann saß und las.

19

Sicherlich, dachte sie beim Eintreten, hatte sie hierher kommen müssen, um die Erfüllung eines Wunsches zu finden. Zunächst einmal war es ihr Wunsch, in einem bestimmten Stuhl unter einer bestimmten Lampe zu sitzen. Aber sie wünschte noch anderes, wenn sie auch nicht wußte und sich auch nicht denken konnte, was es war. Sie sah zu ihrem Mann hinüber (während sie ihren Strumpf zur Hand nahm und zu stricken begann) und stellte fest, daß er nicht gestört werden wollte – das war offensichtlich. Er las etwas, was ihn sehr beschäftigte. Ein halbes Lächeln war auf seinem Gesicht, und da wußte sie, daß er seine Gefühle im Zaum hielt. Er blätterte in den Seiten. Er spielte die Handlung – vielleicht hielt er sich selbst für den Helden des Buches. Was konnte es nur sein? Ach, ein Buch vom alten Sir Walter, sie erkannte es, als sie den Schirm ihrer Lampe zurechtrückte, so daß das Licht auf ihre Arbeit fiel. Charles Tansley hatte doch gesagt (sie blickte zur Decke, als erwartete sie das Krachen fallender Bücher oben), hatte doch gesagt, Scott läse man nicht mehr. „Dasselbe", hatte ihr Mann da gedacht, „werden sie auch von mir sagen" – deshalb hat er sich eins von diesen Büchern geholt. Wenn er nun zu dem Schluß kam, daß Charles Tansley recht hat, so würde er es anerkennen, was Scott betraf. (Sie beobachtete, daß er beim Lesen abwog, prüfte, dies und jenes verglich.) Nicht aber, was ihn betraf. Was ihn betraf, da war er immer unsicher. Das bekümmerte sie. Immer machte er sich Sorgen um seine Bücher – werden sie gelesen, sind sie gut, weshalb sind sie nicht besser, was denkt das Publikum von mir? Sie dachte nicht gern so von ihm und fragte sich, ob die an-

deren beim Dinner wohl gemerkt hatten, weshalb er so gereizt wurde, als sie von der Dauer des Ruhms und der Bücher sprachen, fragte sich, ob wohl die Kinder darüber lachten, und zerrte an dem Strumpf, und auf ihrer Stirn und um ihren Mund erschienen alle die feinen Linien, wie mit stählernen Nadeln eingeritzt; dann wurde sie still, wie ein Baum, der gebebt und gezittert hat und nun, da der Wind erstirbt, zur Ruhe kommt, Blatt um Blatt.
Es kam nicht darauf an, dachte sie, auf nichts kam es an. Ein großer Mann, ein bedeutendes Buch, Ruhm – wer will darüber entscheiden? Sie verstand nichts davon. Aber das war seine Art, seine Wahrhaftigkeit – beim Dinner zum Beispiel hatte sie ganz unwillkürlich gedacht: Wenn er doch nur reden wollte! Sie vertraute ihm voll und ganz. Dann ließ sie alles hinter sich, wie man beim Tauchen eine Wasserpflanze, einen Halm, eine Blase vorübergleiten läßt, und hatte im Niedersinken das Gefühl, das sie schon in der Halle gehabt hatte, als die anderen redeten: Es gibt etwas, wonach ich Verlangen trage – etwas, um dessentwillen ich hierher gekommen bin; und sie sank tiefer und tiefer, mit geschlossenen Augen, ohne zu wissen, was es war. Und sie wartete eine Weile, strickend, sinnend, als langsam und allmählich die Worte, die beim Dinner gesprochen wurden:

„Die Chinarose blüht und blüht,
und Bienensang summt rings um sie“,

rhythmisch in ihr zu rollen begannen, hin und her, hin und her; und während sie rollten, blinkten Worte, wie kleine beschirmte Lichter, rot, blau, gelb, im Dunkel ihres Bewußtseins auf, und sie schienen ihren Platz da droben zu verlassen, hin und her zu schwirren oder zu rufen und ein Echo zu wecken; deshalb wandte sie sich ab und tastete auf dem Tisch daneben nach einem Buch.

„Und alles Leben, das verrann,
und alles, das die Zukunft bringt,
ist baumumkränzt und blattumglänzt . . .“

murmelte sie und steckte die Nadeln in den Strumpf. Und sie öffnete das Buch und begann auf gut Glück hier und da zu lesen; dabei empfand sie, daß sie zurückstieg, aufwärtsstieg, sich den Weg hinauf unter Blumenblättern bahnte, die sich über sie neigten, so daß sie nicht mehr wußte als: dieses ist weiß, jenes ist rot. Zuerst wußte sie nicht, was die Worte überhaupt bedeuteten.

Lenkt, hierher lenkt den schnellen Kiel,
Seeleute, die der Sturm verschlug,

las sie und schlug die Seite um, sie schwang sich im Zickzack hierhin und dorthin, von einer Zeile zur anderen wie von einem Zweig zum anderen, von einer roten und weißen Blüte zur anderen; bis ein leises Geräusch sie aufschreckte: ihr Mann schlug sich auf die Schenkel. Eine Sekunde lang trafen sich ihre Blicke; aber reden wollte weder er noch sie. Sie hatten sich nichts mitzuteilen, dennoch schien etwas von ihm zu ihr zu fließen. Es war das Leben, es war die Kraft darin, es war der überwältigende Humor, deshalb schlug er sich auf die Schenkel. Stör mich nicht, schien er zu sagen, sprich kein Wort; sitz nur einfach da. Und er las weiter. Seine Lippen zuckten. Es erfüllte ihn. Es stärkte ihn. Er vergaß einfach die kleinen Reibereien und Sticheleien des Abends, vergaß, wie unsagbar es ihn gelangweilt hatte, still zu sitzen, während die anderen endlos lange aßen und tranken; vergaß, wie gereizt er gegen seine Frau gewesen war und wie empfindlich und gekränkt, als sie über seine Bücher hinweggingen, als wären sie überhaupt nicht vorhanden. Jetzt aber war es für sein Gefühl verdammt gleichgültig, wer das Z erreichte (falls das Denken wie beim Alphabet von A bis Z reichte). Irgendwer würde hinkommen – wenn nicht er, dann ein anderer. Die Kraft und die Gesundheit dieses Mannes, sein Sinn für redliche, schlichte Dinge, für diese Fischersleute, das arme alte verdrehte Geschöpf in Mucklebackits Hütte schenkte ihm soviel Kraft, erlöste ihn aus irgendeiner Fessel, daß er sich aufgerüttelt und sieghaft fühlte und die Tränen nicht zurückdrängen konnte. Er hob das Buch ein wenig, um sein Gesicht zu verbergen, ließ sie rinnen, schüttelte den Kopf und vergaß sich selbst ganz und gar (nicht dagegen einige Betrachtungen über Sittlichkeitsbegriffe und französische Romane und englische Romane und Scott, dem die Hände

gebunden waren, dessen Ansicht aber wahrscheinlich ebenso richtig war wie die andere), vergaß seine eigenen Kümmernisse und Fehlschläge völlig über dem Ertrinken des armen Steenie und Mucklebackits Trauer (das war Scott auf der Höhe seiner Kunst) und dem erstaunlichen Entzücken und Kraftgefühl, die ihm da geschenkt wurden.
Na, sie sollen es erst mal besser machen, dachte er, als er das Kapitel beendet hatte. Ihm war zumute, als hätte er mit jemandem gestritten und den Sieg errungen. Das konnte niemand besser machen, was sie auch sagen mochten, dachte er, und auch seine eigene Stellung wurde sicherer. An dem Liebespaar war nichts dran, dachte er und überblickte alles noch einmal in Gedanken. Das also taugt nichts, dies hier ist erstklassig, dachte er und zog den Vergleich. Aber er mußte es noch einmal lesen. Er konnte sich an das Ganze nicht mehr genau erinnern. Er mußte sich sein Urteil vorbehalten. So nahm er denn den anderen Gedanken wieder auf – wenn junge Menschen für dies hier nichts übrig hatten, so hatten sie auch für ihn nichts übrig. Man sollte nicht klagen, dachte Mr. Ramsay und suchte das Verlangen zu unterdrücken, sich bei seiner Frau zu beklagen, daß die junge Generation ihn nicht bewunderte. Aber er war entschlossen: er wollte sie nicht wieder damit plagen. Er blickte zu der Lesenden hinüber. Sie sah sehr friedvoll aus, wie sie da las. Ihn freute der Gedanke, daß alle fort waren und er mit ihr allein war. Das Leben bestand nicht nur darin, mit einer Frau ins Bett zu gehen, dachte er und kehrte zurück zu Scott und Balzac, zum englischen und zum französischen Roman.
Mrs. Ramsay hob den Kopf und schien wie ein Mensch im Halbschlummer zu sagen, wenn er wolle, daß sie wach sei, dann wolle sie aufwachen, wirklich, wenn aber nicht, ob sie dann weiterschlafen dürfe, nur ein Weilchen, nur ein Weilchen noch? Sie stieg in den Zweigen aufwärts, hierhin und dorthin, berührte mit der Hand die Blumen, da und dort.

Ich preise nicht das tiefe Rot der Rose,

las sie, und beim Lesen stieg sie hinauf, das fühlte sie, bis zum Wipfel, zum Gipfel. Wie beruhigend! Wie friedvoll!

Alle Nichtigkeiten des Tages blieben an diesem Magneten haften; ihr Geist fühlte sich befreit und rein.
Und dann war es da, ruhte plötzlich vollendet geformt in ihrer Hand, schön und vernünftig, klar und vollkommen, Sinn, aus dem Leben gesogen und hier von gerundeter Form gehalten: das Sonett.
Aber es kam ihr zum Bewußtsein, daß ihr Mann sie ansah. Er lächelte dabei, spöttisch, als wollte er sie gutmütig nekken, weil sie am hellichten Tag schlief, gleichzeitig aber dachte er: Lies weiter. Nun siehst du nicht mehr traurig aus, dachte er. Und er fragte sich, was sie las, und übertrieb ihre Unwissenheit und Einfachheit, denn er stellte sich gern vor, daß sie nicht klug und gänzlich unbelesen wäre. Ob sie verstand, was sie las, fragte er sich. Wahrscheinlich nicht, dachte er. Sie war wunderbar schön. Sie schien, sofern das möglich war, immer schöner zu werden.

> Doch schien es Winter noch, und da du fern,
> spielt ich damit, als wär's dein Schatten, gern,

las sie. Es waren die letzten Zeilen.
„Na?" sagte sie und erwiderte träumerisch sein Lächeln.

> „. . . spielt ich damit, als wär's dein Schatten, gern",

murmelte sie und legte das Buch auf den Tisch.
Was war geschehen, fragte sie sich und nahm ihre Strickarbeit wieder auf, seit ich zuletzt mit ihm allein war? Sie erinnerte sich, daß sie sich angekleidet und den Mond gesehen hatte; daß Andrew beim Dinner seinen Teller zu hoch gehalten, daß irgendeine Äußerung Williams sie bedrückt hatte; die Vögel in den Bäumen, das Sofa auf dem Treppenabsatz; die Kinder noch wach; Charles Tansley, der seine Bücher hinwarf und sie im Schlaf störte – ach nein, das hatte sie erfunden; Pauls Waschlederhülle für seine Uhr. Was von alledem sollte sie ihm erzählen?
„Sie haben sich verlobt", sagte sie und fing an zu stricken, „Paul und Minta."
„Das hab ich mir gedacht", sagte er. Sehr viel gab es dazu nicht zu sagen. Ihre Gedanken wogten noch auf und nieder, auf und nieder mit den Versen; er hatte noch immer das

Gefühl von großer Kraft und Aufrichtigkeit, nachdem er von Steenies Begräbnis gelesen hatte. So saßen sie denn stumm. Dann kam ihr zum Bewußtsein, daß sie den Wunsch hatte, er möchte etwas sagen.

Irgend etwas, irgend etwas, dachte sie und strickte. Irgend etwas nur.

„Es muß doch reizend sein, einen Mann zu heiraten, der eine Waschlederhülle für seine Uhr hat", sagte sie; denn von solcher Art waren die Scherze, die sie machten.

Er lachte laut auf. Bei dieser Verlobung hatte er das Gefühl, das er bei jeder Verlobung hatte: Das Mädchen ist viel zu gut für den jungen Mann. Langsam stahl sich der Gedanke in ihren Kopf: Warum will man eigentlich, daß die Leute heiraten? Welchen Wert, welchen Sinn hatten die Dinge? (Jedes Wort jetzt würde wahr sein.) Sag etwas, dachte sie und wollte nur seine Stimme hören. Denn sie fühlte, daß der Schatten, das Etwas, das sie beide umschlang, sich schon wieder eng um sie legte. Sag etwas, bettelte sie und sah ihn wie hilfeflehend an.

Er blieb stumm, ließ den Kompaß an seiner Uhrkette hin- und herpendeln und dachte an Scotts Romane und Balzacs Romane. Aber durch die dämmerigen Wände ihrer Vertrautheit, denn sie kamen einander unwillkürlich näher, schmiegten sich aneinander, ganz dicht, fühlte sie, wie sein Geist gleich einer erhobenen Hand den ihren beschattete; und nun, da ihre Gedanken eine Richtung nahmen, die ihm verhaßt war – „Pessimismus" nannte er das –, wurde er unruhig, obgleich er nichts sagte, aber er hob die Hand zur Stirn, drehte an einer Locke und ließ sie wieder los.

„Mit dem Strumpf wirst du heute abend nicht mehr fertig", sagte er und deutete auf ihre Arbeit. Und das war es, wonach es sie verlangt hatte – der rauhe Klang seiner Stimme, wenn er mit ihr schalt. Sie dachte: Wenn er sagt, Pessimismus ist verkehrt, dann ist es wahrscheinlich verkehrt; die Ehe wird schon gut gehen.

„Nein", sagte sie und strich den Strumpf auf ihrem Knie glatt, „ich werde nicht damit fertig."

Und was nun? – denn sie fühlte, daß er sie noch immer ansah; aber sein Blick hatte sich verändert. Er wollte etwas – wollte das, was ihr immer so schwerfiel zu geben; sie sollte ihm sagen, daß sie ihn liebte. Und das – nein, das konnte sie nicht. Ihm fiel das Reden so viel leichter als ihr. Er fand für alles Worte – sie konnte es nie. So war es natürlich immer er, der sagte, was zu sagen war; und dann nahm er das aus irgendeinem Grunde plötzlich übel und machte ihr Vorwürfe. Herzlos nannte er sie; denn sie sagte ihm niemals, daß sie ihn liebte. Aber so war es nicht – so war es nicht. Sie konnte nur niemals sagen, was sie fühlte. War da nicht ein Krümchen auf seinem Rock? Konnte sie nichts sonst für ihn tun? Sie trat ans Fenster, den rötlichbraunen Strumpf in der Hand – teils um sich abzuwenden, teils weil es ihr nichts ausmachte, jetzt, wo er sie beobachtete, zum Leuchtturm hinüberzublicken. Sie wußte, daß auch er den Kopf gewandt hatte, als sie sich wegwandte; er beobachtete sie. Und sie kannte seine Gedanken: Du bist schöner denn je. Und sie fühlte sich sehr schön. Willst du mir nicht ein einziges Mal sagen, daß du mich liebst? dachte er, denn er war erregt – durch Minta und sein Buch und weil der Tag zu Ende ging und sie über die Fahrt zum Leuchtturm gestritten hatten. Aber sie konnte nicht; sie konnte es nicht sagen. Dann, da sie wußte, daß er sie beobachtete, drehte sie sich um, anstatt etwas zu sagen, den Strumpf in der Hand, und sah ihn an. Und als sie ihn ansah, begann sie zu lächeln; denn wenn sie auch kein Wort gesprochen hatte, so wußte er doch, wußte er natürlich, daß sie ihn liebte. Er konnte es nicht leugnen. Und lächelnd sah sie aus dem Fenster und sagte (dabei dachte sie: Nichts auf der Welt kommt diesem Glücksgefühl gleich) – „Ja, du hattest recht. Es wird morgen regnen." Sie hatte es nicht gesagt, aber er wußte es. Und sie sah ihn lächelnd an. Denn sie hatte wieder einmal gesiegt.

II
Die Zeit vergeht

1

„Nun, wir müssen abwarten, was die Zukunft bringt“, sagte William Bankes, als er von der Terrasse ins Haus trat.
„Es ist fast zu dunkel, um zu sehen“, sagte Andrew, der vom Strand heraufkam.
„Man kann kaum unterscheiden, was Land und was Meer ist“, sagte Prue.
„Lassen wir das Licht hier brennen?“ fragte Lily, als sie drinnen die Mäntel ablegten.
„Nein“, sagte Prue, „wenn alle im Hause sind, nicht.“
„Andrew“, rief sie zurück, „mach das Licht in der Halle aus!“
Die Lampen wurden gelöscht, eine nach der andern; nur Mr. Carmichael, der gern noch ein Weilchen wachlag und seinen Vergil las, ließ seine Kerze länger brennen als die übrigen.

2

Als keine Lampen mehr brannten, der Mond untergegangen war und ein dünner Regen auf das Dach trommelte, strömte unendliche Finsternis hernieder. Nichts, so schien es, konnte dieser Flut, dieser Sintflut aus Finsternis entrinnen, die durch Schlüssellöcher und Fugen kroch, sich um Vorhänge stahl, in die Schlafzimmer schlich, hier einen Krug und ein Waschbecken verschlang, da eine Schale mit roten und gelben Dahlien, dort die scharfen Kanten und den massigen Rumpf einer Kommode. Aber nicht nur die Möbel gingen darin unter; es blieb kaum irgendwo von Körper oder Geist genug übrig, daß man hätte sagen können „das ist er“ oder „das ist sie“. Zuweilen hob sich eine Hand, als wollte sie nach etwas greifen oder etwas abwehren, oder jemand stöhnte, oder jemand lachte laut, als hätte er seinen Spaß mit dem Nichts.

Nichts rührte sich im Wohnzimmer, nichts im Eßzimmer, nichts im Treppenhaus. Nur durch rostige Türangeln und verquollenes, seewasserfeuchtes Holzwerk (das Haus war ja ziemlich baufällig) strichen schwache Lüfte, gleichsam abgespalten vom großen Wind, schlichen um die Ecken und drangen ins Haus. Fast hätte man sich vorstellen können, wie sie neugierig und forschend ins Wohnzimmer kamen, mit den hängenden Tapetenfetzen spielten und fragten, ob sie noch lange hängen und wann sie fallen würden. Leicht über die Wände streichend, setzten sie nachdenklich ihren Weg fort, als fragten sie die roten und gelben Rosen der Tapete, ob sie verbleichen würden, und nahmen sich (freundlich, denn es fehlte ihnen ja nicht an Zeit) die zerrissenen Briefe im Papierkorb vor, die Blumen, die Bücher, die ihnen nun allesamt preisgegeben waren, und fragten: Waren sie Bundesgenossen? Waren sie Feinde? Wieviel Lebensdauer war ihnen bestimmt?

Nun stiegen die Lüftchen die Treppe hinauf, vom zufälligen Licht eines unverhüllten Sterns, eines vorüberfahrenden Schiffs oder vielleicht auch des Leuchtturms geleitet, das schwach auf Stufen und Matte fiel; sie erklommen die Treppe und witterten an Schlafzimmertüren. Hier aber mußten sie Einhalt tun. Was immer auch vergehen und verschwinden mag – was hier liegt, hat Bestand. Hier hätte man zu den gleitenden Lichtern und den tastenden Lüftchen, die sich sogar über das Bett beugen und flüstern, sagen können: Hier könnt ihr nichts berühren und nichts zerstören. Worauf sie verdrießlich und geisterhaft, als hätten sie federleichte Finger, aber die sanfte Beharrlichkeit der Federn, auf die geschlossenen Augen und die lose gefalteten Finger blicken, verdrießlich ihre Gewänder raffen und verschwinden würden. Witternd und streifend glitten sie zum Fenster im Treppenhaus, zu den Schlafkammern der Dienstboten, zu den Koffern im Dachboden; sie stiegen wieder nach unten und bleichten die Äpfel auf dem Eßzimmertisch, betasteten die Blütenblätter der Rosen, untersuchten das Bild auf der Staffelei, strichen über die Matte hin und bliesen ein bißchen Sand über den Fußboden.

Schließlich ließen sie alle ab, sammelten sich, seufzten alle gemeinsam; alle miteinander stießen einen grundlosen Klagelaut aus, worauf eine Tür in der Küche antwortete, weit aufschwang, nichts hereinließ und ins Schloß fiel.
[Hier blies Mr. Carmichael, der im Vergil las, seine Kerze aus. Es war Mitternacht vorüber.]

3

Was aber ist schließlich eine einzige Nacht? Eine kurze Zeit nur, besonders wenn es so früh schon zu dämmern beginnt, so früh schon ein Vogel singt und eine Krähe krächzt, wenn so früh schon ein fahles Grün, wie ein flatterndes Blatt, im Hohlrund einer Welle aufglänzt. Immerhin, Nacht folgt auf Nacht. Der Winter hat einen Packen davon auf Lager und verteilt sie gleichmäßig und genau bemessen mit unermüdlichen Fingern. Sie werden länger; sie werden dunkler. Einige davon lassen hoch oben helle Planeten strahlen, schimmernde Silberplatten. Die herbstlichen Bäume, zerzaust vom Wind, glänzen nun wie zerfetzte Fahnen, die im Dämmerlicht kühler Gewölbe unter den Kathedralen schimmern, wo Goldbuchstaben auf Marmortafeln vom Schlachtentod erzählen und von Gebeinen, die fern im indischen Sand bleichen und dörren. Die herbstlichen Bäume leuchten im gelben Mondlicht, im Licht herbstlicher Monde, das die harte Mühsal mildert, die starrenden Stoppelfelder lindernd überglänzt und die Woge in leuchtendem Blau zum Gestade trägt.
Da schien es nun, als hätte, gerührt durch die Buße der Menschen und all ihre Beschwerden, die göttliche Güte den Vorhang geteilt und dahinter, einzeln und deutlich, enthüllt, was, wenn wir dessen wert wären, uns zu jeder Zeit gehören würde: den männchenmachenden Hasen; die niederfallende Woge; das schaukelnde Boot. Aber ach, die göttliche Güte zieht an der Schnur und schließt den Vorhang wieder; es beliebt ihr nicht; sie deckt ihre Schätze mit einem Hagelschauer zu, zerbricht sie und wirft sie so durcheinander, daß es unmöglich scheint, sie könnten je wieder Ruhe finden oder wie aus den Scherben je wieder ein Ganzes fügen und von den wüst verstreuten Bruchstük-

ken die klaren Worte der Wahrheit ablesen. Denn unsere Reue verdient nur einen flüchtigen Schimmer, unsere Mühsal nur einen Aufschub.

In den Nächten herrschen nun Sturm und Zerstörung; die Bäume schwanken und beugen sich, und ihre Blätter wirbeln kopfüber, kopfunter nieder, bis der Rasen mit ihnen bedeckt ist und sie zuhauf in den Rinnsteinen liegen, die Dachtraufen verstopfen und die regennassen Wege überstreuen. Auch das Meer bäumt sich auf und brandet; und wenn etwa ein Schläfer meint, daß er am Strand eine Antwort auf seine Zweifel, einen Gefährten für seine Einsamkeit findet, wenn er die Bettdecke von sich wirft und hinuntergeht, um einsam über den Sand zu wandern, so wird nicht etwa dienstfertig und mit göttlicher Pünktlichkeit ein Wunschbild zur Stelle sein, das Ordnung in das nächtliche Chaos bringt und die Welt dem Kompaß der Seele dienstbar macht. Die Hand zergeht in seiner Hand; die Stimme gellt ihm ins Ohr. Fast möchte es nutzlos scheinen, inmitten solcher Wirrnis an die Nacht jene Fragen nach dem Was und Warum und Wozu zu richten, die den Schläfer aus seinem Bett lockt, um die Antwort zu suchen. [Mr. Ramsay streckte an einem dunklen Morgen, durch einen Gang stolpernd, die Arme aus; da Mrs. Ramsay in der vergangenen Nacht aber ganz plötzlich gestorben war, so streckte er die Arme vergeblich aus. Sie blieben leer.]

4

Da das Haus nun leer war, die Türen verschlossen und die Matratzen zusammengerollt, so fegten die schweifenden Lüfte, Vorhuten großer Windheere, herein; sie strichen über kahle Dielen, sie nagten und fächelten, stießen in Schlaf- und Wohnzimmer auf nichts, was ihnen kräftig widerstand, sondern nur auf flatternde Tapeten, ächzendes Holz, nackte Tischbeine, auf Tiegel und Porzellan, abgenutzt, fleckig, gesprungen. Was die Bewohner fallen und zurückgelassen hatten – ein Paar Schuhe, eine Jagdmütze, verblichene Röcke und Jacken in Schränken –, nur das bewahrte noch die menschliche Gestalt und erinnerte in dieser Leere daran, daß es einmal mit Leben gefüllt und bewegt worden war; wie sich einst Hände mit Haken und Knöpfen geplagt hatten; wie einst der Spiegel ein Gesicht aufgefangen hatte, in einem runden Bild eine Welt umschlossen hielt, in der eine Gestalt sich hin und her drehte, eine Hand plötzlich sichtbar wurde, eine Tür sich auftat und Kinder hereinsprangen und purzelten und wieder hinausrannten. Jetzt warf Tag um Tag das Licht, wie eine im Wasser gespiegelte Blume, seinen klaren Widerschein auf die Wand gegenüber. Nur die Schatten der Bäume, die im Wind schwankten, machten auf der Wand ihre Verneigungen, dann verdunkelte sich einen Augenblick das Rund, in dem das Licht sich selbst spiegelte; oder fliegende Vögel ließen eine zarte Spur langsam über den Fußboden des Schlafzimmers flattern.

So herrschten Schönheit und Stille, und sie fügten sich, vereint, zu einem Bild der Schönheit selbst, einer Form, aus der das Leben gewichen war; einsam wie ein ferner Weiher, den man abends aus dem Fenster des fahrenden Zuges erblickt und der so rasch entschwindet, daß er, der abendblasse Weiher, kaum seiner Einsamkeit beraubt ist, wenn auch das Auge ihn sah. Schönheit und Stille reichten sich die Hände im Schlafzimmer, und inmitten der verhüllten Krüge und der zugedeckten Stühle störten nicht einmal der neugierige Wind und die weiche Spürnase der feuchten Seelüfte, die umherstrichen, schnüffelten und stets und ständig ihre Fragen wiederholten: „Werdet ihr bleichen? Werdet ihr vergehen?", den Frieden, den Gleichmut, die Atmosphäre reiner Lauterkeit, als bedürften die Fragen, die gestellt wurden, kaum der Antworten: Wir dauern.

Nichts, so schien es, konnte dieses Bild zerstören, die Unschuld entweihen oder den wehenden Mantel der Stille zerreißen, der Woche um Woche in dem leeren Raum die niederfallenden Rufe der Vögel, das Tuten der Dampfer, das Brummen und Summen der Felder, ein Hundegebell, den Ruf einer Männerstimme in sich hineinwebte und seine Falten stumm um das Haus legte. Einmal freilich barst auf dem Treppenabsatz ein Dielenbrett; einmal löste sich mitten in der Nacht mit lautem Lärm, mit einem Krachen, mit einem Bersten, wie wenn nach Jahrhunderten der Ruhe ein Felsblock sich vom Berg löst und knirschend zu Tal stürzt, vom Schal ein Streifen und schwang hin und her. Dann senkte sich wieder Frieden herab; der Schatten schwankte; das Licht neigte sich in Anbetung vor seinem eigenen Abbild an der Schlafzimmerwand; bis Mrs. McNab den Schleier des Schweigens mit Händen zerriß, die sich im Waschzuber bewährt hatten, und mit Schuhen zertrat, die die flachen Steine am Strand zermalmt hatten, Mrs. McNab, die auftragsgemäß erschien, um alle Fenster zu öffnen und die Schlafzimmer auszufegen.

5

Sie schwankte (denn sie schlingerte wie ein Schiff auf See) und schielte (denn sie sah nichts direkt an, sondern mit einem Seitenblick, der den Hohn und Zorn der Welt ausdrücklich mißbilligte – sie war einfältig und wußte es); sie packte das Treppengeländer und zog sich hinauf, schlingerte von Zimmer zu Zimmer und sang dabei. Als sie die Scheibe des langen Spiegels putzte und seitwärts auf ihre schwankende Gestalt schielte, kam ein Ton von ihren Lippen – ein Lied, das vielleicht vor zwanzig Jahren einmal auf der Bühne lustig gewesen war, das man gesummt, nach dem man getanzt hatte; nun aber, da es aus dem zahnlosen Munde der haubentragenden Aufwartefrau kam, hatte es seinen Sinn verloren und war gleichsam die Stimme von Unverstand, Laune und Eigensinn, niedergetreten, aber immer wieder aufspringend, so daß sie, als sie schlingernd Staub wischte und saubermachte, auszudrücken schien, das Leben sei nur Kummer und Sorge, Aufstehen und Zubettgehen, Auspacken und wieder Wegräumen. Sie war nicht einfach und gemütlich, diese Welt, die sie seit fast siebzig Jahren kannte. Sie war gebeugt von Müdigkeit. Wie lange, so fragte sie und kroch mühsam und stöhnend auf Knien unter das Bett, um dort zu wischen – wie lange soll das so weitergehen? Dann aber kam sie wackelig wieder auf die Füße, zog sich hoch, stand und schielte wieder mit dem Seitenblick, der entschlüpfte und sich sogar von ihrem eigenen Gesicht und ihren eigenen Kümmernissen abwandte, in den Spiegel, glotzte und lächelte sinnlos, humpelte und wackelte weiter, nahm Matten hoch, stellte Porzellan hin, schielte in den Spiegel, als hätte sie schließlich auch ihren

Trost, als rankte sich wahrhaftig um ihr Klagelied eine unbelehrbare Hoffnung. Freudvolle Träume mußte es auch am Waschfaß gegeben haben, etwa über ihre Kinder (wenn auch zwei davon unehelich waren und eins sie verlassen hatte), in der Schenke beim Trinken, beim Kramen in ihrer Kommode. Einen Spalt im Dunkel mußte es gegeben haben, einen Schacht in den Tiefen der Finsternis, der so viel Licht gab, daß sie das Gesicht verzog, in den Spiegel grinste und, als sie sich wieder an die Arbeit machte, das alte Tingeltangellied mummelte. Unterdessen wandelte der Mystiker, der Träumer am Strande hin, rührte eine Lache auf, betrachtete einen Stein und fragte sich: „Was bin ich?“ – „Was ist dies da?“, und plötzlich wurde ihnen eine Antwort zuteil (wie sie lautete, konnten sie allerdings nicht sagen): so daß ihnen Wärme geschenkt war im Frost und Trost in der Öde. Mrs. McNab indessen fuhr fort zu trinken und zu brabbeln wie zuvor.

6

Ohne ein Blatt zum Spielen, lagerte sich der Lenz, nackt und hell wie eine Jungfrau in stolzer Keuschheit und hochmütiger Reinheit, großäugig und wachsam auf die Felder und kümmerte sich nicht im mindesten darum, was die Zuschauer taten oder dachten.

[Im Mai jenes Jahres wurde Prue Ramsay, auf ihres Vaters Arm gestützt, verheiratet. Was hätte, so hieß es, passender sein können? Und, fügten sie hinzu – wie schön sah sie aus!]

Als der Sommer nahte und die Abende länger wurden, da kamen den Schlafgemiedenen, den Hoffnungsvollen, die am Strand wanderten und den Tümpel aufstörten, Phantasien der wunderlichsten Art – daß Fleisch zu Atomen zerstäubt und vom Winde verweht werde, daß Sterne in ihren Herzen funkelten, daß Klippe, See, Wolke und Himmel mit Bedacht versammelt worden seien, um in der sichtbaren Welt die zerstreuten Teile der inneren Schau zum Ganzen zu fügen. In diesen Spiegeln, den menschlichen Seelen, in diesen Lachen unruhigen Wassers, in denen ewig Wolken ziehen und Schatten sich bilden, hausten Träume, und niemand konnte sich der seltsamen Botschaft entziehen, die jede Möwe, jede Blume, jeder Baum, Mann und Frau, ja die graue Erde selbst zu verkünden schien (auf eine Frage aber folgte sogleich der Widerruf): daß das Gute triumphiere, das Glück den Sieg davontrage, die Ordnung herrsche; niemand auch konnte dem übermächtigen Drang widerstehen, umherzustreifen, auf der Suche nach etwas vollkommen Gutem, einer kristallklaren Kraft; etwas, was nichts zu schaffen hatte mit den bekannten Freuden und vertrauten Tugenden, auch nichts mit den Vorgängen häuslichen Lebens: einsam, hart und hell sollte es funkeln wie ein Diamant im Sande und seinem Besitzer Sicherheit verleihen. Der Frühling aber, mit Bienensummen und Mückentanz, wurde stiller und ruhiger, schlug seinen Mantel um sich, verschleierte seine Augen und wandte den Kopf ab; Schatten zogen, leichte Regenschauer flogen, und man konnte meinen, es habe ihn ein Wissen um die Kümmernisse der Menschheit angerührt.

[Prue Ramsay starb in jenem Sommer an irgendeiner Krankheit, die mit ihrer Niederkunft zusammenhing – was, so sagten die Leute, wahrhaft tragisch war. Niemand, sagten sie, hätte es mehr verdient, glücklich zu sein.]

Und nun, in der Sommerhitze, schickte der Wind seine Späher abermals gegen das Haus vor. Fliegen woben ein Gespinst in den sonnigen Räumen; Unkraut, das über Nacht bis zu den Fenstern emporgewachsen war, schlug unablässig an die Scheiben. Wenn das Dunkel herabsank, drang der Leuchtturmstrahl, der sich in der Dunkelheit mit solcher Machtvollkommenheit auf den Teppich gelegt hatte und über sein Muster gewandert war, nun im sanfteren Licht des Frühlings, vermischt mit Mondhelle, sacht gleitend herein, als wollte er zärtlich liebkosen, als verweilte er verstohlen und spähte und kehrte voll Liebe zurück. Mitten in der zärtlichen Stille dieser Liebkosung aber, als der lange Strahl sich über das Bett legte, barst der Felsen entzwei; wieder löste sich ein Streifen vom Schal; da hing er und schwang hin und her. Durch die kurzen Sommernächte und die langen Sommertage, wenn in den leeren Räumen das Echo vom Feld und dem Gebrumm der Fliegen zu summen schien, winkte freundlich der lange Strahl und wanderte ziellos; und das Sonnenlicht erfüllte die Räume mit den Streifen und Gittern seiner Strahlen und mit goldenem Nebel, so daß Mrs. McNab, wenn sie hier einbrach und staubwischend und fegend umherschlingerte, wie ein Tropenfisch aussah, der im sonnendurchschossenen Wasser dahingleitet.

Doch mochten auch Schlaf und Schlummer herrschen, so erklangen im Spätsommer unheilverkündende Laute, als fielen gemessene Hammerschläge dumpf auf Filz; die wiederholten Erschütterungen lockerten den Schal noch mehr, und die Teetassen bekamen Sprünge. Zuweilen klirrte ein Glas im Schrank, als hätte ein Riese in Todesangst so laut geschrien, daß selbst die Gläser im Schrank zitterten. Dann sank wieder Stille nieder; dann wiederum, Nacht für Nacht, zuweilen aber auch am hellen Mittag, wenn die Rosen erglänzten und das Licht seine Form klar auf die Wand warf, war, so schien es, in dieser Stille, diesem Gleichmut, dieser Unberührtheit ein dumpfer Aufschlag zu hören, als falle etwas.

[Eine Granate explodierte. In Frankreich wurden zwanzig oder dreißig junge Männer zerrissen, unter ihnen Andrew Ramsay; ein gnädiges Schicksal wollte es, daß er sofort tot war.]

In diesem Sommer hatten jene, die am Strand wandelten und See und Himmel befragten, welche Botschaft sie verkündeten oder welch innere Schau sie bestätigten, nicht nur auf die üblichen Zeichen himmlischer Gebefreudigkeit zu achten – den Sonnenuntergang auf dem Meer, die blasse Dämmerung, den aufgehenden Mond, Fischerboote vor dem Mond, Kinder, die einander mit ausgerauftem Gras bewarfen –, da war noch anderes, was nicht zu dieser Fröhlichkeit und Heiterkeit passen wollte. Da tauchte zum Beispiel stumm ein aschfarbenes Schiff auf, kam und verschwand; da war ein purpurner Fleck auf der sanften Meeresfläche, als hätte drunten, unsichtbar, etwas gekocht und geblutet. Dieses Eindrängen an einem Ort, der dazu bestimmt schien, die erhabensten Betrachtungen anzuregen und zu den angenehmsten Schlüssen zu führen, hemmte ihren Schritt. Es war schwer, es milden Gemütes zu übersehen und seine Bedeutung aus der Landschaft zu tilgen und sich weiterhin, wenn man am Meer entlangwanderte, zu wundern, wie doch die Schönheit draußen die Schönheit drinnen spiegelte.

Ergänzte die Natur nun den Fortschritt des Menschen? Vollendete sie, was er begann? Sie sah sein Elend, verzieh

ihm seine Niedertracht, willigte ein in seine Qualen – und alles mit der gleichen Selbstgefälligkeit. Der Traum also, teilzuhaben, zu ergänzen, in der Einsamkeit am Strand eine Antwort zu finden, war nur ein Widerschein im Spiegel, und dieser Spiegel wiederum war nur die gläserne Oberfläche, die sich in der Ruhe bildet, indessen die edleren Kräfte darunter schlummern? Ungeduldig, verzweifelt und doch unwillig, fortzugehen (denn die Schönheit hat ihre Lockungen, ihre Tröstungen) – man konnte nicht mehr am Strand wandeln; Betrachtungen anzustellen war unerträglich; der Spiegel war zerbrochen.
[Mr. Carmichael veröffentlichte im Frühling jenes Jahres einen Band Gedichte, der ein unerwarteter Erfolg wurde. Der Krieg hatte, sagten die Leute, ihr Interesse für Poesie neu belebt.]

7

Nacht für Nacht, Sommer und Winter herrschten die Wirbel der Stürme und die pfeilgerade Stille sonnigen Wetters über die Landschaft. Ein Lauscher (sofern ein Lauscher dagewesen wäre) in den oberen Räumen des leeren Hauses hätte nur ein gigantisches Chaos gehört, das, von Blitzen grell gestreift, taumelte und tobte; denn Winde und Wellen vergnügten sich miteinander, wie formlose Massen riesiger Ungeheuer, deren Stirn kein Strahl der Vernunft durchdringt, sie kletterten übereinander, sie sprangen und stürzten im Finstern wie im Licht des Tages (denn Nacht und Tag, Monat und Jahr flossen gestaltlos ineinander) bei ihren kindischen Spielen, bis das Universum in wüstem Durcheinander und zügelloser Begierde mit sich selbst zu kämpfen und zu ringen schien.
Im Frühling leuchteten die Steinvasen im Garten, gefüllt mit Pflanzen, deren Samen ein Zufallswind herbeitrug, so fröhlich wie immer. Veilchen kamen und Narzissen. Aber die Stille und Helle des Tages waren nicht minder seltsam als das Chaos und der Aufruhr der Nacht, wenn die Bäume da standen, die Blumen da standen, vor sich hin blickten, aufblickten und doch nichts sahen, augenlos und so fürchterlich.

8

Ohne Böses im Sinn zu haben, denn die Familie würde nicht kommen, nie wieder, sagten manche, und das Haus würde verkauft werden, im Herbst vielleicht, bückte sich Mrs. McNab und pflückte sich einen Blumenstrauß, um ihn mit nach Hause zu nehmen. Sie legte ihn auf den Tisch, während sie Staub wischte. Sie hatte Blumen gern. Es war ein Jammer, sie verkommen zu lassen. Angenommen, das Haus würde verkauft (sie stand, die Arme in die Hüften gestemmt, vor dem Spiegel), so müßte allerhand getan werden, wirklich. All die Jahre hatte es leer gestanden, ohne eine Menschenseele. Die Bücher und anderes war moderig, denn das Haus hatte nicht so saubergehalten werden können, wie sie gewünscht hätte, teils weil Krieg und teils weil Hilfe schwer zu bekommen war. Jetzt ging es über die Kraft eines einzelnen, alles wieder in Ordnung zu bringen. Sie war zu alt. Die Beine taten ihr weh. Die Bücher hätten allesamt draußen auf dem Rasen in die Sonne gelegt werden müssen; in der Halle war Putz von der Decke gefallen; über dem Fenster des Arbeitszimmers war die Dachrinne verstopft und Wasser eingedrungen; der Teppich war vollständig verdorben. Aber die Leute hätten selber kommen müssen; sie hätten jemanden schicken müssen, der nach dem Rechten sah. Denn in den Schränken hingen Kleidungsstücke; in allen Schlafzimmern hatten sie Kleider zurückgelassen. Was sollte sie damit machen? Die Motten waren drin – in Mrs. Ramsays Sachen. Die arme Mrs. Ramsay! Die wurde sie nie wieder brauchen. Sie war gestorben, hieß es; vor Jahren schon, in London. Da war der alte graue Mantel, den sie bei der Gartenarbeit trug (Mrs. McNab strich darüber hin). Sie sah sie vor sich, als sie mit der Wäsche den Fahrweg heraufkam, wie sie sich über ihre Blumen beugte (der Garten war jetzt ein kläglicher Anblick; alles war verwuchert, aus den Beeten hoppelten einem die Kaninchen entgegen) – sie sah sie vor sich in dem grauen Mantel, eins der Kinder zur Seite. Da waren Stiefel und Schuhe; auf dem Toilettentisch waren eine Bürste und ein Kamm liegengeblieben, und das sah wahrhaftig so aus, als dächte sie morgen wiederzukommen. (Sie wäre ganz plötzlich gestorben, hieß es.) Und einmal hatten sie auch kommen wollen und waren dann doch nicht gefahren, weil Krieg war und das Reisen damals so unbequem; in all den Jahren waren sie nicht gekommen; bloß ihr Geld geschickt; nie geschrieben, nie gekommen – und nun dachten sie, alles würde so sein, wie sie es verlassen hatten. Ach du lieber Gott! Wahrhaftig: die Schubladen im Toilettentisch waren gestopft voll (sie zog sie auf): Taschentücher, Bandreste. Ja, ja, sie sah Mrs. Ramsay vor sich, als sie mit der Wäsche den Fahrweg heraufkam.

„Guten Abend, Mrs. McNab", hatte sie gesagt.

Sie war immer so nett zu ihr. Und die Mädchen hatten sie alle gern. Aber du lieber Himmel, was hatte sich inzwischen alles geändert (sie schloß die Schubladen); viele Familien hatten ihr Liebstes verloren. Sie war tot; und Mr. Andrew war gefallen; und Miss Prue war auch gestorben, sagten die Leute, an ihrem ersten Kind; aber jeder hatte in diesen Jahren jemanden verloren. Die Preise waren gestiegen, daß es eine Schande war, und wollten nun nicht wieder fallen. Sie erinnerte sich deutlich an sie in ihrem grauen Mantel.

„Guten Abend, Mrs. McNab", sagte sie und trug der Köchin auf, ihr einen Teller Milchsuppe aufzuheben – jawohl, sie dachte, sie brauchte ihn, wo sie den schweren Korb den ganzen Weg von der Stadt heraufgeschleppt hatte. Sie sah sie vor sich jetzt, wie sie sich über ihre Blumen beugte (und undeutlich und unstet, wie ein gelber Strahl oder der Lichtkreis am Ende eines Fernrohrs, wanderte eine Dame im grauen Mantel, sich über ihre Blumen neigend, über die Schlafzimmerwand, über den Toilettentisch und den Waschtisch, während Mrs. McNab humpelte und schlurfte, Staub wischte und aufräumte).

Wie hieß die Köchin doch? Mildred? Marian? – irgend so was war's. Ach, sie hatte es vergessen – sie vergaß manches. Feurig, wie alle Rothaarigen. Wie hatten sie manchmal zusammen gelacht! Sie war immer willkommen in der Küche. Sie brachte sie zum Lachen, wirklich. Ja, alles war damals besser als heute.

Sie seufzte; es war zuviel Arbeit für eine Frau allein. Sie schüttelte den Kopf. Das war das Kinderzimmer gewesen. Schrecklich, wie feucht es hier drinnen war; der Putz fiel von der Decke. Warum aber hatten sie den Schädel von dem Vieh hierher gehängt? – war auch moderig geworden.

Und Ratten in allen Bodenkammern. Der Regen drang herein. Aber sie schickten niemanden; kamen nie. Einige Schlösser waren kaputt, so daß die Türen schlugen. Wenn es dunkel wurde, war sie durchaus nicht gern allein hier oben. Es war zuviel für eine Frau allein, zuviel, zuviel. Sie ächzte, sie stöhnte. Sie schlug die Tür zu. Sie drehte den Schlüssel im Schloß herum und ließ das Haus hinter sich, versperrt, verschlossen, allein.

9

Das Haus war verlassen; das Haus war leer. Es glich einer Muschelschale auf einer Düne, die sich mit trockenen Salzkörnchen füllt, weil das Leben sie verlassen hat. Die lange Nacht schien sich eingenistet zu haben; die spielerischen knabbernden Lüftchen, die feuchten tappenden Winde schienen gesiegt zu haben. Die Pfanne war verrostet, die Matte zerfallen. Kröten hatten ihren Weg ins Haus gefunden. Nutz- und zwecklos schwang der herabhängende Schal hin und her. Eine Distel drängte sich zwischen den Fliesen in der Speisekammer hervor. Die Schwalben nisteten im Wohnzimmer; auf dem Fußboden lag Stroh verstreut; der Putz fiel schaufelweise herunter; Dachsparren waren bloßgelegt; die Ratten schleppten bald dies, bald das weg, um es hinter der Täfelung zu benagen. Nesselfalter krochen aus den Puppen hervor und flatterten sich an der Fensterscheibe zu Tode. Mohnblumen säten sich zwischen den Dahlien aus; das Gras wogte hoch auf dem Rasen; Riesenartischocken ragten zwischen Rosen; eine Federnelke blühte zwischen Kohlköpfen; und aus dem sachten Pochen, mit dem ein Unkraut ans Fenster geklopft hatte, war nun in Winternächten ein Getrommel stämmiger Bäume und dorniger Sträucher geworden, die im Sommer das ganze Zimmer in Grün tauchten.

Welche Kraft konnte der Fruchtbarkeit, der Gleichgültigkeit der Natur eine Schranke setzen? Etwa Mrs. McNabs Traum von einer Dame, einem Kind, einem Teller Milchsuppe? Er war über die Wände gezittert wie ein Sonnenstrählchen – und verschwunden. Sie hatte die Tür verschlossen; sie war gegangen. Eine Frau allein konnte es nicht schaffen, sagte sie. Sie schickten niemanden. Sie kamen nicht. Die Sachen oben in den Schubladen verkamen – es war eine Schande, es so zu lassen, sagte sie. Das ganze Haus verfiel einfach. Nur der Strahl vom Leuchtturm kam für einen Augenblick in die Zimmer, ließ plötzlich in dunklen Winternächten seinen Glanz über Bett und Wand gleiten, betrachtete gleichmütig die Distel und die Schwalbe, die Ratte und das Stroh. Nichts widersetzte sich ihnen jetzt; nichts wehrte ihrem Treiben. Mochte doch der Wind blasen; mochte der Mohn seinen Samen verstreuen und die Nelke sich zum Kohl gesellen. Mochte die Schwalbe im Wohnzimmer nisten und die Distel die Fliesen sprengen, mochte der Schmetterling sich auf dem verblichenen Chintz der Armsessel sonnen. Mochten die Scherben von Glas und Porzellan draußen auf dem Rasen liegen und von Gras und wilden Beeren überwuchert werden.

Denn jetzt war jener Augenblick, jenes Zögern gekommen, wo die Dämmerung erzittert und die Nacht noch verweilt; wo das Gewicht einer Feder die Waagschale zum Sinken bringen kann. Eine Feder noch, und das Haus, sinkend, fallend, wäre hinabgestürzt in die Tiefen der Finsternis. In der Ruine hätten Ausflügler die Feuer für ihre Kessel angezündet; Liebende hätten darin Zuflucht gesucht und auf den nackten Dielen gelegen; der Schäfer hätte sein Essen auf die Ziegel gestellt, und der Landstreicher hätte hier geschlafen, in seinen Mantel gewickelt, um sich gegen die Kälte zu schützen. Dann wäre das Dach eingestürzt; Dornensträucher und Schierling hätten Weg, Stufe und Fenster verschwinden lassen, wären wild durcheinander und saftstrotzend über den Hügel gewachsen, bis ein Eindringling, der sich verlaufen hatte, nur durch einen feuerroten Eisenpfahl inmitten der Nesseln oder durch eine Porzellanscherbe zwischen dem Schierling hätte wissen können, daß hier einmal jemand gewohnt hatte; daß da ein Haus gestanden hatte.

Wäre die Feder gefallen, hätte sie die Schale zum Sinken gebracht, so wäre das ganze Haus in die Tiefe gestürzt, um drunten auf dem Sande der Vergessenheit zu ruhen. Aber da waltete eine Kraft; nicht gerade übermäßig mit Bewußtsein gesegnet; sie schielte und schlingerte; und es war ihr nicht verliehen, ihr Walten mit würdigen Gebräuchen oder feierlichem Gesang zu vollziehen. Mrs. McNab stöhnte; Mrs. Bast jammerte. Sie waren alt; sie waren steif; die Beine taten ihnen weh. Sie kamen endlich mit ihren Besen und Eimern; sie machten sich an die Arbeit. Ganz plötzlich hatte eine der jungen Damen geschrieben, Mrs. McNab möge doch dafür sorgen, daß das Haus bereit wäre: Dies sollte sie besorgen; und jenes sollte sie besorgen; und alles recht schnell. Sie kämen vielleicht den Sommer über her; hätten alles bis jetzt aufgeschoben; erwarteten das Ganze so wiederzufinden, wie sie es verlassen hätten. Langsam und beschwerlich, mit Besen und Eimer, wischend und scheuernd, taten Mrs. McNab und Mrs. Bast dem Verfall und dem Verderb Einhalt; fischten aus den Wassern der Zeit, die sich rasch darüber schlossen, hier ein Becken, dort einen Schrank; förderten eines Morgens aus der Vergessenheit sämtliche Waverley-Romane und ein Teeservice zutage; retteten am Nachmittag ein Kamingitter aus Messing und einen Satz eiserner Feuergeräte in Sonne und Licht. George, Mrs. Basts Sohn, fing die Ratten und mähte das Gras. Bauhandwerker kamen. Man konnte meinen, daß sich da, begleitet vom Quietschen der Türangeln und vom Kreischen der Riegel und vom Knallen und Krachen des von Feuchtigkeit geschwollenen Holzwerkes, widerwillig und mühselig eine Neugeburt des Hauses vollzog, wenn die Frauen mit Bücken, Strecken, Ächzen und Gesang schwappten und platschten, bald oben, bald unten in den Kellern. O Gott, sagten sie, was für eine Arbeit!

Manchmal tranken sie ihren Tee im Schlafzimmer, manchmal im Arbeitszimmer; mittags unterbrachen sie ihre Arbeit, mit schmutzigen Gesichtern, in den alten Händen den Krampf von der Umklammerung der Besenstiele. Schwer auf Stühle hingefallen, betrachteten sie dann ihren herrlichen Sieg über Wasserhähne und Badewanne; oder den schwerer errungenen und eher unvollständigen Triumph über lange Reihen von Büchern, einst rabenschwarz, jetzt weißfleckig, Brutstätte blasser Pilze und Versteck hinterlistiger Spinnen. Noch einmal, als sie den warmen Tee im Magen hatte, hob sich das Fernrohr an Mrs. McNabs Auge, und sie sah in einem Lichtkreis den alten Herrn, hager wie einen Rechen, den Kopf schüttelnd, als sie mit der Wäsche heraufkam; wahrscheinlich redete er mit sich selbst auf dem

Rasen. Er sah sie überhaupt nicht. Manche sagten, er wäre gestorben; andere sagten, sie wäre gestorben. Wer nun? Mrs. Bast wußte es auch nicht genau. Der junge Herr war tot. Das wußte sie bestimmt. Sie hatte seinen Namen in der Zeitung gelesen.
Dann war da auch die Köchin gewesen – Mildred, Marian, irgend so ein Name –, eine Rothaarige, hitzig wie alle Rotköpfe, aber auch gut, wenn man mit ihr umzugehen wußte. Wie hatten sie manchmal miteinander gelacht! Sie hob einen Teller Suppe für Maggie auf; manchmal ein bißchen Schinken; was so übrigblieb. Sie lebten gut damals. Sie hatten alles, was sie wollten (geläufig, aufgeräumt, innerlich angewärmt vom Tee, wickelte sie, im Korblehnstuhl am Kamingitter im Kinderzimmer sitzend, das Knäuel ihrer Erinnerungen ab). Immer gab es eine Menge zu tun, immer waren Leute im Haus, manchmal zwanzig Gäste auf einmal, und Aufwasch bis lange nach Mitternacht.
Hier stellte Mrs. Bast (sie hatte die Familie nie gesehen, hatte damals in Glasgow gewohnt) ihre Tasse hin und meinte, warum sie bloß den Schädel von dem Vieh da aufgehängt hätten? Sicherlich im Ausland geschossen.
Könnte sein, sagte Mrs. McNab und schwelgte weiter in ihren Erinnerungen; sie hätten Freunde im Orient gehabt; Herren wären hier gewesen, Damen in Abendkleidern; sie hätte sie mal durchs Eßzimmerfenster gesehen, wie sie alle beim Dinner saßen. Wohl zwanzig wären es gewesen, alle mit ihrem Schmuck, und sie hätte man gebeten, dazubleiben und beim Aufwaschen zu helfen, wohl bis nach Mitternacht.
Jaja, meinte Mrs. Bast, sie würden es sehr verändert finden. Sie lehnte sich aus dem Fenster. Sie sah ihrem Sohn George zu, der das Gras mähte. Sie würden wohl fragen, wer sich um den Garten gekümmert hätte, weil doch eigentlich der alte Kennedy den Auftrag hatte, und dann wurde es mit seinem Bein so schlimm, nachdem er vom Karren gefallen war; und vielleicht ein Jahr lang oder doch fast so lange hatten sie niemanden; na, und dann Davie Macdonald, Samen wurde wohl geschickt, wer aber wollte wissen, ob er je in den Boden kam? Sie würden es verändert finden.
Sie sah ihrem Sohn beim Mähen zu. Er konnte arbeiten, wenn's drauf ankam – er war einer von den Stillen. Ja, und

nun mußten sie wohl sehen, daß sie mit den Schränken weiterkamen. Schwerfällig standen sie auf.
Schließlich aber, nach Tagen der Arbeit drinnen, des Mähens und Grabens draußen, wurden Staublappen an den Fenstern ausgeschüttelt, die Fenster geschlossen, überall im Hause Schlüssel umgedreht; die Haustür fiel dröhnend ins Schloß; alles war fertig.
Und nun erhob sich, als hätte das Wischen und Schrubben und Mähen und Schneiden sie übertönt, jene leise Melodie, jene zuweilen unterbrochene Musik, die das Ohr halb auffängt, aber fallenläßt; ein Bellen, ein Blöken; unregelmäßig, zuweilen aussetzend, aber irgendwie miteinander verbunden; das Summen eines Insekts, das Knistern gemähten Grases, voneinander getrennt und doch zueinander gehörig; das Brummen eines Mistkäfers, das Quietschen eines Rades, laut, leise, aber auf geheimnisvolle Art verwandt; das Ohr müht sich, die Töne zusammenzubringen, und ist oft dicht daran, sie in Einklang zu bringen: aber sie werden nie ganz vernommen, gelangen nie zum vollen Einklang; und abends schließlich erstirbt ein Laut nach dem andern, der Einklang versagt, und Schweigen sinkt herab. Mit dem Untergang der Sonne schwand alle Schärfe, und Ruhe erhob sich wie aufsteigender Nebel, Ruhe breitete sich aus, der Wind erstarb; erlöst überließ sich die Welt dem Schlaf, kein Licht erhellte das Dunkel, nur durch die Blätter drang ein mattgrüner Schein, nur auf den weißen Blumen unterm Fenster lag ein blasser Schimmer.
[Lily Briscoe ließ an einem Spätabend im September ihr Gepäck zum Hause hinaufschaffen. Mr. Carmichael traf mit demselben Zuge ein.]

10

Nun war wirklich der Friede gekommen. Botschaften des Friedens trug der Meereshauch ans Ufer. Seinen Schlummer nie mehr zu stören, es eher tiefer zur Ruhe zu wiegen, und allen Träumen, heiligen Träumen, weisen Träumen der Schläfer sollte Erfüllung beschieden sein – ja, was murmelte es sonst noch, als Lily Briscoe in dem sauberen, stillen Zimmer den Kopf aufs Kissen legte und der See lauschte. Durch das offene Fenster sandte die Schönheit der Welt ihre murmelnde Stimme, zu leise, um genau verstanden zu werden – aber was tat's, wenn man den Sinn erfaßte? Sie bat die Schläfer (das Haus war wieder voll; Mrs. Beckwith war da, auch Mr. Carmichael), wenn sie schon nicht zum Strand herunterkommen wollten, so sollten sie doch wenigstens den Vorhang heben und hinaussehen. Sie sähen dann die Nacht im fließenden Purpur, das Haupt gekrönt, das Zepter juwelengeschmückt; sogar ein Kind könnte ihren Blick ertragen. Und wenn sie noch zögerten (Lily war müde von der Reise und schlief fast sofort ein; aber Mr. Carmichael las noch bei Kerzenlicht ein Buch), wenn sie noch immer sagten: nein, all der Glanz wäre bloß eitel Dunst, und der Tau wäre mächtiger, und sie wollten lieber schlafen, dann sang die Stimme leise, ohne Klage, ohne Vorwurf ihr Lied. Sacht rollten die Wellen zum Strand (Lily hörte sie im Schlaf); zärtlich sank das Licht hernieder (es schien hinter ihre Lider zu dringen). Und alles, dachte Mr. Carmichael, als er sein Buch zuklappte und einschlief, sah fast genauso aus, wie es damals vor Jahren ausgesehen hatte.

Warum, so mochte die Stimme wohl fortfahren, während die Schleier der Dunkelheit sich über das Haus breiteten, über Mrs. Beckwith, Mr. Carmichael und Lily Briscoe, so daß sie mehrfach gefaltet über ihren Augen lagen, warum dies nicht hinnehmen, zufrieden sein damit, sich fügen und verzichten? Die Seufzer aller Wellen, die gleichmäßig um die Inseln brandeten, sänftigte sie; die Nacht hüllte sie ein; nichts störte ihren Schlaf – bis die Vögel erwachten und das Dämmerlicht ihre zarten Stimmen in sein weißes Gespinst wob; bis ein Wagen knarrte, ein Hund irgendwo bellte, da hob die Sonne die Hüllen, zerriß sie den Schleier auf ihren Augen, und Lily Briscoe, die sich im Schlummer bewegte, umkrampfte die Bettdecke, wie einer beim Sturz sich im Rasen am Rande der Klippe verkrallt. Ihre Augen öffneten sich weit. Nun war sie wieder hier, dachte sie und saß kerzengerade im Bett. Hellwach.

III
Der Leuchtturm

1

Was bedeutet es also, was kann das alles bedeuten? fragte sich Lily Briscoe und überlegte, da sie allein gelassen worden war, ob es sich schickte, daß sie in die Küche ging und sich noch eine Tasse Kaffee holte, oder ob sie hier warten sollte. Was bedeutet es? – ein Schlagwort war das, hängengeblieben aus irgendeinem Buche, es paßte nur schlecht in ihre Gedanken; denn sie konnte an diesem ersten Morgen mit den Ramsays ihre Gefühle nicht zusammennehmen, konnte nur eine Phrase widerhallen lassen, um ihre Ratlosigkeit zu verdecken, bis die leere Einbildung vergangen war. Denn was fühlte sie wirklich, nach all den Jahren wieder hier und Mrs. Ramsay tot? Nichts, nichts – nichts, was sie überhaupt hätte ausdrücken können.

Sie war gestern abend spät gekommen, als alles geheimnisvoll und dunkel war. Nun war sie wach und saß an ihrem alten Platz am Frühstückstisch – aber allein. Es war auch noch sehr früh, noch vor acht. Ja, also der Ausflug – sie wollten zum Leuchtturm, Mr. Ramsay, Cam und James. Eigentlich sollten sie schon weg sein – sie mußten die Flut abpassen oder dergleichen. Und Cam war nicht fertig, und James war nicht fertig, und Nancy hatte vergessen, für die Sandwiches zu sorgen, und Mr. Ramsay war wütend geworden und hatte die Tür hinter sich zugeknallt.

„Was hat's für einen Zweck, jetzt noch zu fahren?" hatte er getobt.

Nancy war verschwunden. Er war draußen, marschierte wütend auf der Terrasse hin und her. Man glaubte im ganzen Hause Türenschlagen und Geschrei zu hören. Jetzt platzte Nancy herein, sah sich mit einem wunderlichen, halb verstörten, halb verzweifelten Blick im Zimmer um und fragte: „Was kann man denn zum Leuchtturm schicken?" – als

zwänge sie sich, etwas zu tun, was sie nie fertigzubringen glaubte.
Ja, wirklich, was kann man zum Leuchtturm schicken? Zu jeder anderen Zeit hätte sie vernünftige Vorschläge gewußt: Tee, Tabak, Zeitungen. Aber an diesem Morgen war alles so ganz anders als sonst, daß eine solche Frage – Was kann man zum Leuchtturm schicken? – Türen im Innern aufriß, die auf- und zuklappten und hin- und herschwangen, so daß man nur mit bestürztem Staunen wiederholen konnte: Was kann man schicken? Was kann man tun? Warum sitzt man eigentlich überhaupt hier?
Sie saß wieder allein (Nancy war hinausgegangen) vor dem langen Tisch mit den sauberen Tassen, sie fühlte sich abgeschnitten von anderen Menschen und nur dazu imstande, zu beobachten, zu fragen, zu grübeln, immer weiter. Das Haus, die Räumlichkeit, der Morgen, alles schien ihr fremd. Sie hatte hier nichts, mit dem sie verknüpft war, dem sie sich verbunden fühlte; alles mögliche konnte geschehen, und was auch laut wurde, ein Schritt draußen oder eine Stimme, die rief („Es ist nicht im Schrank, es ist auf dem Treppenabsatz“, rief jemand), es war eine Frage: als wäre das Kettenglied, das sonst die Dinge miteinander verbindet, gerissen, und sie trieben dahin, auf, ab, weg, irgendwohin. Wie zwecklos das war, wie chaotisch, wie unwirklich, dachte sie und sah in ihre leere Kaffeetasse. Mrs. Ramsay tot; Andrew gefallen; auch Prue tot – sie mochte es noch so oft wiederholen, es weckte keinerlei Gefühl in ihr. Und wir alle kommen zusammen in einem solchen Haus, an einem solchen Morgen, sagte sie und blickte aus dem Fenster – es war ein schöner, stiller Tag.
Plötzlich hob Mr. Ramsay im Vorübergehen den Kopf und sah ihr gerade ins Gesicht, mit seinem wirren, wilden Blick, der doch so durchdringend war, als sähe er einen sekundenlang zum erstenmal, für immer; und sie tat, als tränke sie aus ihrer leeren Kaffeetasse, wie um ihm zu entrinnen – seiner Forderung an sie zu entrinnen, die gebieterische Not noch eine Weile beiseite zu schieben. Er schüttelte bei seinem Blick den Kopf und ging mit langen Schritten weiter. („Allein“, hörte sie ihn sagen, „verloren“, hörte sie ihn sagen); und die Worte wurden, wie alles andere an diesem seltsamen Morgen, zu Sinnbildern, malten sich überall auf

den graugrünen Wänden. Wenn sie sie nur zusammenfügen könnte, dachte sie, sie in einem Satz ausdrücken könnte, dann dränge sie zum wahren Wesen der Dinge vor. Der alte Mr. Carmichael kam leise hereingewatschelt, goß sich Kaffee ein, nahm seine Tasse und watschelte wieder hinaus, um sich in die Sonne zu setzen. Die ungemeine Unwirklichkeit war beklemmend; aber sie war auch erregend. Die Fahrt zum Leuchtturm. Aber was kann man zum Leuchtturm schicken? Verloren. Allein. Der graugrüne Schein auf der Wand gegenüber. Die leeren Plätze. Das waren schon einige Teile; aber wie sie zusammensetzen? fragte sie sich. Und als könnte jede Störung das zerbrechliche Bild zerstören, das sie auf dem Tisch erbaute, setzte sie sich mit dem Rücken zum Fenster, damit Mr. Ramsay sie nicht sähe. Sie mußte irgendwie entkommen, irgendwo allein sein. Plötzlich erinnerte sie sich. Als sie vor zehn Jahren hier gesessen hatte, war da ein Muster im Tischtuch gewesen – kleine Zweige oder Blätter –, auf das sie in einem Augenblick der Erleuchtung geblickt hatte. Es hatte sich um den Vordergrund eines Bildes gehandelt. Rück den Baum in die Mitte, hatte sie sich gesagt. Das Bild war nie vollendet worden. Aber es war ihr in all den Jahren nicht aus dem Kopf gegangen. Sie wollte dieses Bild jetzt malen. Wo waren ihre Malgeräte? fragte sie sich. Ja, ihre Malgeräte. Sie hatte sie gestern abend in der Halle gelassen, sie wollte sofort anfangen. Sie stand rasch auf, bevor Mr. Ramsay zurückkäme.

Sie holte sich einen Stuhl. Sie stellte ihre Staffelei mit ihren pedantischen Altmädchenbewegungen am Rande des Rasens auf, nicht zu nahe bei Mr. Carmichael, aber doch nahe genug, daß er ihr Schutz gab. Ja, genau an dieser Stelle mußte sie vor zehn Jahren gestanden haben. Da war die Mauer; die Hecke; der Baum. Es hatte sich um das Verhältnis jener Dinge gehandelt. Sie hatte all die Jahre daran gedacht. Es schien so, als hätte sich die Lösung gefunden: sie wußte jetzt, was sie tun wollte.

Wenn aber Mr. Ramsay auf sie zusteuerte, konnte sie gar nichts tun. Jedesmal, wenn er nahte – er ging auf der Terrasse auf und ab –, nahte das Verderben, nahte das Chaos. Sie konnte nicht malen. Sie bückte sich; sie drehte sich um; sie nahm einen Lappen auf; sie drückte an einer Tube. Aber alles geschah nur, um ihn einen Augenblick von sich abzuwehren. Er machte es ihr unmöglich, irgend etwas zu tun. Denn wenn sie ihm die kleinste Möglichkeit böte, wenn er sie einen Augenblick unbeschäftigt sähe, wenn sie auch nur in seine Richtung blickte, so würde er sofort bei ihr sein und sagen, wie er gestern abend gesagt hatte: „Sie werden uns sehr verändert finden." Gestern abend war er aufgestanden, vor ihr stehengeblieben und hatte das gesagt. Wenn sie auch alle stumm und starr dagesessen hatten, die sechs Kinder, denen sie früher die Beinamen der Könige und Königinnen von England gegeben hatten – der Rote, die Schöne, die Böse, der Grausame –, sie fühlte wohl, wie es unter dieser Ruhe tobte. Die freundliche alte Mrs. Beckwith hatte irgend etwas Verständiges gesagt. Aber es war ein Haus voll auseinanderstrebender Leidenschaften – sie hatte es den ganzen Abend gespürt. Und als ob es mit diesem Chaos nicht genug wäre, war Mr. Ramsay auch noch aufgestanden, hatte ihre Hand gedrückt und gesagt: „Sie werden uns sehr verändert finden", und keines der Kinder hatte sich gerührt oder ein Wort gesprochen; aber sie hatten dagesessen, als wären sie gezwungen, ihn reden zu lassen. Nur James (sicherlich der Mürrische) blickte finster auf die Lampe; und Cam drehte ihr Taschentuch um den Finger. Dann erinnerte er sie daran, daß sie morgen zum Leuchtturm fahren wollten. Punkt halb acht müßten sie fertig in der Halle stehen. Schließlich, mit der Hand auf der Klinke, blieb er stehen; er wandte sich nach ihnen um. Oder wollten sie etwa nicht fahren? fragte er. Hätten sie den Mut gehabt, nein zu sagen (er hatte einen Grund, es zu wünschen), so hätte er sich mit tragischer Gebärde hintenüber in die bitteren Gewässer der Verzweiflung fallenlassen. Er hatte eine Gabe für solche Gesten. Er sah aus wie ein König in der Verbannung. Mürrisch sagte James: doch. Cam stotterte noch ungeschickter. Ja, ja, gewiß, sie würden beide fertig sein, sagten sie. Und jäh empfand sie, das war erschütternd – nicht Leichentuch, Staub und Sterbehemd; nein, daß Kinder gezwungen, in ihrem Willen unterdrückt wurden. James war wohl sechzehn, Cam siebzehn. Sie hatte sich umgesehen nach jemandem, der nicht da war, nach Mrs. Ramsay vermutlich. Doch da war nur die freundliche Mrs. Beckwith, die unter der Lampe in ihren Skizzen blätterte. Aber sie war müde gewesen, ihre Gedanken hoben und senkten sich wie das Meer; Geruch und Geschmack, wie sie den Stätten nach langer Abwesenheit anhaften, machten sie benommen, die Kerzen flackerten vor ihren Augen; sie ließ sich sinken und ging unter. Es war eine wundervolle Nacht, sternenhell; die Wellen rauschten, als sie nach oben gingen; voll Überraschung sahen sie den Mond, einen riesigen, blassen Mond, als sie am Treppenfenster vorbeikamen. Sie war sofort eingeschlafen.

Sie stellte ihre Leinwand entschlossen auf die Staffelei, als eine schwache, aber, so hoffte sie, ausreichende Schutzwehr gegen Mr. Ramsay und seine Ansprüche. Wenn er den Rükken gewandt hatte, gab sie sich redlich Mühe, auf ihr Bild zu blicken: auf die Linie hier, die Masse dort. Aber es ging nicht. Mochte er auch fünfzig Fuß entfernt sein, mochte er kein einziges Wort sagen, mochte er sogar in eine andere Richtung blicken – er durchdrang alles, er beherrschte einen, er drängte sich auf. Er veränderte alles. Sie sah die Farben nicht; sie sah die Linien nicht; selbst wenn er ihr den Rücken zuwandte, konnte sie immer bloß denken: Gleich wird er hier sein und etwas von mir verlangen – etwas, was sie ihm, das fühlte sie, nicht geben konnte. Sie verwarf einen Pinsel; sie wählte einen anderen. Wann würden nur die Kinder kommen? Wann würden sie endlich aufbrechen? dachte sie nervös. Der Mann da, dachte sie mit aufsteigendem Ärger, gab niemals; der Mann da nahm nur. Sie dagegen würde geben müssen. Mrs. Ramsay hatte gegeben. Gebend, gebend, immer nur gebend, war sie gestorben – und hatte all dies hinterlassen. Wirklich, sie ärgerte sich über Mrs. Ramsay. Sie blickte, den leicht zitternden Pinsel in der Hand, auf die Hecke, die Stufe, die Wand. Es war alles Mrs. Ramsays Schuld. Sie war tot. Hier stand Lily, vierundvierzig Jahre alt, und vertrödelte ihre Zeit, brachte nichts fertig, stand da, spielte mit der Malerei, spielte mit der einzigen Sache, mit der man nicht spielen durfte; und es war alles Mrs. Ramsays Schuld. Sie war tot. Die Stufe, auf der sie gern gesessen hatte, war leer. Sie war tot.

Aber warum das immer und immer wiederholen? Warum immer versuchen, ein Gefühl zu wecken, das sie nicht hatte? Darin lag eine Art von Blasphemie. Es war alles vertrocknet: alles welk; alles verbraucht. Sie hätten sie nicht einladen sollen; sie hätte nicht kommen sollen. Man darf mit vierundvierzig seine Zeit nicht vertrödeln, dachte sie. Sie haßte es, mit der Malerei zu spielen. Ein Pinsel, das einzig Verläßliche in einer Welt des Haders, des Verfalls, des Chaos – damit durfte man nicht spielen, womöglich noch bewußt: sie haßte es. Aber er brachte sie dazu. Du sollst deine Leinwand nicht anrühren, schien er zu sagen, als er auf sie zukam, bevor du mir nicht gegeben hast, was ich verlange. Da war er wieder, dicht bei ihr, begierig, verstört. Meinetwegen, dachte Lily verzweifelt und ließ die rechte Hand herabfallen, es würde einfacher sein, es hinter sich zu bringen. Sicherlich konnte sie aus der Erinnerung heraus den Eifer, die Überschwenglichkeit, die Selbstaufgabe nachahmen, die sie auf den Gesichtern so vieler Frauen gesehen hatte (auf Mrs. Ramsays Gesicht zum Beispiel), wenn sie bei einer Gelegenheit wie dieser in ungestümes Mitgefühl ausbrachen (sie erinnerte sich an den Ausdruck auf Mrs. Ramsays Gesicht), in Freude über den Lohn, der ihnen wurde, der ihnen, obgleich sie nicht begriff, warum, offenbar die höchste Wonne schenkte, deren die menschliche Natur fähig war. Da war er nun, stand neben ihr. Sie wollte ihm geben, was sie konnte.

2

Ihm kam es vor, als wäre sie ein wenig eingeschrumpft. Sie sah ein bißchen dürftig aus, armselig; aber nicht reizlos. Er hatte sie gern. Es war einmal die Rede davon gewesen, daß sie William Bankes heiraten würde; aber daraus war nichts geworden. Seine Frau hatte viel für sie übrig gehabt. Er hatte sich beim Frühstück etwas zu sehr gehenlassen. Und dann, dann – dies war einer jener Augenblicke, wo ein ungeheures, ihm selbst unfaßbares Verlangen ihn zu einer Frau trieb, um sie zu zwingen, wie, war ihm gleich, es verlangte ihn so sehr danach, ihm zu geben, was er verlangte: Mitgefühl.

Ob gut für sie gesorgt würde? fragte er. Ob sie alles hätte, was sie brauchte.

„Oh, danke, ja, alles“, sagte Lily Briscoe nervös. Nein, sie konnte es nicht tun. Sie hätte sich nun sogleich von einer

Woge überströmenden Gefühls davontragen lassen müssen: der Druck, der auf ihr lag, war fürchterlich. Aber sie war wie festgeschmiedet. Es gab eine quälende Pause. Sie blickten beide aufs Meer hinaus. Mr. Ramsay dachte: Was hat sie aufs Meer hinauszusehen, wenn ich hier bin? Sie hoffte, es würde so windstill sein, daß sie am Leuchtturm landen könnten, sagte sie. Der Leuchtturm! Der Leuchtturm! Was hat denn der damit zu schaffen? dachte er ungeduldig. Und sogleich, mit der Gewalt eines urzeitlichen Triebs, entfuhr ihm ein stöhnender Seufzer (denn er konnte sich wirklich nicht länger im Zaum halten), daß jede andere Frau auf der Welt etwas getan hätte, etwas gesagt hätte – jede andere, nur ich nicht, dachte Lily und machte sich bittere Vorwürfe, die ich keine Frau bin, sondern vermutlich eine verdrießliche, mißgelaunte, vertrocknete alte Jungfer.

Mr. Ramsay seufzte aus tiefstem Herzensgrund. Er wartete. Würde sie nicht irgend etwas sagen? Sah sie denn nicht, was er von ihr verlangte? Übrigens hätte er, sagte er dann, einen besonderen Grund für die Fahrt zum Leuchtturm. Seine Frau hätte den Männern oft Sachen geschickt. Es gäbe da einen armen Jungen mit Hüfttuberkulose, den Sohn des Leuchtturmwächters. Er seufzte tief. Er seufzte bedeutsam. Lilys einziger Wunsch war, daß diese ungeheure Woge der Trübsal, dieser unersättliche Hunger nach Mitgefühl, dieses Verlangen nach bedingungsloser Hingabe, und er hätte Kummer genug, um sie lebenslänglich damit zu versorgen, ab- und von ihr weggelenkt werden möchte (sie sah unverwandt zum Haus hinüber und hoffte auf eine Störung), bevor sie von der Flut begraben würde.

„Solche Ausflüge", sagte Mr. Ramsay und scharrte mit der Fußspitze im Sand, „sind eine wahre Qual." Lily sagte noch immer nichts. (Sie ist ein Stock, sie ist ein Stein, sagte er zu sich selbst.) „Und schrecklich anstrengend", sagte er und betrachtete mit einem Schmerzensblick, der ihr Übelkeit verursachte (er spielte Theater, dachte sie; der große Mann machte eine Tragödie aus sich), seine schönen Hände. Es war abscheulich, es war schamlos. Würden sie denn nie kommen, fragte sie sich, denn sie konnte diese Riesenlast des Kummers nicht mehr tragen, diesen schweren Faltenwurf des Grams nicht mehr stützen (er hatte eine Pose

äußerster Hinfälligkeit angenommen; er schwankte wahrhaftig ein wenig), keinen Augenblick länger.
Noch immer konnte sie nichts sagen; der gesamte Umkreis schien leergefegt von allem, worüber man hätte reden können; sie empfand nur mit Bestürzung, als Mr. Ramsay so dastand, wie sein kummervoller Blick auf das sonnige Gras fiel und ihm alle Farbe zu nehmen, über den rosigen, schläfrigen, ganz und gar zufriedenen Mr. Carmichael, der in seinem Liegestuhl einen französischen Roman las, einen Trauerschleier zu werfen schien, als wäre ein solches lebensvoll strotzendes Gedeihen in einer Welt der Trübsal dazu angetan, die trostlosesten Gedanken zu erwecken. Sieh ihn an, schien er zu sagen, sieh mich an; und wirklich dachte er die ganze Zeit nichts anderes als: Denk an mich; an mich sollst du denken. Ach, könnte doch dieser dicke Mann von der Luft zu ihnen herübergetragen werden, wünschte Lily; hätte sie doch nur ihre Staffelei ein paar Schritte näher bei ihm aufgestellt! Ein Mann, irgendeiner, würde diesen Erguß zum Stehen bringen, diesen Klagen ein Ende machen. Sie als Frau hatte dieses Lamento hervorgerufen; sie als Frau hätte wissen müssen, wie man damit fertig wird. Es war für sie in geschlechtlicher Hinsicht eine ungeheure Beschämung, so stumm dazustehen. Man sagte – was sagte man denn? Oh, Mr. Ramsay! Lieber Mr. Ramsay! So etwas würde die skizzenzeichnende freundliche alte Dame, Mrs. Beckwith, sogleich und durchaus richtig gesagt haben. Aber nein. Sie standen da, geschieden von der ganzen übrigen Welt. Sein grenzenloses Selbstmitleid, sein Verlangen nach Mitgefühl ergossen sich und sammelten sich in Tümpeln um ihre Füße; und was tat sie, elende Sünderin, die sie war: sie zog nur die Röcke ein wenig fester um die Knöchel, damit sie nicht naß wurde. Vollkommen stumm stand sie da und umklammerte ihren Pinsel.
Nie konnte der Himmel genug gepriesen werden! Sie hörte Geräusche im Haus. James und Cam mußten jetzt kommen. Mr. Ramsay aber, als wüßte er, daß ihm nicht mehr viel Zeit blieb, lud ihrer einsamen Gestalt die ungeheure Last seines gehäuften Elends auf; sein Alter, seine Gebrechlichkeit; seine Einsamkeit; als er plötzlich, in seinem Ärger ungeduldig den Kopf schüttelnd – denn welche Frau konnte ihm wohl auf die Dauer widerstehen? –, bemerkte, daß seine

Schnürsenkel nicht gebunden waren. Bemerkenswerte Schuhe waren das aber auch, dachte Lily und betrachtete sie; wie gemeißelt; riesig wie alles, was Mr. Ramsay trug, von seiner abgenutzten Krawatte bis zu seiner halb zugeknöpften Weste, unverkennbar zu ihm gehörig. Sie stellte sich vor, wie sie sozusagen auf eigene Faust zu seinem Zimmer wanderten, auch in seiner Abwesenheit der Ausdruck von Pathos, Verdrießlichkeit, schlechter Laune und Charme.

„Was für schöne Stiefel!" rief sie. Und sie schämte sich. Seine Stiefel zu loben, wenn er Trost für seine Seele verlangte; wenn er ihr seine blutenden Hände, sein zerrissenes Herz zeigte und ihr Mitleid dafür heischte – in einem solchen Augenblick freundlich zu sagen: „Oh, was für schöne Stiefel tragen Sie!" –, das verdiente, sie wußte es wohl, völlige Vernichtung durch einen seiner jähen Zornausbrüche; und sie war, aufblickend, darauf gefaßt.

Aber nein, er lächelte. Sein Bahrtuch, sein tragischer Faltenwurf, seine Gebrechen fielen ab von ihm. O ja, sagte er und hob den Fuß, damit sie ihn betrachtete, das seien erstklassige Stiefel. Es gebe in ganz England nur einen einzigen Mann, der solche Stiefel machen könne. Stiefel gehörten zu den größten Plagen der Menschheit, sagte er. „Die Schuhmacher", rief er, „legen es darauf an, den menschlichen Fuß zu verkrüppeln und zu martern." Obendrein seien sie die eigensinnigste und bösartigste Menschensorte. Die besten Jahre seiner Jugend habe es ihn gekostet, bis er die Stiefel so gemacht bekommen hätte, wie sie gemacht werden müßten. Sie möge doch einmal darauf achten (er hob den rechten, dann den linken Fuß), ob sie Stiefel von genau derselben Machart wie diese je gesehen habe. Sie seien aus dem feinsten Leder der Welt gefertigt. Das meiste Leder sei bloß braunes Papier und Pappdeckel. Er blickte wohlgefällig auf seinen Fuß, den er noch immer in die Luft streckte. Sie hatten nun, fühlte Lily, ein sonniges Eiland erreicht, wo Friede weilte, Gesundheit regierte und auf ewig die Sonne schien, das selige Eiland der guten Stiefel. Ihr Herz wurde wärmer für ihn. „Nun zeigen Sie mir mal, ob Sie einen Knoten machen können", sagte er. Er machte sich lustig über ihre kläglichen Künste. Er zeigte ihr seine eigene Erfindung. Wenn man den Knoten so binde, dann löse er sich nie. Dreimal band er ihren Schuh zu; dreimal band er ihn wieder auf.

Warum nur schoß in ihr in diesem gänzlich ungeeigneten Augenblick, als er sich über ihren Schuh beugte, ein so schmerzhaftes Mitgefühl für ihn auf, daß ihr, als auch sie sich niederbeugte, das Blut jäh ins Gesicht stieg und ihr beim Gedanken an ihre Gefühllosigkeit (hatte sie ihn doch einen Schauspieler genannt) die Augen schwollen und brannten von Tränen? Wie er so beschäftigt war, erschien er ihr als tief ergreifende Gestalt. Er band Knoten. Er kaufte Stiefel. Mr. Ramsay mußte seinen Weg allein gehen; niemand konnte ihm helfen. Aber gerade in diesem Augenblick, wo sie gern etwas sagen wollte, vielleicht auch etwas hätte sagen können – da kamen sie, Cam und James. Sie traten auf die Terrasse. Sie kamen zögernd, Seite an Seite, ein ernsthaftes, trübsinniges Paar.

Warum aber kamen sie in solcher Stimmung? Unwillkürlich ärgerte sie sich darüber; sie hätten etwas heiterer kommen dürfen; sie hätten ihm geben müssen, was sie ihm nicht mehr geben konnte, da sie nun aufbrachen. Denn sie empfand eine plötzliche Leere; eine Enttäuschung. Ihr Gefühl war zu spät gekommen; nun es für ihn bereit war, brauchte er es nicht mehr. Er war nun ein sehr vornehmer älterer Herr geworden, der sie überhaupt nicht brauchte. Sie kam sich vor wie zurechtgewiesen. Er warf sich einen Rucksack über die Schultern. Er verteilte die Pakete – es waren eine ganze Menge, schlecht verschnürt, in braunem Papier. Er ließ sich von Cam einen Mantel holen. Er sah aus wie der Führer einer Unternehmung, der sich für eine Expedition rüstet. Dann schwang er sich auf dem Absatz herum und marschierte an der Spitze, mit seinem festen soldatischen Schritt, in diesen wunderbaren Stiefeln, mit braunen Paketen beladen, den Gartenweg hinab, seine Kinder ihm nach. Sie sahen aus, dachte sie, als wären sie vom Schicksal für ein düsteres Wagnis bestimmt und gingen ihm nun entgegen, so jung noch, daß sie widerspruchslos und gehorsam der Spur ihres Vaters folgten, aber mit einem Ausdruck blasser Entsagung in den Augen, der sie ahnen ließ, daß sie stumm etwas erduldeten, was ihren Jahren nicht angemessen war. So gingen sie am Rande des Rasens vorüber, und Lily mußte an eine Prozession denken, die ein gemeinsames Gefühl zusammengeführt hat, das sie, wenn sie sich auch stolpernd hinschleppte, zu einer kleinen Gemeinschaft ver-

band, die sie seltsam beeindruckte. Höflich, aber sehr zurückhaltend, hob Mr. Ramsay die Hand zum Gruß, als sie an ihr vorüberkamen.
Was für ein Gesicht! dachte sie und empfand plötzlich, wie das Mitgefühl, das nicht von ihr verlangt worden war, nach Ausdruck drängte. Was hat dieses Gesicht so geprägt? Das Denken wahrscheinlich, Nacht für Nacht – über die Wirklichkeit von Küchentischen, fügte sie hinzu, da ihr das Sinnbild einfiel, mit dem Andrew ihrer unklaren Vorstellung von Mr. Ramsays Denken zu Hilfe gekommen war. (Er war von einem Granatsplitter auf der Stelle getötet worden, erinnerte sie sich.) Der Küchentisch war etwas Vorgestelltes, etwas Nüchternes; kahl, hart und schmucklos. Er war gänzlich ohne Farbe, er bestand nur aus Kanten und Ecken; er war unerbittlich nackt. Mr. Ramsay aber hielt immerzu seine Augen darauf geheftet; er hatte sich niemals ablenken noch täuschen lassen, bis auch sein Gesicht so fleischlos und mönchisch geworden war und etwas von jener schmucklosen Schönheit angenommen hatte, die sie so tief ergriff. Dann aber, so dachte sie weiter (und stand noch da, wo er sie verlassen hatte, den Pinsel in der Hand), hatten auch Sorgen es zernagt, weniger erhabene. Er hatte vermutlich auch seine Zweifel an dem Tisch gehabt; ob der Tisch ein wirklicher Tisch war; ob er die Zeit wert war, die er ihm widmete; ob er schließlich überhaupt imstande sein würde, ihn zu ergründen. Ja, er hatte Zweifel gehabt, fühlte sie, sonst würde er nicht soviel von anderen fordern. Darüber hatten sie dann wohl bis spät in die Nacht hinein gesprochen, er und seine Frau; und dann hatte Mrs. Ramsay am anderen Morgen müde ausgesehen, und Lily war in Zorn geraten über ihn wegen einer lächerlichen Kleinigkeit. Jetzt aber hatte er niemanden mehr, mit dem er über den Tisch reden konnte oder über seine Stiefel oder über seine Knoten; und er ging um wie ein Löwe, suchend, wen er verschlinge, und sein Gesicht hatte jenen Anflug von Verzweiflung, von Übertreibung, der sie erschreckte und veranlaßte, die Röcke fester um sich zu ziehen. Und dann, grübelte sie weiter, das jähe Wiederaufleben, das plötzliche Aufflammen (als sie seine Stiefel lobte), das plötzliche Neuerwachen von Lebenskraft und Anteilnahme an alltäglichen menschlichen Dingen; und dann verging auch das und

wechselte hinüber (denn er veränderte sich fortwährend und verhehlte niemals etwas) in jenen anderen abschließenden Zustand, der ihr neu war und sie Scham (sie mußte es zugeben) ob ihrer eigenen Reizbarkeit empfinden ließ, als er alle Kümmernisse und Sehnsüchte, die Hoffnung auf Mitgefühl und das Verlangen nach Lob abgestreift und einen anderen Bezirk zu betreten schien, wo er wie durch Neugier, in stummem Zwiegespräch, mit sich selbst oder einem anderen, an der Spitze der kleinen Pilgerschar außer Reichweite geriet. Ein außergewöhnliches Gesicht! Die Gartenpforte fiel dröhnend ins Schloß.

3

Nun sind sie weg, dachte sie und seufzte erleichtert und enttäuscht. Ihr Mitgefühl schien ihr ins Gesicht zu schlagen wie eine Dornenranke. Sie fühlte sich seltsam gespalten: die eine Hälfte zog es hinaus, dort hinüber – es war ein stiller Tag, dunstig; der Leuchtturm schien an diesem Morgen in unermeßliche Ferne gerückt; die andere Hälfte hatte hartnäckig und störrisch hier auf dem Rasen Posten gefaßt. Sie sah ihre Leinwand vor sich, als wäre sie von unten emporgestiegen und hätte sich weiß und unerbittlich unmittelbar vor ihr aufgestellt. Mit kaltem Blick schien sie ihr Vorwürfe zu machen wegen all der Hast und Aufregung, dieser Torheit und Gefühlsverschwendung; es war eine nachdrückliche Mahnung, die ihrem Gemüt zuerst Frieden brachte, als ihre verwirrten Gefühle (er war gegangen, und er hatte ihr so leid getan, und sie hatte nichts gesagt) vom Kampfplatz abzogen, und dann Leere. Sie blickte ratlos auf die Leinwand, die ihr so unerbittlich weiß entgegenstarrte; und von der Leinwand in den Garten. Da war etwas (sie kniff die kleinen Schlitzaugen in ihrem schmalen faltigen Gesicht zusammen), sie erinnerte sich, etwas im Verhältnis dieser Linien, die das Bild waagerecht und lotrecht teilten und zerschnitten, und in der dichten Hecke mit ihren blauen und braunen Schatten, was ihr im Gedächtnis geblieben war, was sich gewissermaßen als Knoten in ihr festgesetzt hatte, so daß sie zu den verschiedensten Zeiten, etwa wenn sie durch die Brompton Road ging oder wenn sie ihr Haar bürstete, sich dabei ertappte, daß sie dieses Bild malte, den Blick darüber hinwandern ließ, den Knoten in ihrer Vorstellung entwirrte. Aber es war etwas ganz anderes, ob man fern von der Leinwand leichthin den Plan entwarf oder ob man tatsächlich den Pinsel faßte und den ersten Strich tat.

In ihrer Erregung über Mr. Ramsays Gegenwart hatte sie den falschen Pinsel erwischt, und ihre Staffelei, mit nervöser Hast in die Erde gerammt, stand nicht im richtigen Winkel. Nun, nachdem sie das korrigiert und dabei das Unwichtige und Belanglose unterdrückt hatte, das an ihrer Aufmerksamkeit zerrte und sie daran erinnerte, daß sie die und die war und die und die Beziehungen zu den Leuten hatte, faßte sie den Pinsel und hob die Hand. Einen Augenblick schwebte die Pinselhand, zitternd in schmerzhafter, aber erregender Verzückung in der Luft. Wo beginnen? – das war die Frage; wo den ersten Strich ansetzen? Ein Strich auf der Leinwand überantwortete sie zahllosen Wagnissen, häufigen und unwiderruflichen Entschlüssen. Alles, was in der Vorstellung einfach schien, wurde bei der Ausführung sogleich kompliziert; von der Spitze der Klippe aus haben alle Wellen eine gleichförmige Gestalt, für den Schwimmer aber zwischen ihnen sind es jähe Abgründe und schäumende Kämme. Und doch mußte das Wagnis unternommen, der Strich getan werden.

Mit einem wunderlichen körperlichen Gefühl, als würde sie vorwärtsgedrängt und müßte sich gleichzeitig zurückhalten, zog sie den ersten raschen, entschlossenen Strich. Der Pinsel senkte sich. Zuckend wischte er Braun über die weiße Leinwand; eine flüchtige Spur blieb zurück. Sie führte den zweiten – den dritten Strich. Und so, im Innehalten und Darüberzucken, kam sie in eine tänzerische Bewegung, als wären die Pausen die eine Hälfte des Rhythmus und die Pinselstriche die andere, aber beide miteinander verwandt. Und so, locker und rasch, im Innehalten und Darüberzukken, bedeckte sie die Leinwand mit flüchtigen braunen nervösen Strichen; kaum aber waren sie da, so umschlossen sie auch schon (sie fühlte, wie er vor ihr aufwuchs) einen Raum. Unten im Tal einer Welle sah sie schon die nächste Welle sich höher und höher türmen. Denn was konnte furchtbarer sein als dieser Raum? Da war sie nun wieder, dachte sie und trat zurück, um Überblick zu gewinnen – da war sie nun wieder, fern allem Geschwätz, allem Leben, aller Gemeinschaft, alleingelassen mit ihrem furchtbaren alten Feind – mit dem anderen, dem Wahren, dem Wirklichen, das jäh nach ihr griff, sich machtvoll hinter den sichtbaren Dingen aufreckte und ihre Aufmerksamkeit erzwang. Sie ergab sich nicht ohne Unlust, nicht ohne Widerstreben. Warum immer ausgeschlossen sein und weggezerrt werden? Warum nicht in Frieden gelassen werden, um mit Mr. Carmichael auf dem Rasen zu plaudern? Der Umgang war jedenfalls anstrengend. Was sonst verehrungswürdig war, gab sich mit der Verehrung zufrieden; Männer, Frauen, Gott, alle ließen einen unterwürfig knien; die Welt der Gestalt aber, und wäre es auch nur der Umriß eines weißen Lampenschirms, der auf einem Korbtisch leuchtet, rief einen zu ständigem Gefecht, forderte einen zum Kampf heraus, in dem man unterliegen mußte. Immer (und das lag in ihrem Wesen oder in ihrem Geschlecht; sie wußte es nicht genau), wenn sie das fließende Hingleiten des Lebens mit der gesammelten Festigkeit des Malens vertauschte, durchlebte sie einige Augenblicke des Nacktseins, dann war sie wie eine ungeborene Seele, eine des Körpers beraubte Seele, die zögernd auf windigem Grat verweilt und schutzlos allen Stürmen des Zweifels preisgegeben ist. Warum aber malte sie dann? Sie sah die Leinwand an, die mit einem leichten Gespinst flüchtiger Linien bedeckt war. Man würde sie in die Schlafkammern der Dienstboten hängen. Man würde sie zusammenrollen und unter ein Sofa stopfen. Wozu also dann überhaupt malen, und sie hörte eine Stimme sagen, sie könnte nicht malen, sie könnte nichts schaffen, als wäre sie in einer jener Gewohnheitsmeinungen befangen, die man sich nach einer Weile zu eigen macht, so daß man Worte wiederholt, ohne noch zu wissen, wer sie einmal gesprochen hat.

Können nicht malen, können nicht schreiben, murmelte sie eintönig und überlegte angestrengt, nach welchem Plan sie vorgehen sollte. Denn die Masse wuchs vor ihr auf; drang auf sie ein; drückte auf ihre Augäpfel. Dann aber, als wäre ihr plötzlich eine Flüssigkeit eingespritzt worden, die ihre Fähigkeiten brauchten, um geschmeidig zu werden, begann sie, unsicher noch, zwischen die blauen und umbrafarbenen

Töne einzudringen, ihr Pinsel fuhr hierhin und dorthin, aber er war nun schwerer und langsamer geworden, als wäre er in den Rhythmus verfallen, der ihr aufgezwungen wurde (ihr Blick wanderte zwischen Hecke und Leinwand) von dem, was sie sah, und dieser Rhythmus war, obwohl ihre Hand vor Energie bebte, so stark, daß er sie mit sich davontrug. Unzweifelhaft verlor sie das Bewußtsein für äußerliche Dinge. Und während sie das Bewußtsein für äußerliche Dinge verlor, für ihren Namen, ihre Persönlichkeit, ihr Aussehen und Mr. Carmichaels Vorhandensein oder Nichtvorhandensein, warf ihre Erinnerung immerzu aus ihren Tiefen Vorgänge und Namen und Aussprüche und Gedanken und Vorstellungen an die Oberfläche, so daß sie wie der Strahl eines Springbrunnens über diesen starrenden und abscheulich schwierigen weißen Raum sprudelten, den sie mit grünen und blauen Tönen füllte.

Richtig, Charles Tansley pflegte das zu sagen, fiel ihr ein. Frauen können nicht malen, können nicht schreiben. Hinter ihrem Rücken war er herangekommen und hatte sich (sie haßte das) dicht neben sie gestellt, als sie malte, hier, an dieser selben Stelle. „Shagtabak“, hatte er gesagt, „fünf Pence die Unze“, nur um sich mit seiner Armut, seinen Grundsätzen großzutun. Der Krieg allerdings hatte ihrer Weiblichkeit den Stachel genommen. Arme Teufel, dachte man, arme Teufel beiderlei Geschlechts, die in solche Patsche geraten. Er hatte immer ein Buch unter dem Arm getragen – ein purpurrotes Buch. Er „arbeitete“. Er hatte, fiel ihr ein, mitten in der prallen Sonne gearbeitet. Bei Tisch hatte er stets vor der Aussicht gesessen. Und dann fiel ihr die Geschichte ein, damals am Strand. So etwas vergaß man nicht. Es war ein windiger Morgen gewesen. Sie waren alle zum Strand hinuntergegangen. Mrs. Ramsay saß im Schutze eines Felsens und schrieb Briefe. Sie schrieb und schrieb. „Oh“, sagte sie schließlich, als sie aufblickte und etwas im Meer treiben sah, „ist das eine Hummerfalle? oder ein umgekipptes Boot?“ Sie war so kurzsichtig, daß sie es nicht erkennen konnte, und dann benahm sich Charles Tansley so nett wie nur möglich. Er fing an, Steine hüpfen zu lassen. Sie suchten flache schwarze Steinchen und warfen sie so, daß sie über die Wellen sprangen. Dann und wann blickte Mrs. Ramsay über die Brille zu ihnen hin und lachte ihnen

zu. Was sie dabei geredet hatten, war ihr nicht mehr erinnerlich, nur daß sie und Charles Steine schleuderten und sich plötzlich ausgezeichnet vertrugen und Mrs. Ramsay ihnen zusah. Das wußte sie noch genau. Mrs. Ramsay, dachte sie, trat zurück und kniff die Augen zusammen. (Der ganze Aufriß des Bildes mußte doch sehr viel anders ausgesehen haben, als sie damals da drüben mit James saß. Da mußte ein Schatten gewesen sein.) Mrs. Ramsay. Wenn sie daran dachte, wie sie mit Charles Steine hüpfen ließ und wie es damals am Strand war, dann schien es ohne Mrs. Ramsay nicht möglich zu sein, die unter dem überhängenden Felsen saß, ein Kissen auf den Knien, und Briefe schrieb. (Sie schrieb zahllose Briefe, und manchmal, wenn der Wind sie packte, konnten sie und Charles gerade noch verhindern, daß ein Blatt ins Meer wehte.) Was für eine Kraft besaß doch die menschliche Seele! dachte sie. Diese Frau, die dort am Felsen saß und schrieb, brachte alles zu einer einfachen Lösung; ließ allen Ärger und alle Erbitterung von einem abfallen wie alte Lumpen; sie fügte dies und das und jenes zusammen, so daß aus der jämmerlichen Albernheit und Gehässigkeit (denn der Streit und Zank zwischen ihr und Charles waren albern und gehässig gewesen) etwas erwuchs – diese Szene am Strand zum Beispiel, dieser Augenblick der Freundschaft und Eintracht –, was all die Jahre unversehrt überdauerte, so daß sie darin eintauchen und ihre Erinnerung an ihn umgestalten konnte; und das Gedächtnis bewahrte es fast wie ein Kunstwerk.
„Wie ein Kunstwerk", wiederholte sie und sah von der Leinwand zu den Stufen zum Wohnzimmer hinüber und wieder auf die Leinwand. Sie mußte einen Augenblick rasten. Und als sie rastete und den Blick ziellos wandern ließ, stand abermals die alte Frage vor ihr, die unablässig den Himmel der Seele durchflog, die gewaltige, die allumfassende Frage, die sich in Augenblicken wie diesen, wenn sie die äußerste Anspannung der Kräfte lockerte, in den Vordergrund drängte, sie schwebte über ihr, verweilte über ihr, verdunkelte sich über ihr. Was ist der Sinn des Lebens? Das war alles, eine einfache Frage; eine, die einem mit den Jahren immer näher rückte. Die große Offenbarung war nie gekommen. Die große Offenbarung würde vielleicht auch nie kommen. Statt dessen gab es kleine tägliche Wunder, Er-

leuchtungen, unerwartet im Dunkeln entzündete Hölzchen; hier war eines davon. Hier, da und dort; sie und Charles Tansley und die zerschellende Woge; Mrs. Ramsay, die sie zusammenführte; Mrs. Ramsay, die sagte: „Leben, steh still, jetzt und hier!"; Mrs. Ramsay, die aus dem Augenblick etwas Dauerndes machte (wie sie, Lily, aus dem Augenblick etwas Dauerndes zu schaffen suchte, wenn auch in einem anderen Bereich); das hatte etwas vom Wesen einer Offenbarung. Das war etwas Festes inmitten des Chaos; das ewige Enteilen und Fließen (sie sah auf die ziehenden Wolken und die windgeschüttelten Blätter) war zur Stetigkeit gebannt. Leben, steh still! hatte Mrs. Ramsay gesagt. „Mrs. Ramsay! Mrs. Ramsay!" wiederholte sie. Ihr verdankte sie diese Offenbarung.
Ringsum herrschte Stille. Im Hause schien sich nichts mehr zu regen. Sie betrachtete es, wie es in der Frühsonne schlief mit seinen Fenstern, die grün und blau leuchteten vom Widerschein der Blätter. Die undeutliche Erinnerung an Mrs. Ramsay, die durch ihre Gedanken zog, schien mit dem stillen Haus in Einklang zu stehen; mit diesem Rauch; mit dieser würzigen Frühluft. Undeutlich und unwirklich war es, wunderbar rein und erregend. Hoffentlich öffnete niemand ein Fenster oder trat aus dem Haus, hoffentlich ließ man sie allein, damit sie weiterdenken, weitermalen konnte. Sie wandte sich wieder ihrer Leinwand zu. Dann aber, getrieben von Neugier, getrieben auch von dem Mitgefühl, das sie zu ihrem Leidwesen nicht hatte äußern können, tat sie ein paar Schritte bis zum Rande des Rasens, um vielleicht zuzusehen, wie die kleine Gesellschaft unten am Strand die Segel setzte. Und richtig, unter den kleinen Booten im Wasser, manche hatten die Segel noch eingerollt, andere machten langsame Fahrt (denn es war sehr windstill), hielt sich eins etwas abseits von den andern. Eben jetzt wurde das Segel gehißt. Sie kam zu dem Schluß, daß Mr. Ramsay mit Cam und James in diesem sehr fernen und ganz stillen kleinen Boot säße. Jetzt hatten sie das Segel gesetzt; nach kurzem Flattern und Zögern füllten sich nun die Segel, und sie beobachtete, von tiefem Schweigen umgeben, wie das kleine Fahrzeug langsam an den anderen vorüberfuhr, hinaus auf See.

4

Über ihren Köpfen schlugen die Segel. Das Wasser gluckste und schwappte gegen die Wände des Bootes, das regungslos in der Sonne drusselte. Dann und wann hoben sich die Segel etwas unter einer leichten Brise, aber es war nur ein Hauch, der erstarb. Das Boot machte nicht die geringste Fahrt. Mr. Ramsay saß mittschiffs. Gleich würde er ungeduldig werden, dachte James, und Cam dachte dasselbe, als sie ihren Vater ansah, der zwischen ihnen saß in der Bootsmitte (James steuerte, Cam saß allein im Bug) und die Beine fest verschlungen hatte. Er haßte es, müßig herumzusitzen. Und richtig, nachdem er ein paar Sekunden nervös hin und her gerückt war, sagte er mit scharfem Ton etwas zu dem jungen Macalister, der die Riemen einlegte und zu rudern begann. Aber es war ihnen klar, ihr Vater würde nicht eher zufrieden sein, als bis sie dahinflogen. Er würde immerzu nach einer Brise Ausschau halten, hin und her rücken und halblaut allerlei murmeln, was Macalister und sein Junge doch hören würden; und sie beide würden sich schrecklich unbehaglich fühlen. Er hatte sie zum Mitfahren veranlaßt. Er hatte sie zum Mitfahren gezwungen. Nun hofften sie in ihrem Ärger, daß die Brise niemals aufkommen möge, daß ihm in jeder Weise ein Strich durch die Rechnung gemacht würde, da er sie gegen ihren Willen zum Mitkommen gezwungen hatte.

Auf dem ganzen Wege zum Strand hatten sie hinter ihm getrödelt, trotz seiner stummen Mahnung: „Eilt euch! Eilt euch!“ Ihre Köpfe waren gebeugt, ihre Köpfe waren niedergedrückt von einem erbarmungslosen Sturm. Sprechen konnten sie nicht mit ihm. Sie mußten kommen; sie mußten folgen. Sie mußten hinter ihm dreingehen und braune Pakete tragen. Aber sie gelobten, während sie schweigend folgten, zusammenzustehen und nicht abzuweichen von dem großen Pakt – der Tyrannei zu widerstehen bis zum Tode. So saßen sie nun schweigend, der eine an diesem Ende des Bootes, der andere am anderen. Sie sprachen kein Wort, sahen ihn nur dann und wann an, wie er dasaß, die Beine gekreuzt, stirnrunzelnd und unruhig hin und her rükkend, verächtliche Laute von sich gebend, leise vor sich hin schimpfend und ungeduldig auf eine Brise wartend. Und

sie hofften, es würde windstill bleiben. Sie hofften, er würde eine Niederlage erleiden. Sie hofften, die ganze Unternehmung würde schiefgehen und sie müßten mitsamt ihren Paketen zum Strand zurückkehren.
Nun aber, als Macalisters Junge sie ein Stück hinausgerudert hatte, schwangen die Segel langsam herum, das Boot bekam Fahrt, streckte sich und schoß davon. Sogleich, als wäre er aus einer großen Spannung erlöst, nahm Mr. Ramsay die Beine auseinander, zog seinen Tabakbeutel hervor, reichte ihn mit einladendem Grunzen dem alten Macalister und war, das fühlten sie, vollkommen zufrieden, indessen sie dasaßen und litten. Nun würden sie stundenlang so weitersegeln, und Mr. Ramsay würde dem alten Macalister eine Frage stellen – über den großen Sturm im letzten Winter wahrscheinlich –, und der alte Macalister würde antworten, und sie würden mitsammen ihre Pfeife paffen, und Macalister würde ein teeriges Tauende in die Hand nehmen, einen Knoten machen oder lösen, und der Junge würde fischen und zu keinem auch nur ein Wort sprechen. James aber würde die ganze Zeit kein Auge vom Segel verwenden dürfen. Denn wenn er nicht achtgab, so verlor das Segel Wind und killte, und das Boot verlor Fahrt, und Mr. Ramsay würde in scharfem Ton sagen: „Paß doch auf! Paß auf!", und der alte Macalister würde sich langsam auf seinem Sitz umdrehen. Und richtig hörten sie, wie Mr. Ramsay nach dem großen Sturm um Weihnachten fragte. „Tja, da wurde es um die Landspitze herumgetrieben", sagte der alte Macalister und schilderte den großen Sturm um Weihnachten, als zehn Schiffe schutzsuchend in die Bucht getrieben worden waren; er hatte „eins da, eins da und eins da" gesehen (sein Zeigefinger machte langsam die Runde in der Bucht. Mr. Ramsay wandte den Kopf und folgte ihm). Er hatte gesehen, wie drei Mann sich an den Mast klammerten. Dann war es gesunken.
„Und schließlich kamen wir denn ja vom Land los", erzählte er weiter (in ihrem Ärger und ihrer Schweigsamkeit, durch die ganze Länge des Bootes getrennt, aber verbunden durch ihren Pakt, sich der Tyrannei zu widersetzen bis zum Tode, fingen sie nur dann und wann ein Wort von der Geschichte auf).
Schließlich also waren sie vom Lande losgekommen, sie hat-

ten das Rettungsboot flottgemacht und es glücklich um die Landspitze herumgebracht – so erzählte Macalister; und wenn sie auch nur dann und wann ein Wort auffingen, so hatten sie doch während der ganzen Zeit einen sehr deutlichen Eindruck von ihrem Vater – wie er vorgebeugt saß, wie er seine Stimme auf die Macalisters einstimmte; wie er, seine Pfeife paffend und mit seinen Blicken den Weisungen des Macalisterschen Zeigefingers folgend, hierhin und dorthin blickte; er genoß die Vorstellung von dem Sturm und der finsteren Nacht und dem Kampf der Fischer. Ihn freute der Gedanke, daß Männer da nachts an der windigen Bucht sich mühen und schwitzen mußten, daß sie Muskel und Hirn einsetzen mußten gegen Wellen und Wind; ihm gefiel die Vorstellung, daß Männer sich so plagen mußten und die Frauen das Haus hüteten und drinnen am Bett der schlafenden Kinder saßen, indessen draußen die Männer im Sturm ertranken. Das merkte James, das merkte auch Cam (sie sahen ihn an, sie sahen einander an) an seiner Unruhe und seiner Wachsamkeit, am Klang seiner Stimme, an einem leichten schottischen Akzent, der plötzlich seiner Sprache anhaftete, was ihn in einen Bauern zu verwandeln schien, als er Macalister über die elf Schiffe ausfragte, die vom Sturm in die Bucht getrieben worden waren. Drei davon waren gesunken.
Er blickte stolz in die Richtung, die ihm Macalister wies, und Cam dachte, plötzlich war sie stolz auf ihn, ohne recht zu wissen, warum, wäre er dagewesen, er hätte das Rettungsboot zu Wasser gebracht, er hätte das Wrack erreicht, dachte Cam. Er war so tapfer, er war so unerschrocken, dachte Cam. Aber da fiel ihr ein: Wir haben unseren Pakt; der Tyrannei sich widersetzen bis zum Tode. Ihre Not drückte sie nieder. Er hatte sie gezwungen; er hatte sie genötigt. Er hatte sie wieder einmal überwältigt mit seinem gramvollen Blick und seiner Autorität, und sie hatten ihm den Willen tun und an diesem schönen Morgen die Pakete schleppen und mit ihm zum Leuchtturm fahren müssen, weil er es wünschte; sie mußten teilnehmen an diesen Riten, die er aus eigenem Gefallen zum Gedächtnis Toter vollzog, was sie haßten, so daß sie hinter ihm trödelten und alle Lust des Tages ihnen vergällt war.
Ja, die Brise frischte auf. Das Boot lag schräg, sein Bug

schnitt scharf durchs Wasser, das in grünen Kaskaden, in Blasen, in Katarakten beiseite gedrückt wurde. Cam blickte hinab in den Schaum, in die See mit all ihren Schätzen darin, die Geschwindigkeit berauschte sie, und das Band zwischen ihr und James erschlaffte etwas. Es lockerte sich etwas. Wie rasch wir fahren, dachte sie. Wohin fahren wir? Und die Bewegung berauschte sie, während James, den Blick starr auf das Segel und den Horizont geheftet, mit Ingrimm steuerte. Beim Steuern aber setzte sich ein Gedanke in ihm fest, daß er vielleicht entfliehen, sich von allem befreien könnte. Sie könnten irgendwo landen und dann frei sein. Sie hatten beide, einander anblickend, ein paar Herzschläge lang ein Gefühl des Entkommens und der Ermutigung – zum Teil wohl von der raschen Fahrt und der Veränderung. Aber in Mr. Ramsay weckte die Brise die gleiche Erregung, und als der alte Macalister sich umdrehte, um seine Angelschnur über Bord zu werfen, rief er laut: „Wir gingen unter", und dann: „Jeder allein." Worauf ihn wie immer ein Anfall von Reue oder Scham packte; er gebot sich Einhalt und wies mit der Hand zum Ufer hinüber.

„Sieh nur das kleine Haus", sagte er zu Cam und wollte, sie sollte hinsehen. Sie erhob sich widerstrebend und sah hin. Aber welches war es? Sie konnte nicht mehr unterscheiden, welches von den Häusern da auf dem Hügelhang *ihr* Haus war. Alles sah fern und friedlich und fremd aus. Das Ufer schien verschönt, weit weg, unwirklich. Schon die kleine Entfernung, die sie durchsegelt hatten, hatte es ihnen ferngerückt, hatte ihm das gelassene Aussehen dessen gegeben, das entweicht, an dem man nicht länger teilhat. Welches war nun ihr Haus? Sie konnte es nicht finden. „Mich aber haben wildere Wogen ...", sagte Mr. Ramsay halblaut. Er hatte das Haus entdeckt, und damit hatte er auch sich selbst dort gesehen; er hatte sich auf der Terrasse hin und her gehen sehen, einsam. Auf und ab wanderte er zwischen den Steinvasen; und er kam sich sehr alt vor und sehr gebeugt.

Er beugte sich vor im Boot, er duckte sich zusammen, sogleich spielte er seine Rolle – die Rolle eines einsamen Mannes, verwitwet, verlassen; er beschwor einen Schwarm von Menschen herauf, die mit ihm fühlten; spielte sich selbst, als er im Boot saß, ein kleines Drama vor, das Gebrechlichkeit von ihm verlangte und Erschöpfung und

Trauer (er hob die Hände und betrachtete sie zur Bestätigung: ja, sie waren dünn); und dann wurde ihm in quellendem Überfluß das Mitgefühl der Frauen zuteil, und er stellte sich vor, wie sie ihn trösten und mit ihm empfinden würden: und da ihm im Traum ein Widerschein der köstlichen Lust beschieden war, die das Mitgefühl der Frauen ihm spendete, so seufzte er und sagte leise und traurig:

„Mich aber haben wildere Wogen
in ihren Schlund hinabgezogen",

so daß alle im Boot die traurigen Worte deutlich hören konnten. Cam fuhr halb von ihrem Sitz hoch. Es empörte sie – es machte sie rasend. Die Bewegung rüttelte ihren Vater auf; er erschauerte, er brach ab und rief: „Seht doch! Seht doch!" – so drängend, daß auch James den Kopf über die Schulter wandte, um zur Insel zurückzublicken. Sie blickten alle hin. Sie blickten alle hinüber zur Insel.
Aber Cam konnte nichts erkennen. Sie stellte sich vor, daß alle diese Gartenwege und der Rasen, vertraut und verknüpft mit den Leben, die sie dort gelebt hatten, verschwunden wären: weggewischt wären, vergangen; unwirklich geworden; und dies hier war nun wirklich: das Boot und das Segel mit dem Flicken darauf; Macalister mit seinen Ohrringen; das Rauschen des Wassers – all dies war wirklich. Bei diesen Gedanken murmelte sie vor sich hin: „Wir gingen unter – jeder allein"; denn die Worte des Vaters drangen wieder und wieder in ihre Gedanken ein; hier begann Mr. Ramsay, da er sie unbestimmt ins Leere starren sah, sie zu necken. Ob sie denn die Richtungen der Windrose nicht kenne? fragte er. Ob sie Norden nicht von Süden unterscheiden könne? Ob sie tatsächlich glaube, sie wohnten da, wo sie jetzt hinsehe? Und er bezeichnete ihr abermals die Richtung und zeigte ihr, wo ihr Haus stand: da drüben, bei den Bäumen. Wenn sie so etwas doch nur ein bißchen genauer nehmen wollte, dachte er und sagte: „Na, wo ist Osten, wo ist Westen?" – sagte es halb lachend, halb scheltend, denn der Geisteszustand eines Menschen, der einigermaßen seine fünf Sinne beisammen hatte und die Richtungen der Windrose nicht kannte, war ihm unfaßbar. Aber sie kannte sie wirklich nicht. Und da er nun ihren lee-

ren, jetzt etwas verstörten Blick auf einen Punkt gerichtet sah, wo überhaupt kein Haus stand, vergaß Mr. Ramsay seinen Traum; vergaß, wie er zwischen den Steinvasen auf der Terrasse auf und ab wanderte; wie sich die Arme ihm entgegenstreckten. Frauen sind doch immer so, dachte er: die Verschwommenheit ihres Denkens ist hoffnungslos; es war etwas, was er hatte nie begreifen können; aber es war so. Auch mit ihr – seiner Frau – war es so gewesen. Sie konnten nichts klar im Gedächtnis behalten. Aber es war nicht recht von ihm gewesen, deshalb ärgerlich über sie zu werden; und außerdem, war ihm nicht gerade diese Unklarheit des Denkens an den Frauen liebenswert? Sie war ein Teil ihres zauberischen Reizes. Sie soll mich anlächeln, dachte er. Sie sieht verschüchtert aus. Sie ist so schweigsam. Er verschränkte die Finger und beschloß, seine Stimme und sein Gesicht und die raschen ausdrucksvollen Gesten, mit denen er all die Jahre hindurch Mitleid und Lob der Menschen nach seinem Willen auf sich gelenkt hatte, zu bezähmen. Sie sollte ihn anlächeln. Er wollte ein paar einfache, unbefangene Worte finden, die er zu ihr sagen konnte. Aber was? Denn da er ganz in seine Arbeit verkapselt gewesen war, hatte er vergessen, was man so sagte. Aber da war ja der junge Hund. Sie hatten einen jungen Hund. Wer denn nun heute für das Hündchen sorge? fragte er. Ja, dachte James erbarmungslos und sah den Kopf seiner Schwester abgehoben vom Segel, jetzt wird sie nachgeben. Ich werde allein gegen den Tyrannen kämpfen müssen. Der Pakt mußte von ihm allein erfüllt werden. Cam würde sich niemals der Tyrannei widersetzen bis zum Tode, dachte er grimmig und beobachtete ihr Gesicht, ein trauriges, verdrossenes, willfähriges Gesicht. Und, wie es manchmal geschieht, wenn ein Wolkenschatten auf einen grünen Hügelhang fällt und Ernst niedersinkt und Düsterkeit und Trauer sich rings über alle Hügel breiten, als müßten sie selbst das Schicksal des Überschatteten, Verdüsterten erwägen, entweder voll Mitleid oder trotz ihrer Bestürzung in boshafter Schadenfreude: so fühlte auch Cam sich überschattet, als sie da zwischen ruhigen, entschlossenen Männern saß und nicht wußte, wie sie die Frage ihres Vaters nach dem Hündchen beantworten, wie sie seiner Bitte widerstehen sollte – vergib mir, hab mich lieb; während James der Gesetzgeber, auf dessen Knien die Tafeln ewiger Weisheit offen lagen (seine Hand auf der Ruderpinne war ihr zum Sinnbild geworden), ihr befahl: Widersetze dich ihm! Bekämpfe ihn! Daß er es sagte, war recht und gerecht. Denn sie mußten gegen die Tyrannei kämpfen bis zum Tode, dachte sie. Von allen menschlichen Eigenschaften verehrte sie vor allem Gerechtigkeit. Ihr Bruder war höchst gottähnlich, ihr Vater flehte aufs demütigste. Und wem sollte sie sich ergeben, dachte sie, die zwischen ihnen saß und zum Ufer starrte, wo ihr nun alles fremd war; denn der Rasenplatz, die Terrasse und das Haus, dachte sie, waren jetzt verschwunden, und Friede herrschte dort.

„Jasper", sagte sie mürrisch; er würde für den Hund sorgen.

Und wie sie ihn denn nennen wolle? fragte der Vater hartnäckig weiter. Er habe als Junge einmal einen Hund gehabt mit Namen Frisk. Sie wird nachgeben, dachte James, als er den Ausdruck sah, der auf ihr Gesicht trat, einen Ausdruck, den er kannte. Dann blicken sie auf ihre Strickarbeit hinab, oder was sie sonst in der Hand haben, dachte er. Und plötzlich blicken sie dann auf. Es war wie ein blauer Blitz, fiel ihm ein, und jemand, der neben ihm saß, lachte und war voll Hingabe, und er ärgerte sich sehr. Das mußte seine Mutter gewesen sein, dachte er, sie saß auf einem niedrigen Stuhl, und Vater stand hochaufragend neben ihr. Und nun begann er die endlose Folge von Eindrücken zu durchforschen, wie sie die Zeit unaufhörlich mit sachter Hand auf sein Hirn gelegt hatte, Blatt auf Blatt, Falte auf Falte; zusammen mit Gerüchen und Geräuschen, Stimmen, rauhen, dumpfen, lockenden; vorüberhuschenden Lichtern und kratzenden Besen; und dem Rauschen und Raunen der Wellen, wie ein Mann auf und ab ging und dann reglos, hochaufgerichtet vor ihnen stehenblieb. Inzwischen plätscherte Cam, bemerkte er, mit den Fingern im Wasser und starrte zur Küste hinüber und sagte nichts. Nein, sie wird nicht nachgeben, dachte er; sie ist doch anders, dachte er. Na schön, beschloß Mr. Ramsay, wenn Cam nicht antworten wollte, dann würde er sie nicht weiter behelligen, und er tastete in seiner Tasche nach einem Buch. Aber sie wollte doch antworten; sie wünschte leidenschaftlich, das Hindernis zu beseitigen, das ihre Zunge lähmte, und zu sagen:

O ja, Frisk. Ich will ihn Frisk nennen. Sie hätte sogar gern hinzugefügt: War das nicht der Hund, der ganz allein den Weg durchs Moor fand? Aber sosehr sie sich auch mühte, sie brachte nichts dergleichen über die Lippen, und so hielt sie trotzig und ehrlich den Pakt, wenn sie auch, unbeargwöhnt von James, ihrem Vater ein heimliches Zeichen der Liebe sandte, die sie für ihn empfand. Denn sie dachte, indessen sie mit der Hand im Wasser plätscherte (und nun hatte Macalisters Junge eine Makrele gefangen, und sie lag zappelnd mit blutenden Kiemen im Boot) – sie dachte und blickte dabei zu James hinüber, der gleichgültig den Blick aufs Segel geheftet hielt und dann und wann für eine Sekunde zum Horizont blickte: Ja, du kennst das nicht, diesen Druck, diese Spaltung des Gefühls, diese ungemeine Versuchung. Der Vater suchte in den Taschen; gleich würde er sein Buch gefunden haben. Nie hatte ein Mensch sie stärker angezogen; alles an ihm fand sie schön: seine Hände, seine Füße und seine Stimme, seine Worte, seine hastige Art und seine Heftigkeit und seine Wunderlichkeit und seine Leidenschaft und daß er ganz einfach vor jedem sagte: Wir gehen unter – jeder allein, und seine Abgerücktheit. (Jetzt hatte er sein Buch aufgeklappt.) Eines aber blieb unerträglich, dachte sie weiter, saß aufrecht da und sah zu, wie Macalisters Junge den Angelhaken aus den Kiemen eines zweiten Fisches nahm, das war seine hartköpfige Blindheit und Willkür, mit der er ihre Kindheit vergiftet und schlimme Stürme heraufbeschworen hatte, so daß sie noch jetzt nachts oft zitternd vor Wut erwachte und an einen seiner Befehle dachte, an eine seiner Anmaßungen: „Tu dies!“ – „Tu das!“; an seine Herrschsucht, an sein „Unterwirf dich mir!“

So sprach sie kein Wort, sondern sah störrisch und traurig zur Küste hinüber, die in einen Mantel aus Frieden gehüllt war: als wären die Menschen da drüben eingeschlafen, dachte sie; als wären sie frei wie der Rauch, könnten frei kommen und gehen wie Gespenster. Die da drüben kennen kein Leid, dachte sie.

5

Ja, das ist ihr Boot, entschied Lily, die droben am Rande des Rasens stand. Es war das Boot mit den bräunlichgrauen Segeln; jetzt sah sie, wie es sich streckte im Wasser und quer über die Bucht davonschoß. Da sitzt er, dachte sie, und die Kinder sagen kein Sterbenswort. Und sie konnte ihn auch nicht erreichen. Das Mitgefühl, das sie ihm nicht geschenkt hatte, drückte sie nieder mit seinem Gewicht. Es machte ihr das Malen schwer.

Sie hatte ihn überhaupt immer schwierig gefunden. So war sie, fiel ihr ein, nie imstande gewesen, ihn ins Gesicht zu loben. Dadurch bekam ihr Verhältnis zu ihm etwas Sachliches, dem der Schuß Erotik fehlte, der ihn in seinem Benehmen Minta gegenüber so ritterlich, fast fröhlich machte. Er pflückte eine Blume für sie, er lieh ihr seine Bücher. Aber ob er wirklich glaubte, daß Minta sie las? Sie schleppte sie überall im Garten herum und legte Blätter als Lesezeichen hinein.

„Entsinnen Sie sich noch, Mr. Carmichael?" hätte sie am liebsten gefragt, als ihr Blick auf den alten Mann fiel. Der aber hatte den Hut tief in die Stirn gezogen; er schlief wohl, oder er träumte, oder er lag da und haschte nach Wörtern.

„Entsinnen Sie sich noch?" hätte sie am liebsten gefragt, als sie an ihm vorüberging, denn wieder mußte sie an Mrs. Ramsay und die Szene am Ufer denken; an das auf und nieder tanzende Faß, an die fliegenden Briefblätter. Warum hatte dieses Bild all die Jahre überlebt, fest umrissen, hell beleuchtet, sichtbar bis in die letzte Einzelheit, wo doch alles vor ihm und alles hinter ihm leer war, Meilen und aber Meilen weit?

„Ist das ein Boot? Oder ist es ein Kork?" würde sie fragen; ja, das würde sie, dachte Lily und wandte sich widerstrebend ihrer Leinwand wieder zu. Der Himmel sei gepriesen: das Problem des Raumes blieb, dachte sie und griff wieder zum Pinsel. Es starrte ihr entgegen. Der Hauptteil des Bildes mußte damit in Einklang gebracht werden. Schön und licht sollte es auf der Oberfläche sein, federleicht und fließend; die Farben sollten ineinander verschmelzen wie die Farben auf einem Schmetterlingsflügel; aber darunter mußte die Struktur verklammert sein wie mit eisernen Bolzen. Es mußte etwas sein, was ein Hauch wegblasen, und zugleich etwas, was ein Pferdegespann nicht von der Stelle rücken könnte. Und sie begann hier ein Rot, dort ein Grau aufzulegen, und sie begann sich in den Hohlraum da einen Weg zu bauen. Gleichzeitig aber war ihr, als säße sie mit Mrs. Ramsay am Strand.

„Ist das ein Boot? Oder ist es eine Tonne?“ fragte Mrs. Ramsay. Und sie suchte eifrig nach ihrer Brille. Nachdem sie sie gefunden hatte, saß sie stumm da und sah aufs Meer hinaus. Und während Lily unablässig malte, war ihr zumute, als hätte eine Tür sich aufgetan und man ginge hinein und stünde schweigend und blickte sich in einem hohen Raum um, dem Inneren eines Domes gleich, sehr dunkel, sehr feierlich. Rufe drangen herüber aus einer fernen, ganz fernen Welt. Dampfer schwanden am Horizont zu Rauchstengeln dahin. Charles warf Steine und ließ sie übers Wasser hüpfen.

Mrs. Ramsay saß stumm. Sie war glücklich, dachte Lily, einmal schweigend zu ruhen, ohne sich mitteilen zu müssen; in der dunklen Verborgenheit menschlicher Beziehungen zu ruhen. Wer weiß, was wir sind, was wir fühlen? Wer weiß selbst im Augenblicke tiefster Vertrautheit: Dies ist Wissen? Wird nicht, so hätte Mrs. Ramsay vielleicht gefragt (es kam Lily vor, als hätte sie oft stumm so an ihrer Seite gesessen), etwas dadurch zerstört, daß man die Dinge ausspricht? Ist unser Schweigen nicht viel ausdrucksvoller? Der Augenblick wenigstens schien ungemein fruchtbar. Sie bohrte ein kleines Loch in den Sand und füllte es, indem sie die Vollkommenheit des Augenblicks darin barg. Es war wie ein Silbertropfen, in den man den Pinsel tauchte, um das Dunkel der Vergangenheit aufzuhellen.

Lily trat zurück, um für ihre Leinwand die rechte Perspektive zu gewinnen – ja, so. Es war schon ein merkwürdiger Weg, den man beim Malen gehen mußte. Da wanderte man hinaus, ganz hinaus, weiter und weiter, bis man schließlich ganz einsam auf einer schmalen Planke über dem Meer zu stehen schien. Und als sie den Pinsel in das Blau tauchte, tauchte sie zugleich auch ein in die Vergangenheit. Jetzt stand Mrs. Ramsay auf, entsann sie sich. Es war Zeit, nach Hause zu gehen – Zeit zum Lunch. Alle gingen sie vom Strand zum Haus hinauf, sie mit William Bankes am Schluß, und Minta mit einem Loch im Strumpf vor ihnen. Wie doch das kleine runde rosige Hackenloch vor ihnen zu prahlen schien. Wie William Bankes es beklagte, wenn er auch, soweit sie sich entsann, kein Wort darüber sagte. Ihm bedeutete es die Zerstörung der Weiblichkeit und Schmutz und Unordnung, Dienstboten, die kündigten, und Betten, die mittags noch nicht gemacht waren – kurz, alles, was er zutiefst verabscheute. Er hatte eine Art zu schaudern und die Finger auszuspreizen, als wollte er einen unerfreulichen Anblick verdecken, was er auch jetzt tat – er hielt die Hand vor sich. Und Minta ging weiter voraus, und vermutlich traf sie sich mit Paul und verschwand mit ihm im Garten.

Die Rayleys, dachte Lily Briscoe und drückte grüne Farbe aus der Tube. Sie faßte ihre Eindrücke von den Rayleys zusammen. Das Leben der beiden erstand vor ihr als eine Szenenfolge; eine im Treppenhaus, in der Morgendämmerung: Paul war heimgekommen und früh zu Bett gegangen; Minta hatte sich verspätet. Da kam Minta dann ungefähr um drei Uhr morgens über die Treppe, geputzt, geschminkt, auffallend. Paul erschien im Schlafanzug und hatte einen Schürhaken in der Hand, für den Fall, daß es Einbrecher wären. Minta stand in halber Höhe der Treppe am Fenster, im leichenhaften Frühmorgenlicht, und aß ein Sandwich, und im Treppenläufer war ein Loch. Und was sagten sie? fragte sich Lily, als könnte sie sie nicht nur beobachten, sondern auch belauschen. Heftige Worte. Minta aß gelangweilt ihr Sandwich weiter, während er redete. Er sprach empörte, eifersüchtige Worte, beschimpfte sie halblaut, damit die Kinder, die beiden kleinen Jungen, nicht aufwachten. Er war ausgemergelt und erschöpft, sie üppig und unbekümmert. Denn etwa nach einem Jahr hatte es nicht mehr so recht geklappt, die Ehe hatte sich als einigermaßen schlecht erwiesen.

Und das, dachte Lily und nahm das Grün auf den Pinsel, dieses Zusammensetzen von Szenen aus dem Leben anderer, das nennen wir sie „kennen", an sie „denken", sie „gern haben"! Nicht ein Wort davon war wahr; sie hatte es erfunden; aber auf diese Weise kannte sie sie eben. Und sie grub sich weiter einen Weg in ihr Bild, in die Vergangenheit.

Ein andermal hatte Paul gesagt, er „spiele Schach in Kaffeehäusern". Auch auf dieser Äußerung hatte sie ein ganzes Phantasiegebäude errichtet. Das war so gewesen: Er rief das

Mädchen an, und das Mädchen sagte: „Mrs. Rayley ist ausgegangen, Sir", und da beschloß er, ebenfalls nicht heimzukommen. Sie sah ihn sitzen in der Ecke eines ungemütlichen Lokals, wo der Rauch am roten Plüschbezug haftet und die Kellnerinnen jeden Gast kennen, und Schach spielen mit einem kleinen Mann, von dem Paul nichts weiter wußte, als daß er im Teehandel war und in Surbiton wohnte. Und dann war Minta nicht zu Hause, wenn er heimkam, und dann hatten sie die Auseinandersetzung auf der Treppe, wo er den Schürhaken nahm, falls es Einbrecher wären (aber jedenfalls auch, um ihr Schrecken einzujagen), und so bittere Worte sprach und sagte, sie hätte sein Leben zugrunde gerichtet. Fest stand jedenfalls, als sie sie damals in dem Landhaus in Rickmansworth besuchte, herrschte eine schreckliche Spannung zwischen beiden. Paul nahm sie mit in den Garten, um ihr die belgischen Kaninchen zu zeigen, die er züchtete, und Minta folgte ihnen trällernd und legte ihm den nackten Arm um die Schulter, nur damit er ihr nichts erzählen konnte.

Minta fand Kaninchen langweilig, dachte Lily. Aber Minta verriet sich niemals. Von ihr hörte man nie etwas vom Schachspielen im Kaffeehaus. Sie war viel zu selbstbewußt, viel zu sehr auf der Hut. Aber um mit der Geschichte vom Fleck zu kommen – sie hatten jetzt wohl die Gefahrenzone überwunden. Als sie letzten Sommer eine Zeitlang bei ihnen gewesen war und sie eine Panne mit dem Wagen hatten, mußte Minta ihm die Werkzeuge reichen. Er saß auf der Straße und reparierte den Wagen, und die Art, wie sie ihm die Werkzeuge reichte – sachlich, kameradschaftlich, freundlich –, bewies, daß nun alles in Ordnung war. Sie waren nicht mehr ineinander „verliebt"; im Gegenteil, er hatte ein Verhältnis mit einer anderen angefangen, mit einer ernsthaften Frau, die ihr Haar in Flechten trug und eine Aktentasche in der Hand (Mintas Schilderung von ihr klang dankbar, beinahe bewundernd), die Versammlungen besuchte und Pauls (von Jahr zu Jahr schärfer betonte) Ansichten über die Besteuerung des Grundbesitzes und eine Kapitalsteuer teilte. Dieser Bund hatte die Ehe nicht nur nicht zerrissen – er hatte sie sogar geflickt. Sie waren offenbar die besten Freunde, als er auf der Straße saß und sie ihm die Werkzeuge reichte.

Ja, das war also die Geschichte von den Rayleys, dachte Lily lächelnd. Sie malte sich aus, wie sie sie Mrs. Ramsay erzählte, die doch gewiß neugierig sein würde, was aus den Rayleys geworden wäre. Sie würde ein bißchen triumphieren, wenn sie Mrs. Ramsay erzählte, daß die Ehe nicht gerade ein Erfolg geworden wäre.

Die Toten! dachte Lily und trat ein wenig zurück, da sie bei ihrem Entwurf auf eine Schwierigkeit gestoßen war, die eine Überlegungspause notwendig machte. Ach, die Toten! murmelte sie, man bedauerte sie, schob sie beiseite, verachtete sie sogar ein bißchen. Sie sind in unserer Gewalt. Mrs. Ramsay ist vergangen und verschwunden, dachte sie. Wir können ihre Wünsche mißachten, können ihre begrenzten, altmodischen Vorstellungen durch Verbesserungsversuche verderben, bis nichts mehr davon übrigbleibt. Sie entfernt sich mehr und mehr von uns. Spöttisch glaubte sie sie am Ende des langen Gangs der Jahre sitzen zu sehen und zu hören, wie sie von allen Ungereimtheiten die ungereimteste sagte: „Heirate, heirate!" (so wie damals, als sie gerade aufgerichtet im Morgenlicht saß und die Vögel draußen im Garten zu zwitschern begannen). Und da müßte man ihr sagen: Es ist alles anders gegangen, als du es haben wolltest. Sie sind auf ihre Weise glücklich, ich bin es auf die meine. Das Leben ist ganz anders. Dabei kam ihr ihr ganzes Wesen, ja sogar ihre Schönheit einen Augenblick verstaubt und überlebt vor. Einen Augenblick lang triumphierte Lily, wie sie dastand, den Rücken von der Sonne bestrahlt, und die Bilanz der Rayleys zog, über Mrs. Ramsay, die nie erfahren würde, daß Paul in Kaffeehäuser ging und eine Geliebte hatte, daß er am Boden saß und Minta ihm die Werkzeuge reichte und daß sie hier stand und malte und nicht geheiratet hatte, nicht einmal William Bankes.

Das war Mrs. Ramsays Plan gewesen. Vielleicht hätte sie es auch durchgesetzt, wenn sie am Leben geblieben wäre. Schon damals im Sommer war er „der liebenswürdigste Mensch". Er war „der erste Wissenschaftler seiner Zeit, sagt mein Mann". Er war auch „der arme William – es macht mich ganz unglücklich, wenn ich zu ihm komme und kein bißchen Behaglichkeit finde – niemanden, der für Blumen sorgt". Sie wurden also auf gemeinsame Spaziergänge geschickt, und sie wurde mit dem feinen Anflug von Spott,

der einem Mrs. Ramsay aus den Fingern schlüpfen ließ, darüber belehrt, daß sie Sinn für die Wissenschaft hätte; daß sie Blumen liebte; und daß sie so gewissenhaft wäre. Warum war sie nur so aufs Ehestiften versessen? fragte sich Lily und trat hin und her vor der Staffelei.
(Plötzlich, so plötzlich, wie ein Stern im Himmelsraum dahinschießt, flammte ein rötliches Licht in ihr auf; es verdeckte Paul Rayley, aber es strahlte von ihm aus. Es schoß auf wie ein Feuer, das an einer fernen Küste die Wilden als Wahrzeichen eines Festes entzünden. Sie vernahm das Donnern und Prasseln. Auf Meilen in die Runde war das Meer in Rot und Gold getaucht. Ein Duft nach Wein mischte sich damit und berauschte sie: denn wieder spürte sie den ungestümen Drang, sich vom Felsen zu stürzen und zu ertrinken, während sie am Strand nach einer Perlenagraffe suchte. Und vor dem Donnern und Prasseln wich sie zurück voll Furcht und Abscheu, als sähe sie wohl seinen Glanz und seine Pracht, aber auch, daß es sich vom Schatz des Hauses nährte, in widerlicher Gier; und sie haßte es. An Pracht des Anblicks aber, an strahlender Glorie übertraf es alles, was sie kannte, und es brannte Jahr für Jahr wie ein Signalfeuer auf einer einsamen Insel im fernen Meer, und man brauchte nur das Wort „Liebe" auszusprechen – sogleich schoß Pauls Feuer wieder empor wie eben jetzt. Und es sank in sich zusammen, und sie sagte lachend zu sich selbst: „Die Rayleys"; und Paul ging in Kaffeehäuser und spielte Schach.)
Sie war nur mit genauer Not entronnen, dachte sie. Sie hatte aufs Tischtuch geblickt, und ihr war blitzartig klar geworden, daß sie den Baum in die Mitte rücken würde und niemanden zu heiraten brauchte, und sie hatte ungeheuren Jubel empfunden. Jetzt könnte sie es mit Mrs. Ramsay aufnehmen, hatte sie gefühlt – im Grunde eine Huldigung für die erstaunliche Macht, die Mrs. Ramsay über andere hatte. Sie sagte: Tu das – und man tat's. Sogar ihr Schatten, wie sie mit James am Fenster saß, war voll gebieterischer Macht. Sie erinnerte sich, wie betroffen William Bankes gewesen war, weil sie die Bedeutung von Mutter und Sohn so nebensächlich behandelt hatte. Ob sie die Schönheit der beiden denn nicht bewunderte? hatte er gefragt. Dann aber hatte William, fiel ihr ein, mit seinen klugen Kinderaugen zuge-

hört, als sie ihm auseinandergesetzt hatte, es wäre nicht Mangel an Ehrfurcht: Sie brauchte eben hier ein Licht und deshalb da einen Schatten, und so weiter. Es käme ihr nicht in den Sinn, etwas herabzusetzen, was Raffael, da wären sie der gleichen Meinung, mit göttlicher Kunst gestaltet hätte. Sie wäre nicht zynisch. Ganz im Gegenteil. Dank seiner wissenschaftlichen Bildung hatte er sie verstanden – ein Beweis unvoreingenommener Klugheit, der sie gefreut und ungemein getröstet hatte. Man konnte also doch mit einem Mann ernsthaft über Malerei sprechen. Wirklich, die Freundschaft mit ihm hatte zu den Freuden ihres Lebens gezählt. Sie hatte William Bankes geliebt.
Sie fuhren nach Hampton Court, und er ließ ihr als vollendeter Gentleman, der er war, immer reichlich Zeit zum Händewaschen, während er am Fluß entlangschlenderte. Das war bezeichnend für die Art ihrer Freundschaft. Vieles blieb ungesagt. Dann spazierten sie durch die Höfe und bewunderten Sommer um Sommer die Übereinstimmung aller Teile und die Blumen, und er sprach von allem möglichen, von Perspektive, von Baukunst; und dann blieb er stehen, um einen Baum zu betrachten oder den Ausblick über den See oder um sich über ein Kind zu freuen (das war sein großer Kummer – er hatte keine Tochter); alles in der abwesenden, gleichsam abgerückten Art, wie sie natürlich war für einen Mann, der soviel Zeit in Laboratorien verbrachte, daß ihn, wenn er sie verließ, die Welt zu blenden schien; also schritt er langsam, hob die Hand, um die Augen zu schirmen, und blieb zuweilen mit zurückgeworfenem Kopf stehen, um einfach nur die Luft zu atmen. Dann erzählte er auch wohl, seine Haushälterin hätte ihren freien Tag; oder, er müßte einen neuen Läufer fürs Treppenhaus kaufen. Ob sie vielleicht mitgehen würde, um einen neuen Läufer für das Treppenhaus auszusuchen? Einmal kam er auch irgendwie auf die Ramsays zu sprechen: als er Mrs. Ramsay zum ersten Male gesehen hätte, sagte er, da hätte sie einen grauen Hut getragen; sie wäre nicht älter als neunzehn oder zwanzig gewesen. Sie wäre verblüffend schön gewesen. Dabei hatte er die Allee in Hampton Court hinabgeblickt, als sähe er sie inmitten der Springbrunnen.
Lily Briscoe blickte zu den Stufen vorm Wohnzimmer hinüber. Und sie sah, mit Williams Augen, die Gestalt einer

Frau, friedvoll und stumm, mit niedergeschlagenen Augen. Sie saß sinnend und wägend (sie trug an dem Tag ein graues Kleid, dachte Lily). Ihr Blick war gesenkt. Sie würde ihn nie mehr heben. Ja, dachte Lily und sah angestrengt hinüber: so muß ich sie gesehen haben, in dieser Haltung – aber nicht in Grau; auch nicht so still, nicht so jung, nicht so friedvoll. Rasch und leicht formte ihr Gedächtnis die Gestalt. Verblüffend schön wäre sie gewesen, hatte William Bankes gesagt. Aber Schönheit war nicht alles. Schönheit hatte einen Nachteil – sie trat zu direkt, trat zu vollkommen auf. Sie ließ das Leben erstarren, gefrieren. Man vergaß darüber die kleinen Aufregungen: das Erröten, das Blaßwerden, mancherlei merkwürdige Verzerrung, ein Licht oder einen Schatten, was ein Gesicht für den Augenblick unkenntlich machte und ihm doch einen Zug hinzufügte, der für alle Zeit im Gedächtnis haftete. Es war einfacher, all das mit der Schönheit zu bemänteln. Wie aber sah sie aus, sann Lily weiter, wenn sie sich den breitkrempigen Hut aufstülpte oder über den Rasen lief oder mit dem Gärtner Kennedy schalt? Wer konnte ihr das sagen? Wer konnte ihr helfen?

Nun war sie gegen ihren Willen an die Oberfläche gekommen und fand sich halb außerhalb des Bildes; sie stand und starrte ein bißchen leer, wie etwas Unwirkliches, Mr. Carmichael an. Er lag in seinem Stuhl, die Hände über dem dikken Bauch gefaltet; er las nicht, er schlief nicht, er sonnte sich, ein Geschöpf, das voller Leben war. Sein Buch war ins Gras gefallen.

Am liebsten wäre sie geradeswegs zu ihm gegangen und hätte gesagt: „Mr. Carmichael!" Dann würde er sie mit seinen wolkig verschwommenen grünen Augen ansehen, wohlwollend wie immer. Aber man weckte jemanden doch nur, wenn man wußte, was man ihm sagen wollte. Und sie wollte nicht nur über etwas, sie wollte über alles reden. Unbedeutende Worte, die den Gedanken nur zersetzen und zerstückeln, hatten keinen Sinn. „Über das Leben, über den Tod, über Mrs. Ramsay" – nein, dachte sie, man kann nichts und zu niemandem sagen. Der ungestüme Drang des Augenblicks verfehlte immer sein Ziel. Die Worte irrten ab und trafen das Gemeinte um Zollbreiten zu tief. Dann gab man es auf; dann ging der Gedanke wieder unter; dann wurde man, wie die meisten Menschen in mittleren Jahren, vorsichtig und unaufrichtig, bekam Fältchen zwischen die Augen und den Blick immerwachen Argwohns. Denn wie konnte man mit Worten diese körperlichen Empfindungen ausdrücken? wie die Leere da drüben? (Sie blickte zu den Stufen vorm Wohnzimmer hinüber: sie sahen seltsam leer aus.) Denn es war ein körperliches, nicht ein seelisches Empfinden. Und diese körperlichen Empfindungen, die sich beim Anblick der leeren Stufen einstellten, waren plötzlich höchst unbehaglich geworden. Sich nach etwas zu sehnen und es nicht zu bekommen, das erfüllte ihren Körper mit einer Härte, einer Leere, einer Spannung. Sich sehnen und es nicht bekommen – sich sehnen, sich immer nur sehnen –, oh, wie es das Herz zusammenpreßte, wieder und immer wieder! O Mrs. Ramsay! rief sie stumm jenem Wesen zu, das beim Boot saß, dem abstrakten Wesen, das sie aus Mrs. Ramsay gemacht hatte, der Frau in Grau – rief sie an, als wollte sie sie schelten, weil sie gegangen und dann, als sie gegangen, wiedergekommen war. Sie hatte sich so sicher gefühlt, wenn sie an Mrs. Ramsay dachte. Geist, Luft, Nichts, ein Ding, mit dem sie zu jeder Stunde des Tages und der Nacht mühelos und gefahrlos spielen konnte – ja, das war Mrs. Ramsay gewesen; und nun streckte sie plötzlich die Hand aus und preßte einem das Herz zusammen. Plötzlich kamen ihr die leeren Stufen zum Wohnzimmer, die Fransen des Stuhls da drinnen, der kleine Hund, der ungeschickt auf der Terrasse tollte, das Gewoge und Gewisper des Gartens wie Schmuckbögen und Arabesken vor, die sich um einen Mittelpunkt aus vollkommener Leere rankten.

„Was bedeutet das alles? Wie erklären Sie es sich?“ hätte sie gern wieder Mr. Carmichael gefragt. Denn die ganze Welt schien sich zu dieser frühen Morgenstunde in einem Teich aus Gedanken, in einem tiefen Becken aus Wirklichkeit aufzulösen, und hätte Mr. Carmichael gesprochen, so wäre es doch denkbar gewesen, daß ein kleiner Riß die Oberfläche des Teiches gespalten hätte. Und dann? Dann würde etwas auftauchen. Eine Hand würde sich heraufstrecken, eine Klinge würde aufblitzen. Das alles war natürlich Unsinn.

Ihr kam die seltsame Vorstellung, daß er schließlich doch all die Dinge hörte, die sie nicht sagen konnte. Er war unergründlich, der Alte mit dem gelben Fleck im Bart, seinen Gedichten und seinen Rätseln; heiter segelte er durch eine Welt, die allen seinen Wünschen genügte, so daß er, dachte sie, nur da, wo er im Gras lag, die Hand auszustrecken brauchte, um alles einzufangen, was er haben wollte. Sie sah ihr Bild an. Ja, so hätte vermutlich seine Antwort gelautet – wie „du“ und „ich“ und „sie“ vergehen und dahinschwinden; nichts bleibt; alles wandelt sich; nur Worte nicht, nur Farbe nicht. Und doch würde es in einer Bodenkammer hängen, dachte sie; es würde zusammengerollt und unter ein Sofa gestopft werden; aber trotz alledem war es wahr, es galt selbst für ein solches Bild. Sogar von diesem Geschmier, nicht von dem eigentlichen Bild vielleicht, aber von dem, was damit erreicht werden sollte, könnte man behaupten, daß es „immer bliebe“, wollte sie sagen oder vielmehr stumm andeuten, da sogar ihr die gesprochenen Worte zu prahlerisch klangen; dabei blickte sie auf ihr Bild und merkte zu ihrer Überraschung, daß sie es gar nicht sah. Ihre Augen waren voll von einer heißen Flüssigkeit (zuerst fiel es ihr nicht ein, daß es Tränen sein könnten), die ihr über die Wangen rann, ihre festgeschlossenen Lippen zwar nicht erzittern ließ, aber die Luft schwer machte. In jeder anderen Hinsicht – o ja! – hatte sie sich völlig in der Gewalt. Weinte sie denn um Mrs. Ramsay, ohne sich irgendwie bewußt zu sein, daß sie unglücklich war? Wieder richtete sie die stumme Frage an Mr. Carmichael: Was war es also? Was bedeutete es? Gab es etwas, was jäh die Hand ausstrecken und einen packen konnte? Konnte die Klinge treffen, die Faust einen in eisernem Griff halten? Gab es keine Sicherheit? Lernte man es nie, sich in der Welt blindlings zurechtzufinden? Gab es nichts, was einen leitete, nichts, was Zuflucht gewährte, war alles nur Wunder und so, als würde man von der Zinne eines Turmes in die Luft springen? War es möglich, daß selbst für ältere Menschen das Leben so war – überraschend, unerwartet, unbekannt? Einen Herzschlag lang glaubte sie, wenn wir beide jetzt aufbegehren, hier, auf dem Rasen, und eine Erklärung verlangen, weshalb es so kurz, weshalb es so unausdeutbar wäre, wenn wir sie mit Nachdruck fordern, in der Sprache, wie zwei reife und fertige menschliche Wesen, vor denen nichts verborgen gehalten werden sollte, sie führen dürfen, so würde die Schönheit sich entfalten, der Raum sich füllen, das nichtige Schnörkelwerk Gestalt annehmen; und wenn sie laut genug riefen, so würde Mrs. Ramsay wiederkehren. „Mrs. Ramsay!" sagte sie laut, „Mrs. Ramsay!" Die Tränen liefen ihr übers Gesicht.

6

[Macalisters Junge nahm einen der Fische und schnitt ihm ein Stück aus der Seite, als Köder für seinen Angelhaken. Der verstümmelte Körper (er lebte noch) wurde ins Meer zurückgeworfen.]

7

„Mrs. Ramsay!" rief Lily, „Mrs. Ramsay!" Aber nichts geschah. Der Schmerz wuchs. Daß die Qual einem doch alle Vernunft rauben konnte, dachte sie. Immerhin – der alte Mann hatte nichts gehört. Er blieb gütig, gelassen und (wenn man ihn so sehen wollte) erhaben. Dem Himmel sei Dank, dachte sie, niemand hatte gehört, wie sie zu ihrer Schande geschrien hatte: Halt ein, Schmerz, halt ein! Sie war offenbar nicht von Sinnen. Niemand hatte gesehen, wie sie auf einer schmalen Planke fehltrat und in die Gewässer der Vernichtung stürzte. Sie blieb eine dürftige alte Jungfer, die auf dem Rasen stand und einen Pinsel in der Hand hielt.

Und nun wich allmählich der Schmerz des Verlangens von ihr, der bittere Zorn (daß es sie in dem Augenblick traf, als sie dachte, sie würde nie mehr um Mrs. Ramsay trauern. Hatte sie sie etwa inmitten der Kaffeetassen am Frühstückstisch vermißt? nicht im mindesten) ließ nach; und von der Qual blieb, als Gegengift, ein Gefühl der Erlösung zurück, das wie Balsam wirkte; zugleich aber blieb, nur geheimnisvoller, das Gefühl, daß jemand da war, daß Mrs. Ramsay da war, einen Augenblick lang der Last ledig, die ihr die Welt auferlegt hatte; sie stand neben Lily, ganz leicht; dann hob sie (denn es war Mrs. Ramsay, war es in all ihrer Schönheit) ein Gewinde weißer Blumen zur Stirn und ging. Lily drückte wieder auf ihre Farbtuben. Jetzt rückte sie der Frage der Hecke zu Leibe. Es war doch seltsam, wie deutlich sie Mrs. Ramsay vor sich sah: Sie ging mit ihrem gewohnten raschen Schritt über Felder, zwischen deren Bodenwellen, purpurnen und sanften Wellen, zwischen deren Blüten, Hyazinthen oder Lilien, sie verschwand. Das war eine Illusion des Malerauges. Denn tagelang nach der Nachricht von ihrem Tod hatte Lily sie so gesehen: wie sie das Blumengewinde zur Stirn hob und, ohne eine Frage zu stellen, mit ihrem Begleiter, einem Schatten, über die Felder schritt. Der Anblick, die Redewendung hatten tröstende Kraft. Wo immer sie war, ob sie malte, hier auf dem Lande oder in London, immer wieder kam ihr die Vision, und ihre halb geschlossenen Augen suchten nach etwas, worauf sich diese Vision gründen ließe. Sie sah sich im Eisenbahnwagen um oder im Omnibus; sie faßte die Linie einer Schulter oder einer Wange; blickte auf die Fenster gegenüber; auf Piccadilly mit seinen Lampenreihen am Abend. All dies war ein Teil des Totengefildes gewesen. Immer aber drängte sich etwas dazwischen – ein Gesicht, eine Stimme, ein Zeitungsjunge, der den „Standard" oder die „News" ausschrie –, schreckte sie auf, weckte sie, verlangte und erlangte schließlich auch ihre Aufmerksamkeit, so daß die Vision ständig wiederholt werden mußte. Abermals blickte Lily, getrieben von einem unwillkürlichen Verlangen nach Ferne und Bläue, auf die Bucht unten, und die blauen Streifen der Wogen wurden ihr zu Hügeln und die ins Purpurne dunkelnden Strecken zu steinigen Feldern. Und wieder wurde sie, wie gewöhnlich, von etwas gestört, das nicht dahin gehörte. Mitten in der Bucht war ein brauner Fleck. Es war ein Boot. Ja, das erkannte sie nach einer Sekunde. Aber wessen Boot? Mr. Ramsays Boot, gab sie sich selbst zur Antwort. Mr. Ramsay – der Mann, der an ihr vorübergegangen war mit erhobener Hand, sehr fern, an der Spitze einer Prozession, in seinen schönen Stiefeln, der Mitgefühl von ihr verlangte, das sie ihm verweigert hatte. Das Boot hatte die Bucht nun zur Hälfte überquert.

Bis auf einen Windstoß ab und zu war der Morgen so schön, als wären See und Himmel aus demselben Stoff gewoben, als wären Segel hoch droben am Himmel aufgezogen oder die Wolken ins Meer gefallen. Ein Dampfer weit draußen auf See hatte einen großen Rauchschnörkel in die Luft gemalt, der in zierlichen Windungen und Krümmungen stehenblieb, als wäre die Luft ein feiner Flor, der die Dinge hielt und sie sanft in seinem Gewebe verwahrte, sie nur leicht hin und her schaukelte. Und wie es zuweilen geschieht, wenn das Wetter schön ist: Die Klippen sahen aus, als wüßten sie von den Schiffen, und die Schiffe sahen aus, als wüßten sie von den Klippen, als schickten sie einander durch Zeichen eine geheime Botschaft zu, die sie allein betraf. Der Leuchtturm aber, der zuweilen dem Ufer ganz nahe schien, wirkte im Frühnebel dieses Tages wie in unendliche Ferne gerückt.

Wo sind sie nun? dachte Lily und blickte aufs Meer. Wo war er, der sehr alte Mann, der stumm an ihr vorbeigegangen war, ein braunes Paket unterm Arm? Das Boot war inmitten der Bucht.

8

Die da drüben empfinden nichts, dachte Cam und sah zum Ufer hinüber, das sich hob und senkte und immer ferner und immer friedvoller schien. Ihre Hand schnitt eine Furche ins Meer, und ihre Phantasie verband die grünen Strudel und Streifen zu Mustern, um dann, betäubt und eingelullt, in jene Welt unter den Wassern zu wandern, wo die Perlmuscheln in Trauben am weißen Geäst sitzen, wo im grünen Licht die Seele sich völlig wandelt und der Körper, eingehüllt in einen grünen Mantel, halb durchsichtig scheint.

Dann wurde der Strudel um ihre Hand schwächer. Das Rauschen des Wassers schwieg; die Welt füllte sich mit kleinen knarrenden und quietschenden Geräuschen. Man hörte, wie die Wellen seitlich ans Boot schlugen und sich brachen, als lägen sie im Hafen vor Anker. Alle Dinge waren nun ganz nahe. Denn das Segel, auf das James die Augen geheftet hatte, bis es für ihn wie ein Wesen geworden war, das er kannte, erschlaffte völlig; sie lagen still, schaukelten auf und nieder und warteten in der heißen Sonne auf eine Brise, Meilen von der Küste, Meilen vom Leuchtturm entfernt. Die ganze Welt mit allem darin schien stillzustehen. Der

Leuchtturm wurde unbeweglich und die ferne Küste zur festen Linie. Die Sonne brannte stärker, und im Boot schienen sie dichter zusammenzurücken und die Gegenwart der anderen zu fühlen, die sie fast vergessen hatten. Macalisters Angelschnur versank lotrecht im Meer. Mr. Ramsay aber las weiter, die Beine unter sich gekreuzt.

Er las in einem kleinen hellen Buche, dessen Deckel gefleckt waren wie die Eier des Regenpfeifers. Dann und wann schlug er, während sie in dieser abscheulichen Windstille festsaßen, eine Seite um. Und James fühlte, daß jede Seite mit einer ganz bestimmten Bewegung umgewendet wurde, die für ihn bestimmt war: jetzt selbstbewußt, jetzt befehlshaberisch; jetzt mit der Absicht, Mitleid bei den Leuten zu erregen; und die ganze Zeit, während sein Vater las und die kleinen Buchseiten eine nach der anderen umschlug, fürchtete James sich vor dem Augenblick, wo er aufsehen und in scharfem Ton dies oder jenes zu ihm sagen würde. Warum trödelten sie hier herum? würde er fragen, oder etwas genauso Unvernünftiges. Und wenn er es tut, dachte James, dann werde ich ein Messer nehmen und es ihm ins Herz stoßen.

Dies alte Sinnbild hatte immer in ihm gehaftet: daß er ein Messer nehmen und es seinem Vater ins Herz stoßen würde. Nur war es jetzt, da er älter war und seinen Vater in ohnmächtiger Wut anstarrte, nicht mehr der lesende alte Mann, den er töten wollte, sondern das, was sich auf ihn stürzte, vielleicht ohne daß er es wußte: das wilde, jähe schwarzschwingige unersättlich raubgierige Wesen mit den kalten, harten Krallen und dem kalten, harten Schnabel, das immer und immer auf einen einhackte (noch fühlte er den Schabel an seinen nackten Beinen, wo er ihn als Kind getroffen hatte) und dann weg war, und nun war er wieder da, ein alter Mann, sehr traurig, der sein Buch las. Das Wesen wollte er töten, das wollte er ins Herz treffen. Was immer er tun würde (und er fühlte sich zu allem fähig, als er zum Leuchtturm und zum fernen Strand hinüberblickte), als Kaufmann, als Bankier, als Rechtsanwalt, als Leiter eines Unternehmens, das würde er bekämpfen, das würde er verfolgen und ausrotten – Tyrannei, Despotismus nannte er es –, was die Menschen zwang, etwas gegen ihren Willen zu tun, was ihnen das Recht zum Reden raubte. Wie hätte einer von ihnen sagen können: Nein, ich will nicht!, wenn er sagte: Komm mit zum Leuchtturm. Tu dies. Hol mir das. Die schwarzen Schwingen spannten sich, der harte Schnabel stieß zu. Und im nächsten Augenblick saß er da und las in seinem Buch; und wenn er aufsah, war er vielleicht – man wußte es nie – ganz vernünftig. Er unterhielt sich etwa mit den Macalisters. Er drückte vielleicht einem frierenden alten Weib auf der Straße ein Goldstück in die Hand, dachte James; oder er schrie gar bei einem Wettkampf der Fischer laut Beifall; schwenkte vielleicht auch die Arme hoch in die Luft vor Begeisterung. Oder aber er saß an der Spitze der Tafel und sprach beim ganzen Essen kein Wort. Ja, dachte James, während das Boot in der heißen Sonne auf und nieder tanzte und dahintrödelte: es war eine Ödnis aus Schnee und Fels, sehr unwirtlich und einsam; und darin, dieser Gedanke war ihm in letzter Zeit oft gekommen, wenn sein Vater etwas sagte, über das sich die anderen wunderten, gab es nur zwei Fußspuren: seine eigenen und die seines Vaters. Sie allein kannten einander. Woher also diese Angst, dieser Haß? Er wandte sich den vielen Laubschichten zu, die die Vergangenheit in ihm aufgehäuft hatte, er spähte in das Herz dieses Waldes, wo Licht und Schatten sich so vermischen, daß alle Form entstellt wird und man stolpert, weil einmal die Sonne blendet, einmal ein Schatten alles verdunkelt, und suchte ein Bild, um sein Gefühl abzukühlen, loszulösen und zu faßbarer Gestalt zu formen. Vielleicht hatte er als Kind, als er hilflos in einem Kinderwagen oder auf jemandes Knien saß, einmal gesehen, wie ein Wagen ohne Wissen und Schuld eines Mannes Fuß zermalmte? Vielleicht hatte er zuerst den Fuß gesehen, glatt und heil im Gras; dann das Rad; und denselben Fuß, purpurrot und zermalmt. Das Rad aber hatte keine Schuld. Das Rad ging über seinen Fuß, über Cams Fuß, über aller Menschen Fuß, wenn der Vater frühmorgens mit langen Schritten über den Flur kam und sie herausklopfte, weil sie zum Leuchtturm fahren wollten. Man saß da und sah zu.

An welchen Fuß aber dachte er, und in welchem Garten war all dies geschehen? Denn solche Szenen hatten ihr Beiwerk; Bäume wuchsen da, Blumen; ein bestimmtes Licht; ein paar Gestalten. Alles deutete darauf hin, daß es in einem Garten gewesen war, wo es diesen Trübsinn und diese heftigen Handbewegungen nicht gab, wo die Leute in einem alltäglichen Ton sprachen. Den ganzen Tag lang herrschte ein Kommen und Gehen. In der Küche saß eine alte Frau und tratschte; ein leichter Wind trieb die Fenstervorhänge herein und hinaus; alles grünte, alles gedieh; und über alle Teller und Schüsseln und hohen schwankenden roten und gelben Blumen breitete sich nachts ein sehr dünner gelber Schleier, wie ein Rebenblatt. Nachts wurden alle Dinge stiller und dunkler. Aber der blattähnliche Schleier war so dünn, daß Lichter ihn hoben, Stimmen ihn kräuselten; und er konnte durch den Schleier eine Gestalt sehen, die sich niederbeugte, konnte hören, wie im Näherkommen und Weggehen ein Kleid raschelte, eine Kette klirrte.

In dieser Welt geschah es, daß das Rad über eines Menschen Fuß ging. Etwas, so entsann er sich, machte halt und ragte dunkel über ihm; wollte nicht weichen; etwas wurde hochauf geschwungen, ja es sauste sogar dort herab, kalt und scharf, wie eine Klinge, ein Krummsäbel, schlug vernichtend sogar in die Blätter und Blumen jener glücklichen Welt, so daß sie verdorrten und abfielen.

„Es gibt Regen", hatte der Vater gesagt; James erinnerte sich. „Du wirst nicht zum Leuchtturm fahren können."

Der Leuchtturm war damals ein silbriger, nebelumwobener Turm mit einem gelben Auge, das sich abends plötzlich und sanft auftat. Und jetzt . . .

James sah zum Leuchtturm hinüber. Er sah das weißgewaschene Felsgestein; den Turm, machtvoll aufgereckt; er sah die schwarzweißen Streifen; er sah Fenster darin, er sah sogar die Wäsche, die auf dem Felsgrund zum Trocknen ausgebreitet war. Das also war der Leuchtturm, so sah er aus?

Nein, auch der andere war der Leuchtturm gewesen. Denn nichts auf der Welt hat nur ein Gesicht. Der andere war ebensogut der Leuchtturm. Zuweilen war er über die Bucht hinweg kaum zu erkennen. Abends blickte man hinüber und sah, wie das Auge sich auftat und schloß, und das Licht schien zu ihnen in den luftigen, sonnigen Garten zu dringen, wo sie saßen.

Aber er riß sich zusammen. Jedesmal, wenn er „sie" oder „jemand" sagte und dann am Rascheln und Klirren hörte, daß jemand kam oder ging, drang die Gegenwart dessen, der gerade im Zimmer war, besonders deutlich auf ihn ein. Diesmal war es sein Vater. Die Spannung verschärfte sich. Denn gleich würde der Vater, wenn noch immer keine Brise kam, das Buch zuklappen und sagen: „Was ist denn los? Weshalb trödeln wir hier herum, he?“ – wie er damals auf der Terrasse mit seiner Klinge zwischen sie gefahren und sie wie erstarrt gewesen war, und wenn eine Axt, ein Messer oder etwas mit einer scharfen Spitze zur Hand gewesen wäre, so würde er's gepackt und seinem Vater ins Herz gestoßen haben. Die Mutter war ganz starr geworden, der Arm, mit dem sie ihn umfaßt hielt, wurde schlaff, er fühlte, daß sie ihm nicht mehr zuhörte, und dann hatte sie sich wohl erhoben, war fortgegangen und hatte ihn zurückgelassen: hilflos, lächerlich auf dem Boden sitzend, eine Schere umklammernd.

Nicht das kleinste Lüftchen wehte. Das Wasser gluckste und gurgelte im Boden des Bootes, wo drei oder vier Makrelen schwanzschlagend in einer Wasserlache lagen, die nicht tief genug war, sie zu bedecken. Jeden Augenblick konnte Mr. Ramsay (James wagte ihn kaum anzublicken) aufstehen, sein Buch zuklappen und scharfe Worte sagen; im Augenblick allerdings las er noch, so daß James verstohlen, als schliche er barfuß eine Treppe hinab, voll Angst, ein knarrendes Brett könnte den Wachhund wecken, weiter nachdachte, wie sie ausgesehen hatte, wohin sie an jenem Tag gegangen war. Er folgte ihr von Zimmer zu Zimmer, bis sie schließlich in einen Raum kamen, den ein blaues Licht wie vom Widerschein vieler Porzellanschüsseln erhellte; da sprach sie mit jemandem; er hörte zu. Sie sprach mit jemandem von den Hausangestellten und redete einfach, was ihr in den Sinn kam. „Wir brauchen heute abend eine große Schüssel. Wo ist sie – die blaue Schüssel?“ Sie allein sprach die Wahrheit; nur ihr konnte er die Wahrheit sagen. Dies war vielleicht die Quelle der nie versagenden Anziehungskraft, die sie auf ihn ausübte; sie war ein Mensch, dem man alles sagen konnte, was einem durch den Kopf ging. Während der ganzen Zeit aber, als er an sie dachte, war er sich bewußt, daß der Vater seinen Gedanken folgte, sie verdüsterte, sie zittern und straucheln ließ.

Schließlich hörte er auf zu denken; da saß er in der Sonne,

die Hand auf der Ruderpinne, und starrte zum Leuchtturm hinüber, unfähig, sich zu rühren, unfähig, diese Körnchen Elend abzustreifen, die sich eins nach dem anderen auf seinen Gedanken festsetzten. Ein Tau schien ihn hier festzuhalten, und sein Vater hatte es verknotet, und er könnte nur entrinnen, wenn er ein Messer nähme und es hineinstieße ... In diesem Augenblick aber schwang das Segel langsam herum, füllte sich langsam, das Boot schien sich zu schütteln und, wie schlaftrunken noch, in Bewegung zu setzen, dann erwachte es und schoß durch die Wellen. Es war eine ungeheure Erlösung. Alle rückten gleichsam wieder auseinander und fühlten sich behaglich; die Angelschnüre spannten sich straff über die Bootswand. Aber der Vater sah nicht auf. Er hob nur mit geheimnisvoller Gebärde die rechte Hand in die Luft und ließ sie dann wieder aufs Knie fallen, als schlüge er den Takt zu einer unhörbaren Sinfonie.

9

[Das Meer ist fleckenlos, dachte Lily Briscoe; sie stand noch immer da und blickte auf die Bucht hinaus. Wie Seide spannt sich das Meer über die Bucht. Die Ferne hatte doch eine ungemeine Kraft; sie waren davon aufgesogen worden, fühlte sie; sie waren fort für immer, sie waren eingegangen als Teil in das Wesen der Dinge. Es war so ruhig; es war so still. Sogar der Dampfer war verschwunden, aber der große Rauchschnörkel hing noch in der Luft und senkte sich wie eine Fahne zu trauerndem Abschied.]

10

So sah sie also aus, die Insel, dachte Cam und ließ wieder die Finger durch die Wellen gleiten. Sie hatte sie nie zuvor von See aus erblickt. So lag sie also auf dem Meer, mit einer Einkerbung in der Mitte und zwei scharfen Felsspitzen, und das Meer brandete dazwischen und dehnte sich meilen- und meilenweit rings um die Insel. Sie war sehr klein; ungefähr wie ein aufrechtes Blatt geformt. Und dann nahmen wir ein kleines Boot, dachte sie und fing an, sich eine abenteuerliche Geschichte zu erzählen, die vom Entkommen von einem sinkenden Schiff handelte. Als aber das Meerwasser durch ihre Finger glitt und eine Strähne Tang an ihnen vorübertrieb und entschwand, merkte sie, daß sie sich eigentlich gar keine Geschichte erzählen wollte; nach dem Gefühl des Abenteuers und des Entrinnens ging ihr Wunsch; denn während das Boot dahinsegelte, bedachte sie, wie ihres Vaters Ärger über die Sache mit der Windrose, ihres Bruders störrisches Festhalten am Pakt, dazu ihre eigenen Kümmernisse – wie all dies entglitten, vergangen, von der Strömung davongetragen worden war. Was aber kam nun? Wohin ging der Weg? Von ihrer eiskalten Hand, die sie tief ins Meerwasser senkte, sprudelte ein Springquell der Freude über die Wandlung, über das Entrinnen, über das Abenteuer auf (daß sie lebendig war, daß sie da war). Und die Tropfen von diesem jäh und bedenkenlos aufschießenden Springquell der Freude fielen da und dort auf die dunklen, noch schlummernden Bilder ihrer Gedankenwelt; Bilder einer Welt, die noch keine Wirklichkeit gewonnen hatten, aber sich im Dunkel regten und dann und wann einen Lichtstrahl auffingen; Griechenland, Rom, Konstantinopel. Diese kleine Insel in ihrer Winzigkeit, die wie ein aufrechtes Blatt geformt war, das von goldgesprenkeltem Wasser umströmt wurde, hatte also auch ihren Platz im All, selbst sie? Die alten Herren im Arbeitszimmer hätten es ihr sagen können, dachte sie. Zuweilen schlenderte sie mit Bedacht vom Garten zu ihnen hinein, um sie beim Gespräch darüber zu erwischen. Da saßen sie dann (Mr. Carmichael etwa oder Mr. Bankes, sehr alt, sehr steif) einander gegenüber in ihren niedrigen Sesseln. Sie hatten die „Times" vor sich und raschelten mit den Seiten, wenn sie vom Garten hereinkam, ganz verwirrt davon, was irgend jemand von Christus gesagt hatte; oder weil in einer Londoner Straße ein Mammut ausgegraben worden war; oder weil es darum ging, was für ein Mensch der große Napoleon gewesen war. Dann nahmen sie all das in ihre gepflegten Hände (sie trugen graue Anzüge und rochen nach Leder), fegten die Schnitzel zusammen, wandten das Zeitungsblatt, schlugen die Beine übereinander und sagten hin und wieder etwas, was sehr kurz war. In einer Art Dämmer-

zustand nahm sie ein Buch aus dem Bord, stand da und sah zu, wie ihr Vater schrieb, ganz säuberlich und gleichmäßig von einer Seite des Blattes bis zur anderen; dabei hustete er dann und wann oder richtete eine kurze Bemerkung an den anderen alten Herrn, der ihm gegenüber saß. Und sie dachte, wie sie dastand, das offene Buch in der Hand, hier könnte man jeden Gedanken sich entfalten lassen wie ein Blatt im Wasser; und wenn er das richtig fertigbrachte zwischen den alten Herren, die rauchten und mit der „Times" raschelten, dann war er richtig. Und während sie ihrem Vater zusah, wie er im Arbeitszimmer schrieb, dachte sie (jetzt im Boot), wie liebenswert er wäre, wie weise; er war nicht eitel, auch nicht tyrannisch. Wirklich, wenn er bemerkte, daß sie da war und las, so fragte er sie so freundlich wie nur irgendeiner, ob er ihr nicht etwas zuliebe tun könnte.
Aus Furcht, die Erinnerung könnte trügen, sah sie zu ihm hinüber, wie er in dem kleinen Buche las, dessen heller Einband gefleckt war wie das Ei des Regenpfeifers. Nein, es stimmte. Sieh ihn dir jetzt an, hätte sie am liebsten laut zu James gesagt. (James aber hatte nur Augen für das Segel.) Er ist ein sarkastischer Grobian, würde James sagen. Er sorgt dafür, daß jedes Gespräch bei ihm und seinen Büchern endet, würde James sagen. Er ist unerträglich selbstsüchtig. Am schlimmsten ist: er ist ein Tyrann. Aber sieh doch! widersprach sie. Sieh ihn jetzt an. Sie betrachtete ihn, wie er mit angewinkelten Beinen in dem kleinen Buche las; in dem kleinen Buche, dessen gelbliche Seiten sie kannte, ohne zu wissen, was darauf stand. Es war klein; es war eng gedruckt; auf dem Vorsatzblatt stand, das wußte sie, in des Vaters Hand vermerkt, daß er fünfzehn Francs für das Essen ausgegeben hatte; der Wein hatte soundso viel gekostet; soundso viel hatte er dem Kellner gegeben; alles war unten auf der Seite säuberlich aufgerechnet. Was aber in dem Buche stand, das vom Tragen in der Tasche runde Ekken bekommen hatte, das wußte sie nicht. Was er dachte, wußten sie beide nicht. Aber er war ganz verloren in seine Gedanken, und wenn er aufblickte, wie eben jetzt für einen Augenblick, so geschah es nicht, um etwas zu sehen, sondern um einen Gedanken fester zu packen. War das geschehen, glitt sein Geist zurück und versenkte sich wieder in

die Lektüre. Er las, dachte sie, als leitete er etwas, als lenkte er mit freundlichem Zuruf eine große Schafherde oder als bahnte er sich auf einsamem, schmalem Pfad seinen Weg, aufwärts, immer aufwärts; und manchmal schritt er rasch und gerade vorwärts und schlug sich seinen Weg durchs Dickicht, und manchmal schien ihn ein Ast zu treffen, ein Dornenstrauch ihn zu blenden, er aber ließ sich von nichts hindern: vorwärts ging er, Seite auf Seite legte er zurück. Und sie machte sich wieder daran, sich eine Geschichte vom Entkommen von einem sinkenden Schiff zu erzählen: denn sie war sicher, solange er dasaß; genauso sicher, wie sie sich fühlte, wenn sie leise aus dem Garten hereinkam und sich ein Buch holte und der alte Herr über das gesenkte Zeitungsblatt hinweg plötzlich eine sehr kurze Bemerkung über das Wesen Napoleons fallenließ.
Sie starrte zurück übers Meer zur Insel. Aber das Blatt verlor seinen scharfen Umriß; es war sehr klein; es war sehr fern. Das Meer war nun wichtiger als die Küste. Wellen waren rings um sie her, schäumten auf und senkten sich; diese wälzte ein Stück Holz heran, auf jener ritt eine Möwe. Irgendwo hier, dachte sie und plätscherte mit der Hand im Wasser, war ein Schiff gesunken, und sie murmelte träumerisch, halb im Schlaf, wie wir untergingen, jeder allein.

11

So sehr also, dachte Lily Briscoe und blickte aufs Meer, das fast fleckenlos glänzte, das so sanft erglänzte, daß es aussah, als wären Segel und Wolken eingelassen in diese Bläue – so sehr also sind wir abhängig von der Entfernung; so sehr kommt es darauf an, ob die Menschen uns nahe sind oder fern; denn ihre Empfindung für Mr. Ramsay wandelte sich in dem Maße, wie er weiter und weiter über die Bucht segelte. Sie schien sich auszudehnen, zu strecken; er schien ferner und ferner zu rücken. Er mitsamt seinen Kindern schien aufgesogen von dieser Ferne, dieser Bläue; hier aber auf dem Rasen, dicht neben ihr, grunzte Mr. Carmichael plötzlich. Sie lachte. Er klaubte sein Buch aus dem Gras. Er setzte sich in seinem Stuhl wieder zurecht, prustend und schnaubend wie ein Meerungeheuer. Das war nun freilich etwas ganz anderes, weil er so nahe war. Dann herrschte wieder Stille. Eigentlich müßten die anderen jetzt aufgestanden sein, dachte sie und sah zum Haus hinüber; aber da regte sich nichts. Sie waren allerdings, erinnerte sie sich, immer gleich nach einer Mahlzeit verschwunden, jeder mit eigenen Dingen beschäftigt. Alles stand im Einklang mit diesem Schweigen, dieser Leere, der Unwirklichkeit der frühen Morgenstunde. Das hatten die Dinge manchmal an sich, dachte sie, einen Augenblick verweilend, um die hohen glitzernden Fenster und die Feder aus blauem Rauch zu betrachten: sie wurden unwirklich. Wenn man von einer Reise heimkehrte oder krank gewesen war und die Gewohnheiten nicht schon alles wieder übersponnen hatten, da fühlte man dieselbe Unwirklichkeit, die so erregend war; man fühlte etwas aufsteigen. Dann war das Dasein am lebendigsten. Man durfte sich wohl fühlen. Man brauchte Gott sei Dank nicht über den Rasen zu gehen, um die alte Mrs. Beckwith recht lebhaft zu begrüßen, die aus dem Haus kam und sich ein Eckchen zum Sitzen suchte: „Oh, guten Morgen, Mrs. Beckwith! Was für ein herrlicher Tag! Wollen Sie's heute wagen, sich in die Sonne zu setzen? Jasper hat die Stühle versteckt. Lassen Sie mich einen für Sie holen!", und was man sonst so daherredete. Man brauchte überhaupt nicht zu reden. Man glitt dahin, man schüttelte seine Segel (in der Bucht herrschte jetzt allerlei Betrieb, Boote liefen aus), zwischen den Dingen, über den Dingen. Nein, das war keine Leere, das war Fülle bis zum Rand. Ihr war, als stünde sie bis zu den Lippen in irgendeiner Daseinsform, als bewegte sie sich, als schwämme sie, als versänke sie darin, ja; denn diese Wasser waren unauslotbar tief. So viele Leben hatten sich darein ergossen. Die der Ramsays, der Kinder und noch tausenderlei von diesem und jenem. Eine Waschfrau mit ihrem Korb; eine Krähe; ein glühroter Pfahl; die purpurnen und graugrünen Farben der Blumen: ein gemeinsames Gefühl, das alles zusammenhielt.

Ein solches Gefühl der Ganzheit hatte ihr vielleicht, als sie vor zehn Jahren fast an der gleichen Stelle gestanden hatte, die Worte eingegeben, daß sie in die Stätte verliebt sein müßte. Liebe hatte tausenderlei Gestalt. Es mochte Liebende geben, die es verstanden, das Wesentliche der Dinge herauszugreifen und, indem sie es zusammenfügten und ihm eine Ganzheit verliehen, die ihm im Grunde nicht eigen war, aus einem Vorgang, einem Zusammentreffen von Menschen (alle jetzt dahin und verstreut) etwas Vollkommenes, Dauerndes schufen, bei dem der Gedanke verweilt und das Herz frohlockt.

Ihre Augen ruhten auf dem braunen Fleck von Mr. Ramsays Segelboot. Um die Frühstückszeit würden sie am Leuchtturm sein, dachte sie. Aber der Wind hatte aufgefrischt, der Himmel hatte sich ein wenig verwandelt, das Meer hatte sich ein wenig verwandelt, die Boote hatten ihre Position geändert, so daß die Sicht, die vor einem Augenblick noch wunderbar klar gewesen war, nun recht undeutlich schien. Der Wind hatte die Rauchspur verweht, und die Plazierung der Boote war irgendwie unbefriedigend.

Das zerstörte Ebenmaß dort schien eine Harmonie in ihrem Inneren ins Wanken zu bringen. Sie spürte ein unnennbares Unbehagen. Es verstärkte sich, als sie sich ihrem Bild zuwandte. Sie hatte ihren Morgen vertan. Warum, wußte sie nicht; aber es gelang ihr nicht, das haarscharfe Gleichgewicht zwischen zwei entgegengesetzten Kräften zustande zu bringen: zwischen Mr. Ramsay und dem Bild; und gerade das war nötig. Vielleicht war schon im Aufriß ein Fehler? Vielleicht mußte, überlegte sie, die Linie der Hauswand gebrochen werden, vielleicht war die Masse der Bäume zu schwer? Sie lächelte spöttisch, denn hatte sie, als sie anfing, nicht geglaubt, sie hätte ihr Problem gelöst?

Worin lag nun das Problem? Sie mußte etwas zu fassen versuchen, was ihr entschlüpfte. Es entschlüpfte ihr, wenn sie an Mrs. Ramsay dachte; es entschlüpfte ihr jetzt, wenn sie an ihr Bild dachte. Redensarten tauchten auf. Visionen tauchten auf. Schöne Bilder. Schöne Redensarten. Aber was sie zu fassen wünschte, war ja die Erschütterung der Nerven, das Ding selbst, bevor etwas daraus gemacht worden ist. Das Fassen und Neuanfangen; das Fassen und Neuanfangen, sagte sie verzweifelt und stellte sich entschlossen wieder vor die Staffelei. Eine elende Maschine, eine unbrauchbare Maschine zum Malen oder Fühlen war der menschliche Apparat, dachte sie; im kritischen Augenblick versagte sie; mit Heldenkraft mußte man sie wieder in Gang bringen. Sie stand mit starrem Blick und gerunzelter Stirn.

Da war die Hecke; gut und schön. Aber man kam den Dingen nicht mit drängenden Forderungen bei. Der Blick wurde nur starr, wenn man immer die Linie der Wand ansah oder nachdachte – sie trug einen grauen Hut. Sie war atemversetzend schön. Laß es kommen, dachte sie, wenn es kommen will. Denn es gibt Augenblicke, wo man weder denken noch fühlen kann. Und wenn man weder denken noch fühlen kann, dachte sie, wo ist man dann?
Hier im Gras, auf der Erde, dachte sie, setzte sich und stocherte mit ihrem Pinselstiel in einem kleinen Büschel Wegerich herum. Denn der Rasen war sehr ungepflegt. Hier saß man auf der Welt, dachte sie; denn sie wurde die Vorstellung nicht los, daß alles sich an diesem Morgen zum ersten Male begab – und vielleicht zum letzten Male; so ergeht es dem Reisenden, der aus dem Abteilfenster blickt: Er weiß, auch in halbem Schlummer, daß er jetzt hinschauen muß, denn nie wieder wird er das Städtchen da erblicken oder den Maultierkarren oder die Frau bei der Feldarbeit. Der Rasen war die Welt; sie waren hier zusammen, an dieser erhöhten Stelle, dachte sie und sah zu dem alten Mr. Carmichael hin, der (obwohl sie die ganze Zeit kein Wort gesprochen hatten) ihre Gedanken zu teilen schien. Und vielleicht würde sie ihn nie wiedersehen. Er wurde alt. Andererseits, erinnerte sie sich und lächelte über den Pantoffel, der an seinem Fuß baumelte, wurde er berühmt. Die Leute sagten, seine Gedichte wären „so schön". Sie machten sich daran und druckten, was er vor vierzig Jahren geschrieben hatte. Da gab es nun also einen berühmten Mann namens Carmichael; sie lächelte, als sie bedachte, wie viele Gestalten ein Mensch haben mochte, wie anders er in den Zeitungen war, hier aber der blieb, der er immer gewesen war. Er sah noch genauso aus; grauer freilich. Ja, er sah noch genauso aus, aber jemand hatte ihr erzählt, erinnerte sie sich, daß er seit der Nachricht vom Tode Andrew Ramsays (er wurde auf der Stelle von einer Granate getötet; er wäre ein großer Mathematiker geworden, hieß es) „alles Interesse am Leben verloren" hätte. Was sollte damit gesagt sein? War er mit einem dicken Knüppel in der Hand über den Trafalgar Square marschiert? Hatte er, einsam in seinem Zimmer in St. John's Wood, Seite auf Seite umgeblättert, ohne zu lesen, was darauf stand? Sie wußte nicht, was er ge-

tan hatte, als er vom Tode Andrews erfuhr, aber sie fühlte, was in ihm vorging. Sie murmelten einander auf der Treppe etwas zu; sie blickten zum Himmel und äußerten sich darüber, ob es gutes oder schlechtes Wetter gäbe. Das war eine Art, die Menschen zu kennen: die Außenseite zu kennen, nicht die Einzelheiten, im Garten zu sitzen und die Berghänge zu betrachten, die sich purpurn in der fernen Heide verlieren. Auf diese Art kannte sie ihn. Sie merkte, daß er sich irgendwie verändert hatte. Sie hatte nie eine Zeile seiner Gedichte gelesen. Und doch glaubte sie zu wissen, wie sie waren, langsam und voll Wohllaut. Sie hatten würzige und milde Reife. Sie erzählten von der Wüste und vom Kamel. Sie erzählten vom Palmbaum und vom Sonnenuntergang. Sie waren höchst unpersönlich; vom Tod war die Rede; von der Liebe war sehr wenig die Rede. Es war etwas an ihm, was Abstand hielt. Er verlangte wenig von anderen. Hatte er sich nicht immer, eine Zeitung unterm Arm, ein bißchen verlegen am Fenster des Wohnzimmers vorbeigedrückt, um Mrs. Ramsay zu entgehen, die er aus irgendeinem Grunde nicht recht leiden konnte? Gerade deshalb versuchte sie natürlich immer, ihn festzuhalten. Er verneigte sich dann vor ihr. Er blieb unwillig stehen und verneigte sich tief. Sie ärgerte sich, daß er nichts von ihr verlangte, und deshalb fragte sie ihn (Lily hörte sie), ob er nicht einen Mantel, eine Decke, eine Zeitung wünschte. Nein, er wünschte nichts. (Dabei verneigte er sich.) Sie hatte etwas an sich, was er nicht recht leiden konnte. Vielleicht war es ihre gebieterische, rechthaberische Art und eine gewisse Nüchternheit ihres Wesens. Sie war so geradezu.
(Ein Geräusch lenkte ihre Aufmerksamkeit auf das Fenster des Wohnzimmers – das Quietschen einer Angel. Die leichte Brise spielte mit dem Flügel.)
Es mußte Leute gegeben haben, die sie gar nicht mochten, dachte Lily. (Ja, die Schwelle zum Wohnzimmer war leer, das wußte sie, aber es kümmerte sie nicht. In diesem Augenblick sehnte sie sich nicht nach Mrs. Ramsay.) – Leute, die sie zu sicher und zu drastisch fanden. Auch ihre Schönheit hatte den Leuten wahrscheinlich mißfallen. Wie eintönig, hieß es wohl, alle Tage dieselbe! Ihnen war der andere Typ lieber, der dunkle, lebenslustige. Außerdem war sie ihrem Manne gegenüber schwach. Sie ließ es zu, daß er

solche Szenen machte. Ferner war sie zurückhaltend. Niemand wußte genau, was sie erlebt hatte. Schließlich (um zu Mr. Carmichael und seiner Abneigung zurückzukehren) konnte man sich Mrs. Ramsay nicht vorstellen, wie sie einen ganzen Vormittag auf dem Rasen stand und malte oder lag und las. Das war undenkbar. Ohne ein Wort zu sagen, als einziges Zeichen ihrer Absicht einen Korb am Arm, ging sie ins Städtchen, zu den Armen, und setzte sich in ein muffiges kleines Schlafzimmer. Wie oft hatte Lily sie mitten aus einem Spiel, einer Unterhaltung weggehen sehen, ihren Korb am Arm, stumm und sehr aufrecht. Sie hatte auch ihre Rückkehr vermerkt. Und sie hatte gedacht, halb lächelnd (sie nahm es so genau mit den Teetassen), halb erschüttert (ihre Schönheit verschlug einem den Atem): Augen, die sich in Qualen schließen, haben dich angeblickt. Du bist dort gewesen, bei ihnen.

Und dann ärgerte sich Mrs. Ramsay, weil jemand zu spät kam oder die Butter nicht frisch oder die Teekanne gesprungen war. Und während sie die ganze Zeit davon sprach, daß die Butter nicht frisch war, mußte man an griechische Tempel denken und an die Schönheit, die sie umgeben hatte. Sie sprach nie davon – sie ging, pünktlich, entschlossen. Ein Instinkt ließ sie gehen, ein Instinkt, wie er die Schwalben nach Süden führt oder die Artischocken zur Sonne wendet, lenkte sie unfehlbar zu den Menschen und schuf ihr eine Wohnstatt in ihren Herzen. Und das war, wie bei allen Instinkten, ein bißchen quälend für Leute, die diesen Instinkt nicht hatten; für Mr. Carmichael vielleicht, für sie selbst gewiß. Beide waren einigermaßen von der Nutzlosigkeit des Handelns, von der Überlegenheit des Denkens durchdrungen. Wenn sie ging, so war das ein Vorwurf für sie, es gab der Welt einen anderen Lauf, was sie zum Widerspruch reizte, denn sie sahen ihre Vorurteile schwinden und klammerten sich an die schwindenden. Charles Tansley machte es ebenso: das war zum Teil der Grund, weshalb man ihn nicht mochte. Er brachte die Maßbegriffe der Welt durcheinander. Und was war aus ihm geworden? fragte sie sich und stocherte gedankenlos mit ihrem Pinsel zwischen dem Wegerich. Er hatte seine Privatdozentur bekommen. Er hatte geheiratet; er lebte in Golder's Green.

Während des Krieges war sie einmal in eine Versammlung

gegangen, wo er redete. Er klagte etwas an: er verurteilte jemanden. Er predigte Bruderliebe. Und ihre einzige Empfindung war dabei gewesen: Wie konnte er seinen Nächsten lieben, er, der ein Bild nicht vom anderen zu unterscheiden wußte, der hinter ihr gestanden, Shagtabak geraucht („fünf Pence die Unze, Miss Briscoe") und es sich zur Aufgabe gemacht hatte, ihr zu erklären: Frauen können nicht schreiben, Frauen können nicht malen – nicht so sehr, weil er selbst es glaubte, als weil er es aus irgendeinem seltsamen Grunde so haben wollte? Da stand er, hager und rot und heiser, und predigte von einem Podium herab Liebe (zwischen dem Wegerich krochen Ameisen herum, die sie mit ihrem Pinsel aufstörte – rote, tatkräftige Ameisen, die ein bißchen an Charles Tansley erinnerten). Sie hatte ihn spöttisch von ihrem Platz im halbleeren Saal beobachtet, wie er Liebe in den frostigen Raum pumpte, und plötzlich sah sie das alte Faß oder was es sonst gewesen war in den Wellen auf und nieder tanzen und Mrs. Ramsay zwischen den Kieselsteinen nach ihrem Brillenfutteral suchen. „Ach, du lieber Himmel! Wie ärgerlich! Bemühen Sie sich nicht, Mr. Tansley! Ich verliere jeden Sommer unzählige von den Dingern", worauf er das Kinn an den Kragen preßte, als hätte er Bedenken, eine solche Übertreibung gutzuheißen, ließe es aber ihr, die er gern leiden mochte, durchgehen, und ganz bezaubernd lächelte. Er hatte ihr wohl auf einem der langen Ausflüge, wo sich die Gesellschaft trennte und man einzeln heimkehrte, sein Leben gebeichtet. Er sorgte für die Erziehung seiner kleinen Schwester, hatte Mrs. Ramsay ihr erzählt. Das war sehr ehrenvoll für ihn. Ihre eigene Vorstellung von ihm war grotesk, das war Lily bewußt, als sie mit dem Pinsel zwischen dem Wegerich herumstocherte. Die Hälfte aller Vorstellungen von anderen Menschen war letzten Endes grotesk. Sie dienten geheimen eigenen Zwecken. Ihr diente er als Prügelknabe. Sie erwischte sich dabei, wie sie seine mageren Flanken peitschte, wenn sie schlechter Laune war. Wenn sie ihn ernst nehmen wollte, mußte sie sich Mrs. Ramsays Worte ins Gedächtnis rufen und ihn mit deren Augen sehen.

Sie schichtete einen kleinen Berg auf, den die Ameisen überklettern sollten. Durch diesen Eingriff in ihre Weltschöpfung zwang sie sie zu wilder Unentschlossenheit. Die einen rannten hierhin, die anderen dorthin.

Man müßte fünfzig Augenpaare zum Sehen haben, überlegte sie. Fünfzig Augenpaare wären nicht genug gewesen, um mit dieser einen Frau fertig zu werden, dachte sie. Eines davon hätte für ihre Schönheit stockblind sein müssen. Vor allem brauchte man einen geheimen sechsten Sinn, leicht wie Luft, der sich durch Schlüssellöcher stahl und sie umschloß, während sie strickend, redend oder schweigend am Fenster saß; der ihre Gedanken, ihre Träume, ihre Wünsche aufnahm und bewahrte, wie die Luft den Rauch des Dampfers. Was bedeutete die Hecke ihr, was bedeutete der Garten ihr, was bedeutete die Welle ihr, die am Ufer zerschellte? (Lily blickte auf, wie sie Mrs. Ramsay hatte aufblikken sehen; auch sie hörte eine Welle ans Ufer branden.) Was regte sich, was erzitterte in ihr, wenn sie die Rufe der Kinder beim Kricketspiel hörte: „Da! Da!"? Dann hielt sie einen Augenblick mit der Arbeit inne. Ihr Blick wurde aufmerksam. Aber sie ließ sich bald wieder zurücksinken, und plötzlich blieb Mr. Ramsay in seinem Auf- und Abschreiten vor ihr stehen; dann ging ein sonderbarer Ruck durch sie hin, daß sie zu schwanken schien in tiefer innerer Erregung, während er neben ihr stand und auf sie herabblickte. Deutlich sah Lily das Bild vor sich.

Er streckte die Hand aus und half ihr vom Stuhl auf. Die Bewegung sah aus, als wäre sie ihm schon vertraut; als hätte er sich schon einmal auf die gleiche Art niedergebeugt und ihr aus einem Boot geholfen, das ein paar Zollbreit von einer Insel entfernt lag, so daß die Damen sich von den Herren an Land helfen lassen mußten. Ein altmodisches Bild war das, wozu eigentlich Krinolinen und unten enger werdende Hosen gepaßt hätten. Während sie sich von ihm helfen ließ, hatte (so vermutete Lily) Mrs. Ramsay gedacht, die Zeit sei gekommen, sie würde ja sagen. Ja, sie würde ihn heiraten. Und sie betrat langsam und gelassen das Ufer. Vielleicht sprach sie nur ein einziges Wort und ließ dabei ihre Hand in seiner ruhen. Ich will dich heiraten, hatte sie vielleicht gesagt, ihre Hand in seiner; sonst nichts. Das gleiche Erzittern hatte beide dann wieder und wieder erfaßt – es mußte so gewesen sein, dachte Lily und ebnete ihren Ameisen einen Weg. Sie erfand nichts; sie versuchte nur etwas freizulegen, was ihr vor Jahren verschlossen zuteil geworden war, etwas, was sie gesehen hatte. Denn im Getümmel und der Unruhe des Alltags, inmitten all dieser Kinder und Besucher, hatte man immer das Gefühl einer Wiederholung – als falle dort etwas, wo vor ihm schon anderes gefallen sei, und lasse so ein Echo erstehen, dessen Harmonie die Luft mit zitternden Schwingungen erfüllte.

Aber es wäre falsch, dachte sie und stellte sich vor, wie die beiden miteinander davongingen, sie mit ihrem grünen Schal, er mit flatternder Krawatte, Arm in Arm, am Gewächshaus vorüber, wenn man ihr Verhältnis zueinander vereinfachen wollte. Es war keine eintönige Glückseligkeit – sie mit ihren plötzlichen Eingebungen und ihrer raschen Art, er mit seinen Anfällen von Schauder und Trübsinn. O nein! Frühmorgens fiel etwa die Schlafzimmertür dröhnend ins Schloß. Er sprang gereizt vom Tisch auf. Er schleuderte seinen Teller durchs Fenster. Dann schien es im ganzen Haus nur schlagende Türen und flatternde Vorhänge zu geben, als wehte ein Sturmwind, und die Leute liefen hastig durcheinander, um die Türen zu schließen und alles in Ordnung zu bringen. An solch einem Tage war sie Paul Rayley auf der Treppe begegnet. Sie hatten sich ausschütten wollen vor Lachen, nur weil Mr. Ramsay beim Frühstück einen Ohrwurm in seiner Milch gefunden und ihn mitsamt der Milch in hohem Bogen auf die Terrasse hinausgeschleudert hatte. „Ein Ohrwurm!" stotterte Prue erschüttert, „in seiner Milch!" Andere Leute konnten Tausendfüßler darin finden. Er aber hatte eine solche Mauer der Unantastbarkeit rings um sich aufgebaut und nahm das Gebiet mit so majestätischem Gebaren in Anspruch, daß ein Ohrwurm in seiner Milch eine Ungeheuerlichkeit war. Für Mrs. Ramsay aber war es ermüdend, es entmutigte sie einigermaßen – das Tellerwerfen und Türenschlagen. Dann trennte die beiden zuweilen lange Zeit ein starres Schweigen; Mrs. Ramsay, in einer Gemütsverfassung, die Lily an ihr nicht leiden konnte, halb wehleidig, halb gekränkt, besaß dann offenbar nicht die Kraft, den Sturm gelassen hinzunehmen oder zu lachen, wie die anderen lachten, verbarg vielleicht auch etwas hinter ihrer bedrückten Stimmung. Sie grübelte und saß stumm. Nach einer Weile begann er dann verstohlen ihren Platz zu umkreisen; er umschlich das Fen-

ster, wo sie schreibend oder plaudernd saß, denn sie wußte es so einzurichten, daß sie beschäftigt schien, wenn er vorbeikam, so daß sie ihm entschlüpfte und tun konnte, als sähe sie ihn nicht. Worauf er so sanft wie Seide wurde, freundlich und umgänglich, und sie auf diese Art zu gewinnen suchte. Sie aber hielt sich noch zurück, und nun nutzte sie, um sich durchzusetzen, für kurze Zeit ihre Schönheit zu einer stolzen und hoheitsvollen Haltung, die ihr sonst ganz und gar fremd war; sie wandte den Kopf ab, warf nur einen Blick über die Schulter und hatte stets jemanden bei sich, Minta, Paul oder Mr. Bankes. Schließlich rief er, der ausgeschlossen und genau wie ein hungriger Wolfshund dastand (Lily erhob sich aus dem Gras und blickte zu den Stufen und zum Fenster hinüber, wo sie ihn gesehen hatte), ihren Namen, ein einziges Mal, und es klang wahrhaftig, als bellte ein Wolf im Schnee – sie aber hielt sich noch immer zurück; dann wiederholte er ihren Namen, und diesmal lag etwas in seinem Ton, was sie aufrüttelte, und sie ging zu ihm, ließ die anderen einfach stehen, und die beiden verschwanden zwischen den Birnbäumen, den Kohlköpfen und Himbeersträuchern. Sie trugen es miteinander aus. Wie aber benahmen sie sich dabei, was für Worte brauchten sie? In ihrem Verhältnis zueinander waltete soviel Würde, daß sie und Paul und Minta sich abwandten und ihre Neugier und ihr Unbehagen verhehlten; sie pflückten Blumen, spielten Ball, schwatzten, bis es Zeit zum Dinner war: und dann waren sie wieder da, er am einen Ende des Tisches, sie am anderen, ganz wie sonst.
„Warum befaßt sich keiner von euch mit Botanik . . .? So viele Arme und Beine, und keiner denkt daran . . .?" So redeten sie, ganz wie sonst, und lachten mit den Kindern. Es war alles ganz wie sonst, nur zuckte dann und wann etwas zwischen ihnen auf, wie eine Klinge in der Luft, als wäre der vertraute Anblick der Kinder, die ringsum vor ihren Suppentellern saßen, ihren Augen neu, nach dieser Stunde zwischen den Birnen und Kohlköpfen. Mrs. Ramsay pflegte dann, fiel Lily ein, besonders Prue anzusehen. Sie saß zwischen ihren Brüdern und Schwestern und sprach kaum je ein Wort, so eifrig schien sie immer damit beschäftigt, dafür zu sorgen, daß alles klappte. Was für Vorwürfe sich Prue wohl wegen des Ohrwurms in der Milch gemacht hat! Wie

weiß wurde sie, als Mr. Ramsay den Teller aus dem Fenster warf! Wie ließ sie den Kopf hängen, wenn das lange Schweigen zwischen ihnen herrschte! Nun freilich war die Mutter offenbar bemüht, das alles wettzumachen; ihr zu versichern, daß alles gut sei; zu versprechen, daß auch ihr das gleiche Glück bald zuteil würde. Sie hatte es allerdings nur knapp ein Jahr genossen.

Sie hatte die Blumen aus ihrem Korb fallen lassen, dachte Lily, kniff die Augen zusammen und trat zurück, als wollte sie ihr Bild betrachten; aber sie rührte es nicht an, denn all ihre Kräfte waren wie in einen Zauberschlaf gebannt, oberflächlich erstarrt, darunter aber rührten sie sich mit rasender Eile.

Sie hatte die Blumen aus ihrem Korb fallen lassen; hatte sie verstreut, aufs Gras geworfen, und dann ging sie von dannen, widerwillig und zögernd, aber ohne ein Wort der Klage – denn hatte sie nicht die Gabe des Gehorchens zur Vollkommenheit entwickelt? Über Felder schritt sie, durch weiße, blumenbesternte Täler – ja, so hätte sie es gemalt. Die Hügel ragten streng; sie waren felsig und steil. Hart schlugen drunten die Wellen auf die Steine. Sie gingen miteinander, die drei, Mrs. Ramsay ziemlich rasch voran, als erwarte sie, an der nächsten Ecke jemanden zu treffen.

Plötzlich wurde das Fenster, zu dem sie hinüberblickte, von irgend etwas Hellem dahinter weiß. Da hatte also doch jemand das Wohnzimmer betreten, und jemand saß im Stuhl am Fenster. Gütiger Himmel, flehte sie, laß sie still drinnen sitzen bleiben und nicht herauskommen, um mit aller Gewalt ein Gespräch anzufangen! Wer es auch war, er blieb Gott sei Dank drinnen; und ein glücklicher Zufall hatte ihn veranlaßt, sich so hinzusetzen, daß er einen wunderlich geformten dreieckigen Schatten auf die Stufe warf. Das bedeutete eine kleine Änderung im Aufbau des Bildes. Es war reizvoll. Es war vielleicht sogar nützlich. Ihre Arbeitslust kehrte wieder. Man mußte unverwandt hinsehen, die Kraft der Empfindung durfte keinen Augenblick erlahmen; man durfte sich nicht ablenken, nicht verwirren lassen. Man mußte die Szene wie in einem Schraubstock festhalten – so – und durfte nichts eindringen und sie verderben lassen. Man wollte, dachte sie und tauchte bedachtsam den Pinsel ein, sich immer nach der alltäglichen Erfahrung richten und einfach denken, das ist ein Stuhl, das ist ein Tisch und hinwiederum gleichzeitig: Es ist ein Wunder, es ist eine Wonne. Vielleicht war das eine Frage, die sich lösen ließ. Ach, aber was geschah dort? Etwas Weißes wallte über die Fensterscheibe. Der Wind mußte einen Volant im Zimmer aufgeweht haben. Ihr Herz sprang und packte sie und würgte sie.

„Mrs. Ramsay! Mrs. Ramsay!" rief sie und fühlte die alte Qual wiederkehren: sich sehnen, sehnen und es nicht bekommen. Hatte sie noch immer solche Macht? Dann aber, ganz sacht, als lockerte sie den Griff, wurde auch das ein Teil der alltäglichen Erfahrung, gehörte zum Stuhl, zum Tisch. Mrs. Ramsay – es war ein Ausfluß der großen Güte, die sie Lily immer erwiesen hatte – saß ganz einfach da in ihrem Stuhl, ließ ihre Nadeln hin- und herblitzen, strickte an ihrem rötlichbraunen Strumpf, warf ihren Schatten auf die Stufe. Ja, da saß sie.

Und als hätte sie etwas, was sie mit jemand teilen müßte, könnte sich aber kaum von ihrer Staffelei trennen, weil sie so ganz und gar erfüllt war von dem, was sie dachte, was sie sah, ging sie an Mr. Carmichael vorbei zum Rande des Rasens, ihren Pinsel in der Hand: Wo war das Boot jetzt? Mr. Ramsay? Sie brauchte ihn.

12

Mr. Ramsay war beinahe mit Lesen fertig. Eine Hand schwebte griffbereit über der Seite, als sollte sie umblättern, sobald er unten angelangt war. Er saß ohne Hut da, der Wind spielte mit seinem Haar, und er schien allem ungeschützt preisgegeben. Er sah sehr alt aus. Er sah aus, dachte James, der den Kopf bald zum Leuchtturm, bald zur weiten Wasserfläche wandte, die sich ins Grenzenlose dehnte, wie ein alter Stein, der im Sand liegt, er sah aus, als wäre er nun die Verkörperung dessen geworden, was beide immer schon geahnt hatten – jener Einsamkeit, die für beide das wahre Wesen der Dinge war.

Er las sehr rasch, als läge ihm viel daran, ans Ende zu gelangen. Sie waren dem Leuchtturm nun auch wirklich sehr nahe. Da ragte er auf, stark und gerade, in grellem Weiß und Schwarz, und man sah die Wellen wie splitterndes Glas weiß auf den Felsen zerbrechen. Man sah Risse und Spalten in den Felsen. Man sah deutlich die Fenster; auf einem glänzte ein Fleckchen Weiß, und auf dem Felsen war ein Tupfen Grün. Ein Mann war herausgekommen, sah durch ein Fernglas zu ihnen herüber und ging wieder hinein. So also sah er aus, dachte James, der Leuchtturm, den man all die Jahre über die Bucht hinweg gesehen hatte; er war ein starker Turm auf einem nackten Felsen. Er befriedigte ihn. Er bestätigte eine gewisse Vorstellung von seinem eigenen Wesen. Die alten Damen, dachte er und stellte sich den Garten am Haus vor, zogen mit ihren Stühlen über den Rasen. Die alte Mrs. Beckwith zum Beispiel sagte immer, wie nett es wäre und wie reizend es wäre und wie stolz sie doch sein müßten und wie glücklich sie doch sein müßten, in Wirklichkeit aber, dachte James und sah zum Leuchtturm hinüber, wie er auf dem Felsen stand – in Wirklichkeit ist es natürlich so. Er sah seinen Vater an, der grimmig drauflos las, die Beine fest angewinkelt. Dieses Wissen, dachte er, haben wir gemeinsam. „Wir treiben vorm Sturm – wir müssen sinken“, sagte er zu sich selbst, und er sagte es halblaut, genau wie sein Vater.

Es war, als hätte seit einer Ewigkeit niemand ein Wort gesprochen. Cam war es müde, das Meer zu betrachten. Kleine schwarze Korkstücke waren vorübergetrieben; die Fische unten im Boot waren tot. Immer noch las der Vater, James sah ihn an, und Cam sah ihn an, und sie schworen, daß sie sich der Tyrannei widersetzen wollten bis zum Tode, und er las weiter und wußte gar nichts von ihren Gedanken. Auf diese Weise brachte er es fertig zu entkommen, dachte sie. Ja, mit seiner mächtigen Stirn und seiner großen Nase, das kleine gesprenkelte Buch fest in der Hand, entkam er. Man konnte wohl versuchen, ihn zu halten, aber dann breitete er wie ein Vogel die Schwingen aus und entflog, um sich irgendwo weit weg auf einen einsamen Baumstumpf niederzulassen, wo er unerreichbar war. Sie starrte auf die unermeßliche Meeresfläche. Die Insel war so klein geworden, daß sie kaum noch einem Blatt ähnlich sah. Sie glich einer Felsspitze, die unter der nächsten großen Welle verschwinden konnte. Und doch barg sie in ihrer Winzigkeit all die Wege, die Terrassen, die Schlafkammern – all die unzähligen Dinge. Aber es ging ihr wie vorm Einschlafen, wo die Dinge sich so vereinfachen, daß von den zahllosen Einzelheiten nur eine einzige die Kraft hat, sich im Bewußtsein durchzusetzen, sie fühlte, als sie schläfrig zur Insel blickte, wie die Wege, Terrassen, Schlafkammern verblaßten und verschwanden und nichts übrigblieb als ein hellblaues Weihrauchfaß, das gleichmäßig in ihr hin- und herschwang. Es war ein hängender Garten; es war ein Tal, voll von Vögeln und Blumen und Antilopen ... Cam schlief ein.

„So, nun komm", sagte Mr. Ramsay plötzlich und klappte sein Buch zu.

Kommen – wohin? Zu welchen unerwartetem Abenteuer? Sie erwachte mit einem Ruck. Um irgendwo zu landen, irgendwo hinaufzuklimmen? Wohin führte er sie? Denn die Worte erschreckten sie nach seinem endlosen Schweigen. Aber es war natürlich lächerlich. Er hätte Hunger, sagte er. Es wäre Zeit zum Lunch. Außerdem – seht mal, sagte er. Da ist der Leuchtturm. „Wir sind fast angelangt."

„Er macht's sehr gut", sagte Macalister als Lob für James. „Er hält ordentlich Kurs."

Aber der Vater lobte ihn niemals, dachte James grimmig. Mr. Ramsay öffnete das Paket und verteilte die Sandwiches. Nun war er glücklich, weil er mit den Fischern Brot und Käse essen konnte. Er hätte gern in einer Hütte gewohnt, am Hafen herumgelungert und mit den anderen alten Männern ins Wasser gespuckt, dachte James und sah zu, wie er den Käse mit seinem Taschenmesser in dünne, gelbe Scheiben schnitt. So ist es recht, so ist es gut, empfand Cam, während sie ihr hartgekochtes Ei schälte. Nun war ihr zumute wie im Arbeitszimmer, wenn die alten Herren die „Times" lasen. Nun kann ich weiter nachdenken, wie es mir gefällt, ohne in einen Abgrund zu stürzen oder zu ertrinken; denn er ist da und behütet mich.

Währenddessen schoß das Boot so rasch an den Felsen dahin, daß es höchst aufregend war – als täten sie zweierlei zu gleicher Zeit: als äßen sie ihren Lunch hier in der Sonne und suchten sich zugleich bei schwerem Sturm nach einem Schiffbruch in Sicherheit zu bringen. Würde das Wasser reichen? Würden die Lebensmittel reichen? fragte sie sich und

erfand sich eine Geschichte, blieb sich dabei aber der Wirklichkeit bewußt.
Sie würden es nun bald hinter sich haben, sagte Mr. Ramsay zum alten Macalister; ihre Kinder aber würden noch allerlei Merkwürdiges erleben. Er wäre im letzten März fünfundsiebzig geworden, sagte Macalister; Mr. Ramsay war einundsiebzig. Er hätte nie im Leben einen Doktor gebraucht, sagte Macalister; er hätte auch nie einen Zahn verloren. Ich wollte, meine Kinder würden so leben – Cam war überzeugt, daß ihr Vater das dachte; denn als sie ein Sandwich ins Wasser werfen wollte, hinderte er sie daran und sagte, als dächte er dabei an die Fischer und ihre Lebensweise, wenn sie es nicht haben wolle, solle sie es wieder ins Paket tun. Sie solle es nicht vergeuden. Er sagte es so voller Weisheit, als wüßte er um alles, was in der Welt geschah, so daß Cam es sogleich wieder einpackte; worauf er ihr aus seinem eigenen Paket einen Pfefferkuchen überreichte, als wäre er ein spanischer Grande, dachte sie, der einer Dame am Fenster eine Blume überreicht (so höflich war sein Benehmen). Er war einfach, er sah schäbig aus, er aß Brot und Käse; doch war er ihr Führer auf einer großen Unternehmung, bei der sie wahrscheinlich alle ertrinken würden.
„Hier war's, wo das Schiff gesunken ist", sagte Macalisters Junge plötzlich.
„An dieser Stelle sind drei Mann ertrunken", sagte der Alte. Er hatte mit eigenen Augen gesehen, wie sie sich an den Mast klammerten. Und Cam und James hatten Angst, daß Mr. Ramsay, als er einen Blick auf die Stelle warf, nun loslegen würde:

Uns aber haben wildere Wogen ...,

und wenn er es täte, so würden sie es nicht ertragen können; sie würden laut schreien; einem neuen Ausbruch der Leidenschaft, die in ihm kochte, würden sie nicht gewachsen sein; aber zu ihrer Überraschung sagte er nichts weiter als: „Aha!" – als dächte er im stillen: Warum soviel Aufhebens davon machen? Natürlich ertrinken Menschen beim Sturm, aber es ist eine ganz einfache Sache, und die Tiefen der See (er streute die Krumen aus seinem Sandwichpapier darüber hin) sind letzten Endes bloß Wasser. Da zündete er

seine Pfeife an und sah nach der Uhr. Er betrachtete sie eingehend; vielleicht stellte er irgendeine mathematische Berechnung an. Schließlich sagte er lobend: „Gut gemacht!" James hatte gesteuert wie ein geborener Seemann.
Siehst du wohl! sagte Cam in Gedanken zu James. Nun hast du's doch erreicht. Denn sie wußte, dies war es, was James sich gewünscht hatte; und nachdem er es erreicht hatte, würde er vor lauter Befriedigung weder sie noch den Vater noch sonst jemanden ansehen. Da saß er, kerzengerade, die Hand auf der Ruderpinne, runzelte ein wenig die Stirn und sah ziemlich brummig aus. Er war so befriedigt, daß er sich von niemandem auch nur ein Körnchen dieses Freudegefühls nehmen lassen wollte. Der Vater hatte ihn gelobt. Sie mußten ihn für vollkommen gleichgültig halten. Aber erreicht hast du's doch, dachte Cam.
Sie hatten gewendet und segelten nun flink und schnell neben dem Riff über die langen schaukelnden Wellen, mit viel Schwung und Freude von einer zur anderen weitergereicht. Zur Linken hob sich braun eine Reihe von Felsen im Wasser ab, das durchsichtiger und grünlicher wurde, und an einem, einem höheren Felsen, brach sich unablässig eine Welle und spritzte eine kleine Tropfensäule auf, die als ein Schauer niederfiel. Man hörte das Wasser klatschen und die Tropfen fallen, dazu das eintönige zischende Geräusch der anrollenden, springenden Wellen, die klatschend auf die Felsen schlugen, als wären sie wilde, völlig freie Geschöpfe, die bis in alle Ewigkeit springen, toben und spielen durften.
Auf dem Leuchtturm bemerkten sie nun zwei Männer, die dem Boot entgegenblickten und sich anschickten, die Besucher zu empfangen.
Mr. Ramsay knöpfte seinen Rock zu und krempelte sich die Hosen auf. Er nahm das große, schlecht verschnürte braune Paket, das Nancy fertiggemacht hatte, auf den Schoß. So saß er, völlig zum Landen gerüstet, und blickte zurück zur Insel. Vielleicht nahmen seine weitsichtigen Augen den zusammengeschrumpften blattähnlichen Schatten, der aufrecht auf einer goldenen Schüssel stand, ganz deutlich wahr. Was sah er wohl? dachte Cam. Für sie war alles verschwommen. Was dachte er jetzt? – fragte sie sich. Was suchte er wohl, so unverwandt, so angespannt, so stumm? Beide sahen sie ihn an, wie er dasaß, mit bloßem Kopf, das

Paket auf den Knien, und immer und immer zu jenem zarten blauen Schatten hinüberstarrte, der aussah wie ein Dunst von etwas, was sich selbst verzehrt hatte. Was ersehnst du? hätten sie am liebsten gefragt. Und beide hätten am liebsten gesagt: Verlange von uns, was du willst – wir wollen es dir geben. Aber er verlangte gar nichts von ihnen. Er saß nur da und sah zur Insel zurück und dachte vielleicht: Wir gingen unter, jeder allein; oder vielleicht dachte er auch: Ich habe es erreicht. Ich habe es gefunden. Aber er sagte nichts.

Dann setzte er den Hut auf.

„Nehmt die Pakete!“ sagte er und wies mit dem Kopf auf die Päckchen, die Nancy für die Leute vom Leuchtturm fertiggemacht hatte. „Die Pakete für die Leuchtturmleute“, fügte er hinzu. Er erhob sich und stand am Bug des Bootes, sehr gerade und groß, als ob er, dachte James, wahrhaftig sagen wollte: „Es gibt keinen Gott“, als ob er, dachte Cam, in den Weltraum springen wollte. Und sie erhoben sich, um ihm zu folgen, als er, sein Paket unterm Arm, leichtfüßig wie ein junger Mann auf den Felsen sprang.

13

„Er muß es geschafft haben“, sagte Lily Briscoe laut und fühlte sich mit einem Male völlig erschöpft. Denn der Leuchtturm war beinahe unsichtbar geworden, hatte sich aufgelöst in blauen Dunst, und das angestrengte Starren auf den Leuchtturm und das angestrengte Denken an Mr. Ramsay, wie er dort landete, was beides die gleiche Anstrengung zu bedeuten schien, hatten Körper und Geist aufs äußerste angespannt. Oh, aber nun fühlte sie sich erlöst. Was immer sie ihm hatte geben wollen, als er sie heute morgen verließ, sie hatte es ihm endlich gegeben.

„Er ist gelandet“, sagte sie laut. „Es ist vollbracht.“ Da wogte es neben ihr auf, und der alte Mr. Carmichael stand neben ihr, leise schnaufend, und sah aus wie ein alter Heidengott, zottig, Seetang im Haar, den Dreizack (der allerdings nur ein französischer Roman war) in der Hand. Er stand neben ihr am Rande des Rasens, ein wenig schwankend in seiner Fülle, beschattete die Augen mit der Hand und sagte: „Sie werden gelandet sein"; und sie fühlte, daß sie recht gehabt hatte. Es hatte zwischen ihnen keiner Worte bedurft. Sie hatten die gleichen Gedanken gehabt, und er hatte ihr geantwortet, ohne daß sie zu fragen brauchte. Er stand da und breitete die Hände über alle Schwäche und alles Leid des Menschengeschlechts; es war, dachte sie, als überprüfte er, duldsam und voll Mitgefühl, die Erfüllung ihres Schicksals. Und nun hat er das Ereignis bekrönt, dachte sie, als seine Hand langsam herabsank: als hätte sie gesehen, wie er von seiner fernen Höhe herab ein Gewinde von Veilchen und Asphodelosblüten fallen ließ, das, langsam niederflatternd, endlich auf der Erde lag.

Rasch, als hätte von drüben her eine Mahnung sie getroffen, wandte sie sich ihrer Leinwand zu. Da war es – ihr Bild. Ja, mit allen grünen und blauen Tönen, seinen auf und ab und kreuz und quer verlaufenden Linien, seinem Bemühen, etwas zu gestalten. Es würde in einer Bodenkammer hängen, dachte sie; es würde zerstört werden. Aber was machte das? fragte sie sich selbst und nahm ihren Pinsel wieder zur Hand. Sie sah auf die Stufen; sie waren leer; sie sah auf die Leinwand; sie war verschmiert. Mit jäher Anspannung, als sähe sie es für eine Sekunde klar, zog sie eine Linie – da, mitten im Bild. Es war vollbracht; es war vollendet. Ja, dachte sie und legte in unsagbarer Müdigkeit den Pinsel aus der Hand, ich habe meine Offenbarung gehabt.

Nachwort

Virginia Woolfs (1882–1941) fünfter Roman, „Die Fahrt zum Leuchtturm", erschien am 5. Mai 1927. Viele ihrer Freunde und auch der Literaturkritiker haben ihn als ihr Meisterwerk apostrophiert, und wiewohl das Absolute eines solchen Urteils in Frage zu stellen ist, ein meisterliches Stück Literatur bleibt er dennoch. Er entstand in jener fruchtbaren mittleren Schaffensperiode der englischen Schriftstellerin, die von den beiden berühmt gewordenen Essays „Mr. Bennett und Mrs. Brown" (1924) und „Ein eigenes Zimmer" (A Room of One's Own, 1929) eingerahmt und außerdem durch die Romane „Mrs. Dalloway" (1925) und „Orlando" (1928) geprägt wird. Er ist zugleich ein gelungenes praktisches Pendant zu ihren theoretischen Auffassungen, in denen sie die konsequente Forderung erhob, die Aneignung der Wirklichkeit in der Epik in anderer Weise zu vollziehen, als es der Roman des 19. Jahrhunderts getan hatte.

Unter den gesellschaftlichen Bedingungen des Monopolkapitalismus begegnete Virginia Woolf einer literarischen Methode mit Skepsis, welche Gestalten in einem Panorama äußerer Umstände agieren und in der Auseinandersetzung mit der Umwelt ein gewisses Maß an Selbstverwirklichung erreichen ließ. Der Glaube an eine bürgerliche Ordnung mit humanistischen Potenzen war dahin; das Wissen vom Ausgeliefertsein, der Ohnmacht gegenüber einer von Geld und anonymen Mächten regulierten Gesellschaft hatte ihn ersetzt. Ohne die wissenschaftliche Weltanschauung des Proletariats konnte die Abwendung vom sozialen Bereich und die Hinwendung zum Individuum nur folgerichtig sein. Die Einengung des literarischen Gegenstandes führte allerdings auch zugleich zu seiner Vertiefung. Mit einer

außerordentlich feinen femininen Sensibilität förderte Virginia Woolf innere Regungen, Gefühle, Gedanken von individuell unterschiedlichen Gestalten zutage, um zu erwägen, wie sie sich in ihren Handlungen und in ihren Beziehungen zueinander ihren eigenen Wert erhalten und das Empfinden des Glücks und der Befriedigung als Bestätigung ihres Menschseins erlangen können.
Nach der Lektüre des Romans schrieb Virginia Woolfs ältere Schwester, die Graphikerin Vanessa Bell, aus dem südfranzösischen Ort Cassis: „Es schien mir, als ob Du im ersten Teil des Buches ein Porträt von Mutter gezeichnet hast, das mehr wie sie selbst ist, als irgend etwas, was ich jemals für möglich gehalten hätte. Es ist fast schmerzlich, sie so von den Toten auferstanden zu sehen. Du hast einen die außerordentliche Schönheit ihres Charakters fühlen lassen, was zu erreichen die schwierigste Sache der Welt gewesen sein muß. Es war, als ob ich sie wiedergetroffen hätte, ich selbst erwachsen und gleichberechtigt, und es scheint mir das erstaunlichste Schöpfungswunder zu sein, sie in solch einer Weise wahrnehmen zu können. – Du hast, denke ich, Vater auch so deutlich wiedergegeben, aber vielleicht, da mag ich allerdings auch irren, ist das nicht ganz so schwer."
Virginia Woolf selbst vertraute ihrem Tagebuch an, daß es ihr persönlich darum zu tun war, mit der Erinnerung an ihren Vater ins reine zu kommen. So notierte sie am 28. November 1928, dem Geburtstag ihres Vaters, daß, hätte er länger gelebt, „sein Leben das meine beendet hätte. Was wäre geschehen? Kein Schreiben, keine Bücher; – unvorstellbar. Ich habe früher täglich an ihn und an Mutter gedacht; aber das Schreiben des ‚Leuchtturm' ließ sie in meinem Kopf zur Ruhe kommen. Und nun erscheint er nur noch manchmal, aber anders. (Ich glaube, es ist wahr, daß ich manchmal von ihnen beiden förmlich besessen war und daß über sie zu schreiben eine notwendige Handlung darstellte.)" Ihr Vater, der angesehene Historiker, Literaturkritiker und Publizist Leslie Stephen (1832–1904), war ein Mann voller Widersprüche gewesen, ein atheistischer Freigeist und Förderer universaler humanistischer Bildung auch in seinem Hause, ein seine zweite Frau und Virginias Mutter innig liebender Ehemann und ein Knauser, ein patriarchalischer Familientyrann und, was das weibliche Ge-

schlecht anging, ein rechter Kochtopfideologe. Als seine Frau 1895 starb, verstärkten sich seine Egozentrik, seine Manie, bedauert werden zu wollen, und die Forderungen an seine Töchter um betonte Fürsorge. In Virginia haftete seitdem die Erinnerung an ihren Vater als ein Trauma, von dem sie sich erst mit der Niederschrift des „Leuchtturm“-Romans löste.

In ihrem Leben hat der Roman also eine ähnliche Rolle gespielt wie in Goethes die „Leiden des jungen Werthers“, mit denen er sich nach seinem eigenen Zeugnis vom quälenden Zustand unglücklicher Liebe und tiefen Lebensverdrusses befreite. Aber wie in Goethes Briefroman ist diese subjektive Komponente auch im „Leuchtturm“ für den Leser nur ein aufschlußreicher Nebenaspekt. Virginia Woolf brachte zwar Autobiographisches ein und setzte ihren Eltern ein Denkmal, aber sie objektivierte das individuelle Moment im literarischen Werk so weit, daß dieses sozusagen auf seinen eigenen Füßen steht, um das eigenständige und für Virginia Woolf allgemeine Thema des Charakters der menschlichen Beziehungen und der Rolle der Frau in der bürgerlichen Gesellschaft zum Tragen zu bringen.

Um der Struktur des Romans nachzuspüren, kann der Titel „Die Fahrt zum Leuchtturm“ durchaus beim Wort genommen werden. Am Anfang steht die den kleinen James in Vorfreude aufregende Idee eines Ausflugs zum Leuchtturm, die den Schlechtwetteraussichten zum Opfer fällt. Der Turm ist durch das Fenster in der Ferne zu sehen, und seine Strahlen werden später durch das Fenster hereinleuchten; aber er ist doch nicht zu erreichen. Er ist herangebracht und abgetrennt durch „das Fenster“, das dem ersten Teil des Romans als Überschrift dient. Am Ende des mit „Der Leuchtturm“ benannten dritten und letzten Teils ist die Überfahrt tatsächlich geglückt, jedoch unter ganz anderen, nachgerade umgekehrten Vorzeichen. Fiel die Partie anfangs aus Vernunftsgründen aus, so kommt sie endlich aus subjektiv-irrationalen Motiven heraus zustande; sehnten sich anfangs die Kinder nach dem Erlebnis und war der Vater abgeneigt, so besteht am Schluß der Vater auf der Fahrt, und die Kinder sind unwillig. Der Wandel deutet Veränderungen an, die sich inzwischen in den Gestalten vollzogen haben müssen.

Im Unterschied zum „klassischen" Handlungsroman, in dem sich die Gestalten gerade an den Geschehnissen und Abenteuern einer Reise zu bewähren gehabt hätten, in Stürmen vielleicht oder Verirrungen, wählt Virginia Woolf das Nicht-Eintreten des Erlebnisses zum Ansatzpunkt einer ausladenden szenischen Darstellung, in der sie den Philosophen Mr. Ramsay, seine Frau und seine Kinder sowie eine Anzahl von Gästen in ihren individuellen Eigenarten entwickelt, Spannungen zwischen ihnen auf- und abbaut und die Kompliziertheit ihrer persönlichen Bindungen und Relationen ausarbeitet.

Den relativ statischen Charakter der beiden Szenen, der sich durch die zeitliche Komprimierung auf jeweils wenige Stunden eines Tages einstellt, löst Virginia Woolf neben der Situationsvertauschung von Anfang und Schluß der Erzählung vor allem durch einen lyrisch-bildhaften Mittelteil mit der kennzeichnenden Überschrift „Die Zeit verrinnt" auf. Er überbrückt einen Zeitraum von zehn Jahren, verdeutlicht auch durch zehn kleinere Unterabschnitte (die jedoch nicht mit Jahren identisch sind), in dem Mrs. Ramsay und ihre älteste Tochter sterben sowie ihr ältester Sohn im Kriege fällt. Dieser Mittelteil ist ein Experiment des literarischen Ausdrucks „reinen" Zeitablaufs, das, wenn auch ungewöhnlich, wie Virginia Woolf in ihr Tagebuch eintrug, „mit einem leeren Haus und ohne menschliche Charaktere, ... alles augen- und ausdruckslos" operierend, keineswegs spielerischen Selbstzweck darstellt. Der Abschnitt besitzt vielmehr eine mindestens zweifache Funktion: Er verdeutlicht zwei Zeitebenen, die des einzelnen Subjekts, das in der Zeit wächst und stirbt, und die des unabänderlichen, objektiven, ewigen Zeitlaufs. Beide Ebenen sind aufeinander bezogen: Zeit an sich erscheint als sinnlos, ebenso die Natur, wenn sie ohne den Menschen existiert. Symbolisch verlöschen am Anfang des Teils die Lichter. Die Zeit vergeht blind, das vom Menschen Geschaffene verfällt, die Natur wuchert in ihrer wilden Fruchtbarkeit ohne Zweck; nur der (von Menschen erbaute) Leuchtturm illuminiert die Leere für Sekunden. Erst als nach zehn Jahren die Menschen zurückkehren, findet die Finsternis ihr Ende; das Leben kehrt mit den Sonnenstrahlen wieder ein.

Mrs. Ramsay kann ganz gewiß als eine der am feinfühligsten erschaffenen literarischen Gestalten in der Literatur des 20. Jahrhunderts gelten. Sie ist beispielhaft auch eine jener bürgerlichen Gattinnen, die ihr Leben dem Alltag einer großen Familie opfert, sich eine eigene Welt kleiner Erfolge sichert, Augenblicke des Glücks empfindet und letztlich doch Sinnbild dafür ist, daß die geistigen und emotionalen Möglichkeiten der Frau in der bürgerlichen Gesellschaft sich nicht entfalten können und sie auf Grund ihrer Lebensumstände, die Teil der allgemeinen gesellschaftlichen Bedingungen sind, irgendwo auf der Strecke zur menschlichen Selbstverwirklichung liegengeblieben ist.
Neben ihr ist der egoistische und autokratische, intelligente und ehrliche, Rationalität betonende und Emotionalität verachtende, Mitgefühl fordernde und verdienende Mr. Ramsay, dessen Arbeit ihn vom lauten Familientrubel isoliert und der bis zuletzt nur im Ansatz ein Verhältnis zu anderen Menschen findet, der unter dem Zwang seines Ehrgeizes und der Notwendigkeit steht, das Geld für den Unterhalt seiner zehnköpfigen Familie zu verdienen, durchaus ebenbürtig gezeichnet. Es ist gerade ihre ambivalente Beziehung zueinander und von jedem der beiden zu ihrer Umwelt, die zum einen eine wesentliche ideelle Komponente des Romans bildet und zum anderen den entscheidenden Gegenstand abgibt für den im Roman behandelten Prozeß künstlerischer Abbildung durch die Malerin Lily Briscoe. Die Harmonie und Disharmonie des Zusammenlebens dieser „Symbole der Ehe", das Ineinanderfließen von Zuneigung und Unverständnis hat Virginia Woolf bis in feinste Regungen hinein literarisch erfaßt. An Mrs. und Mr. Ramsay auch wird die Wirkung von Literatur selbst am vollkommensten beschrieben: Wie ein klassischer sinfonischer Satz gewinnt der erste Teil des Romans nach der „Durchführung" verschiedener Konflikte seinen Höhepunkt und Schluß im harmonischen Einklang der Stimmen, allerdings eher einem verhaltenen Moll denn einem strahlenden Fortissimo-Dur vergleichbar. Für dieses Ineinander-Aufgehen werden beide durch die Lektüre von Literatur emotional vorbereitet. Ihm hat ein Roman von Walter Scott ästhetisches Vergnügen bereitet; sie fand plötzlich beim Lesen eines Gedichts – es handelt sich um Shakespeares So-

nett 98 – einen bislang nicht erlebten Zugang zu einem poetischen Text. Die Aneignung von Literatur ebnet den Weg zum innerlichen, unausgesprochenen Sich-Finden der beiden Menschen über alle ihre individuellen Unterschiede und die Konflikte des Zusammenlebens hinweg, dessen sprachliche Beschreibung durch Virginia Woolf für den Leser selbst zu einem ungemein bewegenden Kunsterlebnis wird. Kunstwirkung als beschriebenes Objekt und als Funktion der literarischen Repräsentation fallen unmittelbar zusammen. Nichts könnte deutlicher machen, daß die innere Bereicherung des Individuums, das Erschließen von Emotionen, die es aus der Isolation befreien und anderen Menschen näherbringen, von der Schriftstellerin als vorrangige Aufgabe der Kunst gefaßt wird.

Mr. Ramsays philosophische Arbeiten behandeln das Thema „Subjekt und Objekt und die Natur der Wirklichkeit". Das könnte man auch als die Formulierung des Hauptthemas der Romankomposition von „Auf der Fahrt zum Leuchtturm" selbst ansehen, das in dreierlei Hinsicht inhaltlich konkretisiert und in der Romanstruktur ausgeführt ist: als wirkliches Verhältnis des Menschen zu seiner Umwelt, als Problem philosophisch-wissenschaftlicher Erkenntnis und als Gegenstand künstlerischer Tätigkeit.

Den im Abschnitt „Die Zeit vergeht" verallgemeinerten Wechselbezug zwischen der objektiv und materiell existierenden Natur und dem sie reflektierenden, auf sie einwirkenden und vom Standpunkt des Subjekts her belebenden, interpretierenden Menschen exemplifiziert Virginia Woolf an vielen Details. Dinge, wie die Wellen der See, ein Birnbaum, der Kopf eines Wildschweins, Licht, Boote in der Bucht und nicht zuletzt der Leuchtturm, beginnen symbolhafte Bedeutung zu tragen, die jedoch nicht eindeutig ist, weil jedes Individuum einen anderen Aspekt seines Ich auf die Erscheinungen transponiert. Zugleich bewahrt sich Virginia Woolf die Freizügigkeit, eine Erzählerwertung einzubringen, wie sie es in der ständigen Konfrontation von Mr. Ramsay mit den Geranienschalen bei seinen gedankenanregenden Gartenläufen tut, deren humoristische Schilderung eine gewisse Distanz zu dem Philosophen erzeugt, ohne daß er etwa der Lächerlichkeit preisgegeben würde. Vor allem aber erlaubt ihr die differenzierende Subjektivie-

rung der Gestaltensichten, die Relativität und Multivalenz aller Beziehungen künstlerisch zu verdichten.
Den gestalterischen Ausdruck findet dies deutlich sichtbar in der erzähltechnischen Anlage des Romans. Überwiegend werden Beobachtungen, Reflexionen und Gedanken aus dem Erzählwinkel der Charaktere erfaßt, wobei der schnelle Wechsel dieses Point-of-view und die Verquickung mit Andeutungen äußerer Handlungen, die aus der Sicht des Autor-Erzählers eingeschoben sind, stilistisch auffallen. Im englischen Text werden sie häufig durch das Partizip Präsens angezeigt, jene Bewegungen des Stehenbleibens, Aufstehens, Umdrehens, etwas Ergreifens oder Fallenlassens, in denen man die Gestalten für einen Moment in sichtbarer Aktion gewahrt, bevor man wieder ihren inneren gedanklichen Wegen zu folgen hat. Doch gerade durch die häufige Änderung des Erzählwinkels werden die Gestalten unterschiedlich angeschaut, unterzieht sich der Leser dem Wechselbad von Identifikation und Distanzierung, durch dessen Dosierung ihn Virginia Woolf schließlich zu einer Art objektivierender Wertung veranlassen möchte. Die Vielfältigkeit und Vieldeutigkeit der realen Erscheinungen und der subjektiven Relationen zu ihnen nun liegen der wissenschaftlichen und der künstlerischen Weltaneignung zugrunde, die im Roman durch Mr. Ramsay und Lily Briscoe personifiziert sind. Mr. Ramsay sucht seine philosophische Thematik durch konsequent rationales Denken zu bewältigen. Dabei gelten nur „kompromißlose Fakten" und eine Wahrheit, die sich auf exakte Beobachtung stützt. Der Roman beginnt damit, daß dieses Tatsachenbeharren mit menschlichen Sehnsüchten in Widerspruch gerät. Virginia Woolf bringt auf den ersten Seiten den Leser gegen Mr. Ramsay auf, indem sie die wissenschaftliche Unbedingtheit seines Standpunkts als unvereinbar mit dem Verständnis für menschliche Gefühle und Hoffnungen beschreibt. Entsprechend ist sein Verhältnis zur Kunst. Er nutzt sie zwar, ständig auf und ab schreitend, in einer Art rhythmisch-motorischer Kompensationshandlung als Stimulans bei seinen Denkakten sowie auch als Demonstrationsobjekt für kulturgeschichtliche Exkurse, aber in seiner rationalen – und durchaus demokratisch geprägten – Weltsicht kann sie nur als Lebensverzierung fungieren. Die

Schönheit einer Blume, einer Landschaft, sogar seiner Tochter nimmt er nicht wahr.
Im dritten Teil hebt Virginia Woolf seinen unbedingten Rationalismus partiell auf. Die Fahrt zum Leuchtturm ist, verglichen mit seinem früheren Verhalten, ganz irrational: ein Versuch, die innere Beziehung zu seiner verstorbenen Frau zu ordnen, auch, ihr angetane Ungerechtigkeit zu tilgen. Der Leuchtturm, früher für ihn nichts weiter als ein Wegweiser für die Schiffahrt, wandelt sich zum Sinnbild seiner Sehnsüchte. Die Entsprechung zu Mr. Ramsays Exkursion in der Struktur des letzten Teils ist der Vorgang des Malens eines neuen Bildes von Mrs. Ramsay durch Lily Briscoe. Die Verschränkung beider Vorgänge ist von hoher gehaltlicher Bedeutung. In dem Augenblick, als er den Leuchtturm erreicht, also am weitesten vom wissenschaftlichen Vernunftdenken entfernt ist, vollendet Lily ihr Gemälde der Mrs. Ramsay: Der künstlerischen Gestaltung des Menschen gibt Virginia Woolf das letzte Wort. Auf dieses Ziel hin ist der Roman von Beginn angelegt. Mr. Ramsays Forschungsthema wird mit der bildhaften Vorstellung eines Küchentisches assoziiert, Symbol geistiger Abstraktion, die nur das Wesentliche, nicht die Verzierung, die besondere Einmaligkeit, das Außer-Funktionale zuläßt. In Lilys Gedanken entschwebt er in bizarrem Surrealismus in die Äste eines blühenden Birnbaums. Die Beziehung zwischen der Vielfalt der wirklichen Erscheinungen und der strikten theoretisch-rationalen Verallgemeinerung ist für den Nicht-Wissenschaftler nicht herstellbar.
An Lily Briscoes Versuch, Mrs. Ramsay zu malen, schildert Virginia Woolf den Prozeß künstlerischen Schaffens als Ringen um das Erfassen des Menschen in seiner Tiefe. Auch das erweist sich als Verallgemeinerungsvorgang. Die Übernahme der gesehenen Dinge auf das Gemälde kann nur über das Subjekt erfolgen, wobei die äußerlichen Einzelheiten an sich unerheblich bleiben. Das neunte Kapitel des ersten Teils enthält die Selbstverständigung darüber, daß das Künstler-Subjekt jenen inneren Punkt finden muß, in dem sich das Wesen eines Menschen, hier also Mrs. Ramsays, konzentriert. Aus diesem heraus ergibt sich die Eigengesetzlichkeit der Form des konkreten Werkes, deren grundsätzliche Voraussetzung nicht die sein kann, mit den

Sinneseindrücken übereinzustimmen, da das Wesen nicht identisch mit der Erscheinung ist. Vielmehr ist die „Einheit des Ganzen“ zu erreichen, was einen schwer zu meisternden Ausgleich von Linien, Flächen und Farben erfordert. Intuitiv zunächst erfaßt dabei Lily auch, daß das Wesen von Mrs. Ramsay nicht allein aus ihr selbst hervorgeht, sondern im Verhältnis zwischen ihr und ihrem Mann beschlossen ist. Bei ihrem ersten Aufenthalt im Ferienhaus der Ramsays gelingt es ihr jedoch nicht, das Bild zu vollenden; trotz einer angedeuteten Vervollkommnung der Form bleibt der Schaffensvorgang unabgeschlossen, weil die Malerin mit „der Komplexität der Dinge“ nicht fertig wird.
Zehn Jahre später drängt sich ihr die Frage nach der „Wahrheit der Dinge“ wieder auf, die nur kunstpraktisch beantwortet werden kann. Die Entstehung des neuen Bildes fällt zusammen mit dem Romanvorgang im dritten Teil. Lily Briscoe gibt dem Gemälde seine Gestalt, indem sie, eingestreut in die Beobachtung der Umwelt und in die Gedanken an den zum Leuchtturm segelnden Mr. Ramsay, frei assoziierend die Erinnerung an den vorigen Aufenthalt und an Mrs. Ramsay heraufbeschwört. Erst aus diesem Abstand heraus kann sie Mrs. Ramsay tiefschürfender bewerten. Sie erfaßt den scheinbaren Gegensatz zwischen der bescheidenen, zurückhaltenden, unauffälligen Haltung dieser Frau und dem weitgehenden Einfluß, den sie auf ihre Umgebung ausgeübt hat, sowie den wirklichen Widerspruch zwischen der Gebundenheit an die Konventionen der bürgerlichen Familie und der Sehnsucht nach einer höheren Form menschlicher Selbstverwirklichung als Wesensmerkmal ihrer Persönlichkeit. Die Unvereinbarkeit des „wünschen und nicht haben“ schlägt zugleich die Brücke zwischen Mrs. Ramsay als Darstellungsobjekt und Lily als Künstlersubjekt. Das ist ein beide vereinigendes Existenzproblem, dessen Erkenntnis jedoch den Umsetzungsprozeß vom Gegenstand in das Kunstwerk nicht automatisch beschleunigt, sondern, sozusagen als retardierendes Moment gegen Ende des Romans, eine neue Krise auslöst.
Zwischen Lily Briscoe und der Vervollkommnung ihres Gemäldes steht noch Mr. Ramsay, den sie vorerst nicht in die notwendige Balance zum Kunstwerkentwurf bringen kann. Die gedankliche Konzentration auf die besondere Art der

Ehebeziehung, die unterschwellig, aber unabweisbar auch das rationale Denken von Mr. Ramsay als ergänzenden Faktor der Sensibilität zuordnet, schlägt plötzlich um in die Vision dessen, was das Wesen ihres künstlerischen Gegenstandes ausmacht. Erst die persönliche, einmalige Verbindung zwischen den Partnern bestimmte die innere Existenz von Mrs. Ramsay. Virginia Woolf läßt diese Vision als spontanen Qualitätssprung im Prozeß der Reflexionen und der Gestaltung des Gemäldes eintreten, wobei sie das Bild des Fensters aus dem ersten Teil als äußeren Bezugspunkt wieder einführt. In dem Augenblick, als vor ihrem geistigen Auge hinter dem Fenster die Gestalt von Mrs. Ramsay wiederaufersteht, sieht die Malerin durch das Verhältnis der Ramsays zueinander visionär hindurch. Für Lily Briscoe lösen sich damit die Gestaltungsrätsel: Mit einem letzten und entscheidenden Strich vollendet sie das Werk.
Was – gleichzeitig mit Lily Briscoe – Virginia Woolf mit ihrem letzten Federstrich am Roman abgeschlossen hat, harrt allerdings im Rezeptionsvorgang der gedanklichen Vollendung. Virginia Woolf stellt hohe Anforderungen an den Leser, der die Frage nach dem Charakter menschlicher Beziehungen neu zu durchdenken hat und für den die Fahrt zum Leuchtturm mit der Lektüre der letzten Seite eigentlich nicht abgebrochen ist. Und was alles bedeutet der Leuchtturm? Ist er einfach der Zielpunkt eines Tagesausflugs, der mißlingt oder gelingt, oder signalisiert er das Eingreifen des Menschen in die chaotische Natur? Sind seine rhythmisch gleichmäßig ausgesandten Lichtzeichen der Kontrapunkt von Ordnung gegenüber dem Wuchern und Wandeln menschlicher Gefühle und Ängste, oder ist er eine Metapher dafür, daß die Dinge der objektiven Wirklichkeit von jedem Subjekt verschieden aufgenommen und mit Bedeutungen gefüllt werden können? Ist er das Beispiel für einen Gegenstand, der die Relativität menschlicher Wahrnehmung, je nach Entfernung und äußeren Bedingungen, belegt, oder ist er der symbolische Zielpunkt der inneren Übereinstimmung und späten Kommunikation Mr. Ramsays mit seiner verstorbenen Frau?
Virginia Woolf hat alles angedeutet und nichts einseitig bestätigt. Auch die Literaturwissenschaft ist mit einer definitiven Auslegung überfordert. Vielmehr beweist sich am ein-

zelnen Bild Virginia Woolfs Absicht. Sie liefert nichts Fertiges, Endgültiges, sondern sie fordert auf, über die Lektüre hinaus Leseerfahrung und Lebenserfahrung in wechselseitigen Bezug zu bringen. Das Nach-Denken gehört zum ästhetischen Genuß.

Berlin 1978 *Wolfgang Wicht*

Anmerkungen

5 *Army and Navy Stores* – Konsumverein, der von Mitgliedern der Armee und der Flotte gegründet wurde. Das Kaufhaus der „Army and Navy Stores“ in der Victoria Street in London war das größte seiner Art.

9 *Balliol College* – Eines der größten Colleges der Universität Oxford.

10 *Reform Bill* – 1918 hatte eine Wahlreform allen Männern und Frauen über dreißig Jahre das Wahlrecht eingeräumt. Die anhaltenden Forderungen nach allgemeinem Wahlrecht für Frauen mündeten 1928 in ein Gesetz, das das Wahlalter für beide Geschlechter auf einundzwanzig Jahre festsetzte.

16 *Viktoria* – (1819–1901), Königin von Großbritannien ab 1837.

Hosenbandorden – Um 1350 von Edward III. gestifteter höchster Ritterorden Englands. Zu dem Orden gehören neben dem Ordensstern ein Knieband und ein breites dunkelblaues schärpenartiges Band über der Brust.

19 *„bestürmt von der Kugeln und Bomben Wut ...“* – Vers aus dem Gedicht „The Charge of the Light Brigade“ (1855) des englischen viktorianischen Dichters Alfred Lord Tennyson (1809–1892).

„Wir ritten kühnlich und ritten gut“ – Eigentlich: „Sie ritten ...“; Vers ebenfalls aus Tennysons Gedicht „The Charge of the Light Brigade“.

Höhen von Balaklawa – Anspielung auf ein Gefecht im Krimkrieg (1853–1856), den Rußland zur Festigung seiner Positionen am Schwarzen Meer gegen die Türkei sowie ab 1854 gegen England und Frankreich führte. Auf Grund eines Befehlshaber-Mißverständnisses wurde am 26. 9. 1854 in der Nähe des bei Sewastopol gelegenen Küstenstädtchens Balaklawa eine englische Brigade leichter Kavallerie in den Angriff gegen die in dieser Situation überlegene russische Armee gejagt. Dabei wurden von 673 Mann 247 getötet oder schwer verwundet. Tennysons Gedicht „The Charge of the Light Brigade“ hat diese Kriegsepisode zum Gegenstand.

20 *„Einer hatte einen Schnitzer gemacht“* – Vers aus Tennysons Gedicht „The Charge of the Light Brigade“.

21 *Brompton Road* – Straße im Londoner Bezirk Chelsea.

23 *Westmorland* – Grafschaft im Seen-Distrikt im Nordwesten Englands.

29 *Crooms Buch …* – Fiktive Autoren und Werke.

33 *„Einer hatte einen Schnitzer gemacht …“* – Der ganze folgende Absatz ist eine Variation mit Material aus Tennysons Gedicht „The Charge of the Light Brigade“.

43 *St. John's Wood* – Stadtteil im Nordwesten Londons.

44 *Akrostichen* – Gedichte, in dem die Anfangsbuchstaben oder -wörter der Zeilen ein Wort (oder Namen) oder einen Satz ergeben.

46 *Cardiff* – Eines der vier Colleges der Universität in Wales.

47 *Locke* – John Locke (1632–1704), englischer Philosoph, Begründer des Sensualismus.

Hume – David Hume (1711–1776), englischer Philosoph; er entwickelte eine bürgerliche idealistische Erkenntnistheorie.

Berkeley – George Berkeley (1685–1753), englischer Philosoph antimaterialistischer Prägung.

48 *Carlyle* – Thomas Carlyle (1795–1881), englischer Germanist, Schriftsteller, Historiker und Essayist; u. a. „The French Revolution“ (1837).

73 *„Edelste und Schönste, komm hinweg“* – Anfangszeilen des Gedichtes „The Invitation“ des englischen romantischen Dichters Percy Bysshe Shelley (1792–1822).

74 *Rembrandt* – Rembrandt Harmensz van Rijn (1606–1669), niederländischer Maler und Radierer.

Prado – Seit 1785 spanisches Nationalmuseum in Madrid mit der berühmten Gemäldegalerie; u. a. El Greco, Velásquez, Goya, Tizian, Rubens.

Sixtinische Kapelle – Hauskapelle der Päpste im Vatikan, 1473 bis 1481 erbaut; u. a. mit Fresken von Botticelli, Perugino, Pinturicchio und Michelangelo (Jüngstes Gericht, Schöpfungsgeschichte, Propheten und Sibyllen).

Michelangelo – Michelangelo Buonarotti (1475–1564), italienischer Bildhauer, Maler, Baumeister und Dichter.

Giotto – Giotto di Bondone (um 1266–1337), italienischer Maler und Baumeister.

75 *Tizian* – Tiziano Vecelli (um 1477–1576), italienischer Maler der Hochrenaissance.

Darwin – Charles Darwin (1809–1882), englischer Naturforscher, Begründer der modernen Abstammungslehre; u. a. „Die Entstehung der Arten durch natürliche Auslese“ (1859).

76 *Hagia Sophia* – Kuppelkirche in Istanbul, Hauptwerk der byzantinischen Baukunst; von 1453 bis 1934 als türkische Moschee benutzt.

Goldenes Horn – Bucht des Bosporus bei Istanbul.

82 *Bœuf en Daube* – Geschmortes Rindfleisch.

100 *George Eliot* – (1819–1880), englische Schriftstellerin; u. a. „Adam Bede" (1859), „The Mill on the Floss" (Die Mühle am Floss, 1860), „Middlemarch" (1870/72).

104 *Mile End Road* – Straße im östlichen Londoner Stadtteil Whitechapel, eine seinerzeit vorwiegend von Handwerkern bewohnte Gegend.

107 *Voltaire* – François-Marie Arouet, genannt Voltaire (1694–1778), französischer Philosoph und Schriftsteller der Aufklärung.

Madame de Staël – Germaine de Staël-Holstein (1766–1817), französische Schriftstellerin.

Napoleon – Napoleon I. Bonaparte (1769–1821), französischer Feldherr; ab 1800 Erster Konsul der Militärdiktatur; 1804 erklärte er sich zum Kaiser der Franzosen.

Lord Rosebery – Archibald Philip Primrose, Lord Rosebery (1847–1929), englischer Außenminister in den Kabinetten von 1886 und 1892, Premierminister 1894/95; Verfasser politischer Biographien.

Creevey – Thomas Creevey (1768–1838), englischer Politiker, dessen Aufzeichnungen in den „Creevey Papers" eine wichtige Quelle für die Erhellung seiner Zeit darstellen.

Waverley-Romane – Serie von siebenundzwanzig historischen Romanen von Sir Walter Scott (1771–1832), genannt nach dem ersten Roman „Waverley", der 1814 zunächst anonym erschien.

Jane Austen – (1775–1817), englische Schriftstellerin; u. a. „Sense and Sensibility" (Gefühl und Verstand, 1811), „Pride and Prejudice" (Stolz und Vorurteil, 1813), „Mansfield Park" (1814).

109 *Wronski* – Der Geliebte Anna Kareninas, der Heldin aus Leo Tolstois (1828–1910) Roman „Anna Karenina" (1873/77).

120 *Lenkt, hierher lenkt ..."* – Anfangszeilen des Gedichts „The Siren's Song" von William Browne (1591–1643), einem englischen Dichter pastoraler Themen.

das arme alte verdrehte Geschöpf – Anspielungen auf Handlung und Nebengestalten (z. B. Mucklebackit) in Scotts Roman „The Antiquary" (Der Altertumsforscher, 1816).

121 *Balzac* – Honoré de Balzac (1799–1850), französischer Schriftsteller; u. a. eine Folge von über hundert Romanen in „Die menschliche Komödie".

121 *Ich preise nicht* ... – Verse aus dem 98. Sonett von William Shakespeare (1564–1616).

122 *Doch schien es Winter noch* ... – Verse aus dem 98. Sonett von Shakespeare.

125 *Vergil* – Publius Vergilius Maro (70–19 v. u. Z.), römischer Dichter.

163 *„Wir gingen unter" / „Mich aber haben wildere Wogen ..."* – Verse aus dem Gedicht „The Castaway" (Der Schiffbrüchige) des englischen Dichters William Cowper (1731–1800).

171 *Surbiton* – Vorort von Kingston an der Themse, westlich von London.

Rickmansworth – Kleinstadt nordwestlich von London.

174 *Raffael* – Raffaello Santi (1483–1520), italienischer Maler.

Hampton Court – Schönstes der englischen Schlösser der Tudor- und Stuartkönige, erbaut zwischen 1515 und 1520, westlich von London an der Themse gelegen und ein beliebtes Ausflugsziel.

179 *Piccadilly* – Vornehme lange Geschäftstraße im Londoner Stadtteil Mayfair.

191 *Trafalgar Square* – Der 1829 bis 1841 angelegte Londoner Platz war seinerzeit ein populärer Treffpunkt für Demonstranten.

193 *Golder's Green* – Stadtteil im Norden Londons.

BdW
Bibliothek der Weltliteratur

Aus allen Nationalliteraturen
Werke von welthistorischem Rang
in Einzelausgaben

Nachauflagen 1987

Antike Komödien

Karel Čapek
Der Krieg mit den Molchen

Heinrich Heine
Reisebilder

Anna Seghers
Das siebte Kreuz

William Shakespeare
Dramen

Aufbau-Verlag Berlin und Weimar

Henrik Ibsen
Dramen

Rütten & Loening · Berlin